国家出版基金項目
NATIONAL PUBLICATION FOUNDATION

古代西南少數民族漢語詩文集叢刊·回族與土家族卷

總主編 徐希平
分卷主編 孫紀文
分卷副主編 王猛 楊學娟 丁志軍

酉陽冉氏詩

〔清〕冉正藻 冉瑞岱 冉崇文 冉崇熣 冉崇治 撰
丁志軍 整理

酉陽田氏詩

〔清〕田世醇 田經畬 田荊芳 撰
丁志軍 整理

松桃楊氏詩

〔清〕楊芳 楊承注 楊恩柯 楊恩桓 撰
丁志軍 整理

巴蜀書社

回族與土家族卷主編

孫紀文

回族與土家族卷副主編

王　猛　楊學娟　丁志軍

回族與土家族卷編委會（參與整理人員）

孫紀文　王　猛　楊學娟　丁志軍　李小鳳　左志南　梁俊杰　彭容豐

凡　例

一、整理工作主要包括標點、校勘、輯佚、補遺等方面，除特殊情形需要説明外，一般不作注釋。部分詩文集於正文後增列附録，以利研究。

二、整理後的各集一般沿用原書名及原有編輯體例。有多個子集而無全集者，由整理者根據通行原則命名和編排；集名、體例不明者，由整理者確定體例，并根據通行原則重新命名。

三、各卷依據詩文集篇卷多寡確立分册。篇卷多者，可分多册；篇卷少者，可多人合册。

四、叢書統一采用繁體竪排，新式標點。

五、校勘工作主要對底本中的訛、脱、衍、倒作正、補、删、乙。校記置於篇末，記録异文及校改依據，一般不作考證，力求簡明。

六、俗體字、舊字形及顯見的刻抄錯誤，徑改而不出校。常見异體字不作改動，極生僻的异體字改爲規範字，必要時出校記予以説明。

古代西南少數民族漢語詩文成就及其意義（代序）

中國文學歷史悠久，少數民族文學同樣源遠流長。少數民族文學既有母語文學作品，又有大量的漢語文學作品，都是中華文學的寶貴遺産。早期的少數民族漢語詩文作品，或是少數民族作者直接用漢語創作，或是以本民族語言創作而翻譯成漢語并得以流傳。

中國西南地區族别衆多，少數民族文學成就巨大，但較少爲外界所知，這與其實際成就極不相符。抗戰時期，聞一多先生在參加湘黔滇旅行團指導采風活動時，尤其是在欣賞彝族舞蹈後認爲：『從那些民族歌謡中看出了中華民族的强旺生命活力，這種大有可爲的潛力還保存在當今少數民族之中。』爲此，他曾計劃寫一篇文章，標題下注明了發人深思的要點——『不要忘記西南少數民族』[一]，作出中國文學的希望在西南的判斷。其後，學界日漸重視西南民族文學和文化的研究，成果豐碩。

[一] 鄭臨川：《聞一多先生的中華民族文學觀》，《西南民族學院學報》二〇〇〇年第五期。

早在漢代，西南地區就與中原交往密切，武帝時期開發西南夷，司馬相如爲此積極奔走。蜀郡守文翁在四川開辦學校，以儒家思想教化百姓。漢唐時期，西南地區文學進入中華文學視野，且占有重要地位，所謂『蜀之人無聞則已，聞則傑出』。司馬相如、揚雄、王褒皆爲漢賦大家，陳子昂開闢唐詩健康發展之路，『繡口一吐，便是半個盛唐』的詩仙李白將詩歌帶到盛唐的頂峰。在這個大背景下，西南地區少數民族詩文創作也同樣被載入史册。東漢時期古羌人著名的《白狼歌》堪稱少數民族詩文最早的代表。據《後漢書·南蠻西南夷列傳》記載，東漢明帝永平（五八—七五）年間，居住在筰都一帶的『白狼、盤木、唐菆等百餘國，户百三十餘萬，口六百萬以上，舉種貢奉』，成爲祖國大家庭的一員。在與東漢王朝的交往中，少數古羌部落的首領創作了一些詩歌作品。其中，被譯爲漢文并傳至今日的就有著名的《白狼歌》（包含《遠夷樂德歌》《遠夷慕德歌》《遠夷懷德歌》），成爲中華民族團結、文化交融的經典之作。詩歌之外，還有少量散文作品，如三國蜀漢名臣姜維的書表，也可以視爲西南羌人的漢語創作。

我國西南本來就是多民族地區，氐、羌、藏、漢文化交流源遠流長。二十世紀八十年代初，馬學良主編《中國少數民族文學作品選》，全書共五個分册，共收入五十五個少數民族古今民間文學和文人文學作品六百餘篇，是新中國首部少數民族文學總集，影響深遠。其書序中寫道：

『回族、滿族、白族、納西族等，也早已産生了本民族的用漢文寫成的作家文學。』[二] 其中南詔著名詩人楊奇鯤的《途中詩》，是該書所收録的最早的作家文學作品。該詩收録於《全唐詩》。楊奇鯤還有另一首題作《岩嵌緑玉》的詩，收録於《滇南詩略》。

除楊奇鯤外，南詔國王驃信作的《星回節游避風臺與清平官賦》和朝廷清平官趙叔達《星回節避風臺驃信命賦》二詩不僅韻律和諧，且頗近於隋唐王朝君臣同賦或大臣應制之作。兩詩與稍後的大長和國布燮（宰相）《聽妓洞雲歌》等呈現出西南地區烏蠻族漢語詩文創作之盛。此數詩亦皆被《全唐詩》收録。

據《舊唐書·吐蕃傳》載，貞觀十五年（六四一），松贊干布向唐太宗請求聯姻，文成公主出嫁吐蕃，吐蕃開始『釋氈裘，襲紈綺，漸慕華風；仍遣酋豪子弟，請入國學以習詩書』，又請唐朝『識文之人典其表疏』，漢藏交流十分密切。唐中宗時，吐蕃又遣其大臣尚贊吐、名悉獵等來迎娶金城公主。名悉獵漢學造詣頗高，《舊唐書·吐蕃傳》説他『頗曉書記』，『當時朝廷皆稱其才辯』，皇帝還給與特殊禮遇，『引入内宴，與語，甚禮之，賜紫袍金帶及魚袋』等。特別值得一提的是，他還參與中宗和大臣之間的游戲及詩歌聯句等文字娱樂活動。景龍四年（七一〇）正月五日，中宗移仗蓬萊宮，御大明殿，會吐蕃騎馬之戲，因重爲柏梁體聯句，當

[二] 馬學良主编：《中國少數民族文學作品選》，上海文藝出版社，一九八一年，第一頁。

君臣聯句將畢之時，名悉獵主動請求授筆，以漢語來了一個壓軸之句。其所作『玉醴由來獻壽觴』，不僅表意準確，而且合於格律、平仄、韻脚，相較前面唐朝漢臣所作毫不遜色，令衆人刮目相看〔二〕。其詩至今仍保存在《全唐詩》中〔三〕，留下了最早的古代藏族人漢語詩文創作的珍貴文獻記録，也成爲少數民族漢語詩文創作的典型史料。

晚唐五代時期，回族先民梓州詩人李珣、李舜絃兄妹，漢語詩文創作成就甚高。李珣著有《瓊瑶集》，雖已佚，但仍存詞五十四首。作爲少數民族詩人，李珣得以躋身《花間集》西蜀詞人群，十分耀眼。李舜絃作爲蜀主王衍昭儀，有《蜀宫應制》等詩。這些均顯示出西南地區民族文學漢語創作的成果。

宋遼金元時期，西南地區與各地少數民族漢語詩文創作都有了進一步發展。居住在四川成都的鮮卑族後裔宇文虚中及其族子宇文紹莊堪稱代表。宇文紹莊有《八陣圖》等詩傳世。西南大理國白蠻貴族的漢語修養很高，段福爲國王段興智叔父，創作有《春日白崖道中》等詩作，大理國亡時，曾奉元世祖命歸滇統領軍事。元末大理總管段功之妻阿蓋公主本爲蒙古族，所作《愁憤詩》書寫其與段功的愛情，情感真摯，是他們凄惻動人愛情悲劇的原始記載。

〔二〕（後晉）劉昫：《舊唐書》，上海古籍出版社，一九八六年，第六二七頁。

〔三〕（清）彭定求編：《全唐詩》，上海古籍出版社，一九八七年，上册，第一五頁。

明清時期，少數民族漢語詩文創作有了極大的發展，不僅作家數量倍增，而且有了大量的個人詩文集傳世。中國社會科學出版社二〇一四年出版的多洛肯《元明清少數民族漢語文創作詩文叙録》著録極爲翔實，大略統計古代西南地區各少數民族作家漢語文集上百家，雖然亡佚不少，但現存的也還有至少八十餘家，其中不乏一些在全國有較大影響的作家，還有許多屬於文學家族。如納西族木府土司木公、木增家族，木公有《隱園春興》《雪山庚子稿》《萬松吟卷》《玉湖遊録》等；雲南白族趙藩爲著名的『武侯祠攻心聯』作者，有《向湖村舍詩》（初、二、三集）；貴州布依族作家莫友芝被稱爲西南巨儒，有《莫友芝詩文集》等。但目前僅有少量的作家文集被整理過，大多數尚未整理，這極不利於對少數民族文學成就的認識、評價和深入研究。近年出版的一些大型叢書，如上海古籍出版社二〇一〇年出版的《清代詩文集彙編》（四千餘種），國家圖書館編、國家圖書館出版社二〇一七年出版的《清代詩文集珍本叢刊》（一千三百六十七種），收録清人别集數量十分可觀，但少數民族漢語詩文集數量有限。其中一個重要原因便是少數民族漢文資料總體上較爲零散，古代西南少數民族漢文别集尤其難覓，缺乏整理。因此，有必要對相關情況予以探討，以便於進一步的整理研究。

西南少數民族漢文文集文獻整理和研究，已取得一定成果，但總體而言，相關研究還是較爲薄弱。無論是稿本、抄本還是刻本，多未揭示和整理，散於各處，既不利於深入研究分析和總體評價，也不利於民族文獻的保護和傳承，需要整合力量，加大力度發掘整理、搶救保護。

西南地區的少數民族中，大約有白族、納西族、彝族、回族、土家族、布依族、侗族等九個民族有漢語詩文集，其中尤以白族、納西族、彝族和回族較多，其詩文集主要留存情况如下。古代白族作家現有二十四人近四十多部詩文别集存世，大概有近二百五十萬字的文學作品。納西族詩人及文集，明代主要是木府家族。首先是木公（總八百七十三首），其次爲木增，此外是木青，有《玉水清音》。清代則有楊竹廬、桑映斗等二十餘家納西族詩文集。彝族詩文集較多，主要有左正、左文臣、左文象、左嘉謨、左明理、左世瑞、左廷皋、左章照、左章曬、左熙俊等左氏詩文集，高光裕、高奣映、高厚德等高氏詩文集，余家駒、余珍、余昭、余一儀、余若瑔等余氏詩文集，還有魯大宗、禄洪、李雲程、安履貞、黄思永詩文集，等等。回族作家作品比較多，有沐昂、馬之龍等十餘家詩文集。土家族、羌族、布依族、苗族、侗族作家數量雖不多，但有的影響不小，如莫友芝、董湘琴等，都值得深入研究。此外還有少量少數民族作家文集已散佚，如前面提到的宋金時期的宇文虚中等。

西南各民族漢文别集文獻整理與研究具有十分重要的學術價值和深遠的現實意義。西南各少數民族伴隨着中華民族繁衍交融的足迹生生不息，豐富的少數民族文學不僅是中華民族文學寶庫中不可分割的一部分，更蘊藏着其歷經憂患却綿延堅韌、不失特色的生存密碼。西南地區各族文學不僅與漢文學關係密切，而且各民族文學亦互相滲透和影響。如被譽爲明代著述第一人的四川著名詩人楊慎後半生基本居住於雲南，他不遺餘力地推薦、介紹木公等雲南作家，對西南民族地區文化交流傳播和漢語詩文創作起到了促進作用。由此也可以探討中華多民族文學相互影響和促進發展的過程與普遍規律，同時對各民族對漢語的巨大貢獻，以及漢語文包容多元文化、作爲多民族文化内涵載體的特性和凝聚各民族智慧結晶重要價值等也會有新的認識。中共中央辦公廳、國務院辦公廳於二〇一七年一月二十五日印發《關於實施中華優秀傳統文化傳承發展工程的意見》，指出文化是民族的血脉，特别提到要加强少數民族語言文字和經典文獻的保護和傳播，做好少數民族經典文獻和漢族經典文獻的互譯出版，實施中國民間文學大系出版等工作。因此，全方位清理整合西南各民族漢文别集文獻，對於民族文學史料學學科建設和民族文化保護工作，尤具有特殊的意義。這對增進世人認識瞭解豐富的民族文化與文學成就，搶救和保護民族文化資源，探索民族文學繁榮發展的有效途徑，促進中華民族團結與現代社會和諧發展，都具有十分重要的學術和應用價值。

有鑒於此，我們組織申報了《古代西南少數民族漢語詩文集叢刊》國家社科基金重大招標項目，并獲得立項。本課題首次對西南少數民族漢文文學文獻做了全面系統深入的爬梳、搜集和整理研究，展現其創作成就，説明少數民族文學創作與漢文學之間密不可分的内在聯繫和交叉影響，展示其對中華文化的突出貢獻，并以其依托漢文傳承文化的富有典型意義的綿延發展歷程，爲民族文化保護提供借鑒，也爲中國古代民族文獻整理和當代文學繁榮發展探索有效途徑。

課題目標主要是提供最爲全面的西南少數民族漢語詩文集，爲進一步研究奠定基礎，加深對『一帶一路』背景下南絲綢之路和茶馬古道區域内各民族文化交融的認識，發揮保護和搶救民族文化遺産的重大社會效益。

西南各民族文獻現存情況較爲複雜，各族别文集數量差异較大，極不平衡，文集版本也很混亂。除少量文集當代曾初步整理之外，大多僅存清代或民國刻本，還有一些爲稿本和手抄本，大多不爲外界所知，主要散見於西南地區各圖書館和私人手中。同時，各家文集普遍存在作品收録不全的情況。課題涉及面廣，困難不少。别集的普查，作品的輯佚、校勘，部分古代作家族别歸屬的認定，文字的考訂等，都是課題難點所在。對於各種學術争論歧説，我們本着嚴謹的科學態度，不武斷，不盲從，盡力作實事求是的考辨，力求言之有據，推動學術進步。在此基礎上盡力做成最完善、最全面、集大成的西南少數民族漢語詩文文獻叢刊。

按照歷史區域文化概念，我們原則上搜集詩文的地域主要包括今四川、雲南、貴州、重慶和西藏五省區（不含廣西地區），時間一般爲清末以前，作者身份判别根據出生地、籍貫、歷史淵源、習慣定勢等因素進行綜合考量。每種文集皆校勘標點，并附簡短的叙録。根據各族文集存佚數量情況分爲白族卷，納西族卷，彝族卷，回族與土家族卷，羌族、苗族、布依族、侗族及其他各族卷等五個分卷，分别由西北民族大學多洛肯教授，麗江師範高等專科學校楊林軍教授，西南民族大學曾明、孫紀文、王菊教授擔任子課題負責人。湖北民族大學文學與傳媒學院丁志軍博士除承擔土家族相關詩文集的搜集整理工作外，還參與了點校凡例的起草與修訂。寧夏大學和西南民族大學古代文學、古典文獻學專業的部分教師和碩、博士研究生也參與了課題研究。巴蜀書社張照華先生自課題開題即全程參與，認真審讀書稿，提出許多建設性意見。中國社會科學院學部委員、文學研究所所長劉躍進研究員，國家圖書館原館長詹福瑞教授，《民族文學研究》原主編湯曉青研究員，中國社會科學院民族學與人類學研究所聶鴻音研究員，教育部『長江學者』特聘教授、西北大學李浩教授，教育部『長江學者』特聘教授、北京大學廖可斌教授，西華師範大學伏俊璉教授，福建師範大學郭丹教授，四川師範大學趙義山教授等著名學者給予本課題精心指導和熱情鼓勵。在此謹對付出辛勞和提供支持與幫助的所有朋友致以最誠摯的謝意。

由於各種主客觀條件所限，本課題難免存在一些不足，版本的選擇及文字的校勘等也不盡如人意，希望能夠得到專家的批評指正。

徐希平

二〇二〇年十月三十一日於西南民族大學武侯校區宿舍

分卷前言

二〇一七年，由徐希平先生主持申報的課題《古代西南少數民族漢語詩文集叢刊》獲批國家社科基金重大項目。項目的獲批對於古代少數民族文學研究而言，無疑起到了非常重要的支撐作用。本人忝爲子課題《古代西南少數民族漢語詩文集叢刊·回族與土家族卷》的負責人，深感責任大、任務重，故與課題組的各位老師齊心合力，共謀課題研究之路徑，力求早日出成果。如今在巴蜀書社的鼎力支持下，相關的研究成果會陸續出版，欣喜之餘，就這兩個民族詩文創作的風貌略作交代。

在中華民族多元一體的歷史文化進程中，有着兼收并蓄之胸襟的各少數民族作家創造了既屬於自己民族、又屬於中華民族大家庭的燦爛文學。遠離政治文化中心的西南地區，也以其獨特的地域風貌滋養着一批批卓有成就的回族文人和土家族文人。他們的創作既表現出與中國古代『詩騷』『風骨』等文學與文化精神相融通的思想旨趣，又呈現出鮮明的地域特色和獨特的藝術審美風貌。

古代西南地區的回族詩文創作，可謂善於把握中國古代文學發展的歷史脉絡，不斷吸收漢語詩文創作的經驗，涌現出一些名家名作。早在五代時期，回族先民李珣便以自己不凡的創作成就，獲得了很高的文學聲望。李珣，字德潤，著有《瓊瑶集》，惜已散佚，王國維編成輯本《瓊瑶集》，録李珣詞五十四首。李珣被列入『花間詞人』之中，他的富有娱樂性質的小詞被前蜀後主所賞，作品被詞家相互傳誦。李珣之妹李舜絃是五代時期爲數不多的會作詩的嬪妃之一，也是有記載的中國第一位回族女詩人，惜其作品大多失傳，今僅存詩四首。經過宋元兩朝的發展，回族文人逐漸融入中華文化之中，尤其是到了明代，回族作家也都熱衷於成爲儒家文人，故而，明代回族文學也迅速發展。同時，由於文教的日益成熟，西南地區涌現出一批風流儒雅的回族文人，如沐昂、孫繼魯、馬繼龍、閃繼迪等人。沐昂，字景高，作爲明代前期雲南政壇上的領軍人物，其所取得的政治成績是顯著的。而作爲一位文人，他剛健、曠達的作品風格則十分引人注目。不論是抒發理想抱負、針砭時弊、關注百姓生活，還是描寫自然風光、與人交游唱和，都表現出其高潔的人格、豪邁的氣度與曠放的情韻。有《素軒集》行世。沐昂作爲雲南地區重要的文學領袖，主持編纂的《滄海遺珠》，收録大量與雲南有關的文人作品，可謂是明代文學的一顆明珠，對保存西南地區的文人創作風貌具有十分重要的意義。孫繼魯，字道甫，號松山，《滇中瑣記》評曰『觀其詩文，大都雄古道勁，適尚其爲人』，著有《破碗集》《松山文集》，惜已散佚。馬繼龍，字雲卿，號梅樵，著有《梅樵集》，已佚，《滇南詩略》録其詩六十八首。閃繼迪，字允修，著有《雨岑園秋興》《吴越吟草》，均已佚，《滇南詩略》存録其詩六十餘首。他的詩歌多有懷才不遇之慨，詩作格調較高。閃繼迪之子閃仲儼、閃仲侗均有詩名。閃仲侗，字士覺，號知願，著有《鶴和篇》等。清代是回族文學的繁榮時期。清代日益濃厚的爲學爲文風氣也影響到回族文人，這一時期的回族文學與整個文學發展的大潮流密切相隨，即便是在西南地區，也不乏著名的回族文人。孫鵬是孫繼魯六世孫，字乘九、圖南、鐵山，號南村。他的詩作着重意象描寫，意境開闊，想象奇特，多寫山水田園，展現西南地區特有的自然風光，詩風清新明快。李根源在《刊南村詩集序》中評曰：『英辭浩氣，磊落出群，有不可一世之概。』『氣韻格律，宗法盛唐，間摹漢魏，歸宿子美，昌黎爲近。』孫鵬的散文創作也十分出色，論説文見解獨到，議論不凡，叙事寫人則娓娓道來，情感真摯。《雲南叢書》收其《少華集》《錦川集》《松韶集》，合稱《南村詩集》。馬汝爲，字宣臣，號悔齋，以綿遠醇厚的詩風享譽詩壇，他的散文清麗纖綿，頗具駢儷色彩，有《馬悔齋先生遺集》行世。李若虚，字實夫，他的詞作在清代詞壇中獨具特色。他以卓越的藝術表現手法，爲後人留下了許多真實再現西南邊疆和藏地風貌的獨特作品，有《實夫詩存》和《海棠巢詞》行世。馬之龍，字子雲，號雪樓，他的詩歌簡峭入古，樂觀豪邁，多紀游山水，有《雪樓詩鈔》傳世。沙琛，字獻如，號雪湖，又號點蒼山人。他爲官期間，頗有惠政，審理重案時得罪上司，獲罪戍邊，因萬民請命，感動皇帝，得以奉親歸里。家鄉滇西北旖旎的自然風光成爲他寄情物外的環境依托，多紀游山水、與人唱和之作。也正是這樣獨特的外部環境和其自身的性格特徵造就了他的詩歌多采用即景抒情、吞多吐少、欲放還收的藝術手法，具有高韻逸氣和幽潔之思，有《點蒼山人詩鈔》行世。除此之外，古代西南地區還有許多回族文人，因他們的作品傳世較少，而不被世人獲悉。如馬玉麟所著《静觀堂稿》，已佚；馬鳴鑾所著《密齋詩稿》也下落不明；賽嶼著作繁多，有《夢蘢山人詩古文集》等，可惜這些作品大多已失傳，現在衹能在《石屏州志》等方志文獻中看到他的遺詩遺文。

古代西南地區的土家族詩文創作，可謂善於借鑒歷代漢語詩文創作的成就，不斷豐富創作内容。土家族主要聚居於渝東南、黔東北、鄂西南、湘西北的廣大地區，其中渝東南、黔東北屬於西南地區。這一地區，歷史上曾長期由土司統治，冉氏、陳氏、楊氏、馬氏和田氏是這一區域的土家族土司代表。改土歸流以前，由於統治者要求土司繼承人必須入學接受漢文化教育，以及土司自身對漢文化的嚮往，一些土司家族開始形成前後相繼的家族文人群體。這個群體普遍有較高的漢文化修養，具備用漢語文進行書面文學創作的能力。渝東南土家族漢語詩文的興盛，實肇端於土司文人的創作實踐。根據現存的文獻記載，大約在明代中期以後，以酉陽爲中心的冉氏土司家族，開始出現能文善詩的文人，先後有冉雲、冉舜臣、冉儀、冉元、冉御龍、冉天育、冉奇鑣、冉永沛、冉永涵等文人從事漢語詩文創作。其中曾經結集流傳的有冉天育的《詹詹言集》、冉奇鑣的《玉樓詩卷》和《擁翠軒詩集》、冉永涵的《蟪蛄聲集》，今俱不存。清代改土歸流以後，酉陽設直隸州，轄酉陽、黔江、彭水、秀山諸縣，酉陽冉氏土司雖不復存在，但冉氏家族的進一步繁衍，使得家族文脉得以延續，涌現出更多優秀文人，且多有詩文集刊刻傳播。如冉廣燏有《寓庸堂文稿》《二柳山房雜著》等；冉廣鯉有詩集《信口笛吟草》；冉正維有《老樹山房文集》《醒齋詩文稿》；冉瑞嵩著有《大酉山房集》；冉瑞岱著述甚富，有《二酉山房隨筆》等；冉崇文爲清末酉陽冉氏文人中最有成就者，著有《二酉山房詩鈔》等；冉崇熣有《雨亭詩草》；冉崇治有《容膝軒詩集》。以上所列詩文集今俱未見，但部分詩作由馮世瀛選入《二酉英華》。改土歸流之後，官學教育和科舉考試的普遍推行，加之冉氏與陳氏、馮氏、田氏等家族互通婚姻，使得這一時期的土家族詩人群體更加龐大。如陳氏家族有陳序禮、陳序樂、陳序川、陳汝燮（原名陳序初）、陳宸（原名陳序遹）、陳景星等代表人物，他們皆有詩集，其中陳汝燮《答猿詩草》，陳景星《疊岫樓詩草》，陳宸、陳寬《酉陽陳氏塤篪集》，均存民國印本。田氏家族以田世醇、田經畬爲代表，前者有《卧雲小草》等，後者亦有詩集，惜未見傳本。馮氏家族以馮世熙、馮世瀛、馮文願爲代表，其中馮世瀛爲酉陽名儒，是清代後期在經學、文學上均有很高成就的土家族文人，有詩集《候蟲吟草》，今存同治刻本。此外，土家族名醫程其芝有《雲水游詩草》存世。石柱馬氏土司家族中，能詩善文者亦復不少，但在漢語詩文的創作成就上要遜色於酉陽冉氏，秦良玉、馬宗大以及土司舍人馬斗煒、馬湯等人是其中的代表人物。馬斗煒曾有《竹香齋詩集》結集傳播，後散佚，乾隆間流官王縈緒又輯録《竹香齋拾遺詩稿》傳世，今未見。改土歸流之後，石柱冉氏文脉亦得到傳承，有冉永燾、冉永燮、冉裕戽等代表，惜無别集流傳。秀山楊氏土司家族歷來多軍功卓著者，文人則不多見。改土歸流前，楊氏土司家族尚無在漢語詩文創作上有所成就者。乾嘉以降，平茶楊氏土司後裔、果勇侯楊芳及其子孫輩多文武兼擅，不但從事漢語詩文創作，而且多有作品集流傳。楊芳有《錫羡堂詩集》刊行，後其孫又輯有《楊勤勇公詩》；楊芳子楊承注有《楊鐵庵詩》；楊承注子楊恩柯有《陶庵遺詩》；楊恩桓有《卧游草》。《楊勤勇公詩》《陶庵遺詩》《卧游草》尚有抄本存世，《錫羡堂詩集》《楊鐵庵詩》今未見傳本。黔東北在明以前爲田氏土司所統治，因思州、思南土司在明初相攻仇殺，朝廷遂廢這一區域土司，置流官，建官學、興科舉。因此，明初以後的黔東北，實已無土司家族存在。這一地區的土家族漢語詩文發展，大約與渝東南同步，正德以後，涌現出田秋、安康、田谷、安孝忠、田慶遠、田茂穎、王藩、任思永、張敏文、張清理、張德徽等優秀作家，他們的作品曾結集行世，惜今未見傳本。

古代西南地區回族、土家族詩文之所以能持續發展，并能够在中國文學史上占有一席之地，很大的原因在於西南地區回族、土家族文人的文學創作既受到時代風氣的塑造，又受到地域文化的影響。同時，古代西南地區的回族、土家族文學也是與其他民族文學相交融的産物。西南地區是一個多民族地區，回族、土家族文人在與包括漢族在内的其他民族交往過程中，各學所長，形成了你中有我、我中有你的多元一體的文學格局。如回族詩人沙琛，在與白族文人師範、漢族文人錢灃、納西族文人桑映斗、回族文人馬之龍的交往唱和過程中，不論在詩歌創作風格、取材對象，還是主題内容等方面都相互影響。這就增加了回族文學的多民族因素，使得回族文學的内容更加豐富。

總而言之，古代西南地區的回族、土家族詩文以其鮮明的地域特徵和獨特的創作風貌爲後世研讀者所稱道。這些創作成就，不僅豐富了回族文學和土家族文學的内容，也爲建構更加完整的中國文學史添磚加瓦，頗有傳承價值。

需要説明的是，本卷内文留存了部分原作者對農民起義軍的蔑稱，這顯示了古人的歷史局限性，爲保持古籍原貌，此次整理不一一修改。

孫紀文

二〇二〇年十月二十五日於西南民族大學圖書館

目録

酉陽冉氏詩……一

叙録……三

冉正藻詩……一一

雜詩……一一

邊灘……一二

舟中與朋輩論文……一二

瀘州對月……一三

夜泊李渡……一三

中觜峽……一四

寒灘壩書感……一四

羅縠嘆……一四
明月詞……一五
訪梅……一六
青神舟中望峩眉不見，感賦……一六
九月十五夜泊石門驛……一六
大鹽灘戲作長歌……一七
三烈潭……一七
辣子溪……一八
山中送客……一八
涪州送吴大歸楚……一八
天臺夜坐……一九
出東門……一九
牛華谿……一九
泊石門驛……二〇
江行……二〇

泊嘉定 …… 二〇
望峩眉 …… 二〇
納溪 …… 二一
閒居 …… 二一
憑欄 …… 二二
偶得 …… 二二
清溪吟 …… 二二
夜感 …… 二二
天龍山早起 …… 二三
客中即事 …… 二三
傍竹書堂留題 …… 二三
野人岩春日 …… 二四
登天龍山 …… 二四
館中燈下書懷 …… 二五
七夕寄田硯秋 …… 二五

逾月，硯秋和章，疑余已自舘歸家，其實佳期尚未踐也，不諱情痴，吮墨再寄……二六
生日自嘲……二六
登最高峰……二七
夜起……二七
題元炳上人瘞骨塔……二七
露坐有懷内子……二八
寄陶際唐……二八
楊花……二八
美人風箏……二九
喜趙晴嵐至舍……三〇
爽心樓即目……三一
成都懷古……三一
江口鎮謁唐長孫大尉墓，並有感韋后事……三二
舟擱新灘，卧石上待之，口占……三三
過彭水廖氏故宅……三三

贈湖南張筤生茂才……三三
步筤生見贈元韻……三四
論詩十首……三四
夜坐懷壺川師……三五
天龍山題壁……三六
讀香山詩集……三六
龔灘志感……三七
蝴蝶詞爲陳君厚菴作……三七
犍爲縣望見峨眉……三七
瀘州舟中……三八
江北廳……三八
歸舟……三八
冉正藻詩補遺一首……三九
霸靈山覽古……三九
冉瑞岱詩……四一

遣懷……四一
讀書偶成……四二
詠史雜詩……四二
過鸚鵡洲弔禰正平……四六
都門留别張竹坡同年……四六
苦雨謡……四七
大水行……四七
消寒雜詩……四八
雪蕉……四九
鳳凰山……五〇
由龔灘至涪州，山水奇險，紀以長句……五〇
黄郎歌……五一
種菜行……五二
薤露歌和馮壺川挽石生維華……五三
上豬頭箐……五三

四十初度感賦……五四
撫孤行爲周夢漁母陳孺人作……五五
春雪……五七
久病小愈……五七
詠史……五七
舟過邊灘……五八
舟中望渝州……五九
宿白市驛，屋漏無下榻處……五九
客夜聞雨……五九
大黄坪早發……五九
丙戌二月廿四日舟發溪口，别家兄口號……六〇
鳳灘……六〇
夜泛桃源……六〇
龍陽晚泊……六一
車中望磁州……六一

暮投固安……六一
東明集夜雨……六二
黄河晚渡……六二
天生橋……六二
分水嶺……六三
春日感懷……六三
憶内……六四
秋夜月下偶成……六四
殘臘……六四
雨中即事……六五
客中生日感懷……六五
春日即景倣劍南體……六五
惠陵……六五
和馮壺川見寄元韻……六六
樊城道中……六六

光武故里……六六
昆陽懷古偕同年陳石幢作……六七
延津道中……六七
寄焦芙溪同年……六七
銅雀臺……六八
歌風臺……六八
汴梁懷古……六八
客中值家君慶日……六九
輓羅似山同年……六九
哭焦芙溪同年……六九
館中歲暮感懷……七〇
悲懷……七〇
遊二酉洞藏書處……七一
聞壺川馮君秋闈獲雋，喜而有作……七一
閱鄉試題名録，知金鳳樓同年獲雋，喜賦……七二

大風雨上隘門關同壺川作……七二
客中感懷……七二
壬辰揭曉後感念壺川北上之約，悵然走筆……七三
小桃……七三
清明日謁鍾靈山祖塋感賦……七三
五十初度自號半翁……七四
感懷……七五
自慰……七六
贈詩僧履雲……七六
寒宵即事……七七
歲暮接家書……七七
口占贈梓潼李少華廣文……七八
大霧……七八
春柳……七八
牡丹花下作……七九

春日睡起……七九
龍泉道中……七九
讀《秦紀》……七九
讀《三國志》……七九
書揚子雲傳後……八〇
題伯佐山《美人觀書圖》……八〇
邯鄲旅寓和壁間韻……八〇
爲許子青同年題《美人曉粧圖》……八一
黄金臺……八一
八月十一日出都……八一
長湖……八一
賀翕川司馬納寵……八二
九月十一日生子，喜賦小詩……八二
翕川司馬以賞菊見招，即席賦六絶句……八三
反遊仙……八三

長里農家……八四
丙午夏送壺川之金堂廣文任……八四
冉瑞岱詩補遺三首……八七
血栢行……八七
伯氏睦族碑……八八
附録……八九
同門冉石雲明經《偶存草》序……八九
冉瑞岱傳……九〇
冉崇文詩……九三
詠古十首……九三
十月初六日雪……九六
次日又雪……九六
冬夜雜詠……九七
雜詩……九八
無題……九九

閒遣……九九
相如琴堂……一〇二
蓬山曲……一〇二
冬曉曲……一〇三
雜詠五首……一〇四
白紗帽……一〇五
陳後主……一〇六
拐子馬……一〇七
楊廉夫……一〇八
鐵簡……一〇九
管家婆……一〇九
行路難……一一一
將進酒……一一三
岣嶁禹碑歌……一一四
宣瓷印色池歌……一一五

王夢崖世兄以墨龍見示，爲題長歌……一二五
烈女吟……一二六
殉難行輓粤西蒼梧縣厚菴彭明府……一二七
武擔山……一二九
出成都西門望大墳堡，慨然有作……一二九
甲子科經題，周孝廉敬輿獨主爻辰立説，爲賦此歌……一三〇
贈成都醫士王晉之代吴世恭作……一三一
悍婦行爲汪叔起作……一三二
謝來西嗜食臭，家宓琴以長歌贈之，余亦戲作……一三三
出東門……一三四
讀學使錢香樹先生贈先伯高祖潛修公詩，因步元韻誌感……一三四
秋夜月下步石雲叔韻……一三五
送友人早行……一三五
獨坐……一三六
茅店……一三六

資州宋孝子支漸故里……一三七
遺懷……一三七
六月菊……一四〇
登高……一四〇
陸金粟少刺招飲賞菊，穀生、李甥分得巖菊、籬菊、瓶菊、盆菊四題，因亦擬作……一四〇
將赴省試，蓉江姪以詩爲贈，依韻答之……一四一
抵成都……一四二
相如故里……一四三
晚泊薛濤井……一四四
憶舊……一四四
烟蕪恨十二首……一四五
續烟蕪恨十二首疊前韻……一五一
再疊前韻……一五五
寄張宜琴……一五七
上子貞師……一五七

遊昭覺寺……一五八
金繩寺……一六〇
和潭上謝來西《觀我》四首原韻……一六〇
唐莩生太守感念黔事，有傷秋八首，步和原韻……一六一
蜀中古蹟八詠……一六三
和秦樂山九日登高原韻……一六四
題劉寄峰《秋蟲圖》……一六五
成都旅次……一六六
辛亥下第回，客有以詩烦者，依韻答之……一六六
步子貞師《月餅詞》原韻……一六七
懷人詩……一六八
題楊杏園麗人卷子……一六八
金筑張道生有《金陵捷後聞客談兵燹狀感賦》七絶十首，次韻奉和……一六九
憶明季金陵舊事七絶十首，用張道生韻……一七〇
送州司馬汪翕川夫子任滿赴成都一百韻……一七二

州牧次垣羅公六十壽一百二十韻……一七四
冉崇烇詩……一七七
迎春曲……一七七
龍洞坪遠眺……一七七
詠懷……一七八
溪上……一七八
冷水蓋道中……一七九
偶成……一七九
寄遠詞……一七九
遊春曲……一八〇
訪梅……一八〇
隘門關遇風……一八一
落梅曲……一八一
晚過小河……一八一
吴家店……一八一

旅夜不寐……一八二
賈家坡……一八二
偏岩子道中……一八二
秋夜……一八三
答楊雪齋見贈原韻……一八三
長夜書懷……一八三
秋懷……一八四
四十……一八四
閒遣……一八五
夜坐……一八五
感懷……一八五
贈黄菊齋……一八六
漫興……一八六
初夏……一八六
斂心……一八六

偶成……一八七
送春……一八七
漁翁……一八七
五堆過渡……一八七
春怨……一八八
即目……一八八
道中雜詠……一八八
送別詞……一八八
秋日寄内……一八八
銅鼓潭偶成……一八九
山行……一八九
述懷……一八九
秋懷……一八九
冉崇治詩……一九一
小酌偶成……一九一

涼風洞……一九一
榮昌道中古榕……一九二
錦城聞杜鵑有感……一九二
昇仙橋……一九三
九眼橋……一九三
己巳除夕……一九四
冬日早起……一九四
臘日立春……一九五
遊栖鶴菴……一九五
秋望……一九五
由龔灘至羊角磧舟中雜詠……一九六
巷口鎮……一九六
臘月十三日抵涪州，换船至重慶，江中即目……一九七
曉發渝州……一九七
南津驛……一九八

錦江閒眺……一九八
江安縣……一九八
春日述懷……一九八
宿黄臘池……一九九
彭水道中……一九九
永川臘日……一九九
榮昌曉發……二〇〇
碧雞坊……二〇〇
遊昭覺寺……二〇〇
次謝來西仿張船山《觀我詩》原韻……二〇〇
再次《觀物詩》韻……二〇一
次友人《客中送春》元韻……二〇一
《蒔花守拙圖》爲謝來西題……二〇一
九日偕秦馨山、毛艾亭、蔣雲林、趙竹嶼、張少安諸公出成都北門登高，次馨山韻……二〇二

眉州懷蕭文忠公……二〇二
渝州……二〇三
薛濤井……二〇三
題余子恬明府澹園十六絶……二〇三

酉陽田氏詩……二〇五

叙録……二〇七
田世醇詩……二一一
讀杜詩……二一一
讀史雜詠……二一一
登天龍山……二一四
宿沿河司……二一五
荆卿……二一五
何易于……二一六
鹽井坡……二一六
龔灘……二一七

江口謁長孫太尉墳感賦……二一七
塗山懷古……二一八
渝城弔三忠作……二一八
十國世家小樂府……二二〇
書箱峽……二二二
宋節母黄孺人撫孤教子行……二二二
清溪寺……二二三
金龍寺即事……二二三
哭田五繼齋……二二四
三月二十七日遊鐵鼓溪，其地崇山絶澗，古樹槎枒，虧蔽天日，飛湍瀑布，侵人毛髮，凜然不可久留，歸而成詠……二二五
佛山興隆寺題壁……二二七
贈晏薇垣……二二八
春晴……二二八
玉屏縣……二二九

銅崖……二二九
壬辰送馮壺川計偕北上……二二九
山中五律四首……二三〇
大白巖……二三一
二峯關……二三一
豬頭箐……二三二
天馬山紀遊同履雲上人作……二三二
春草……二三三
春柳……二三三
登八面山絶頂……二三四
遣懷……二三四
清明雙龍寺題壁……二三五
棖觸……二三六
輓馮京菴……二三七
書陳立山《北征詩》後……二三八

無聊……二三八
蹉跎……二三九
錦城春日漫興……二四〇
晴日登武擔望見雪山……二四〇
惠陵……二四〇
薛濤井……二四一
武侯祠……二四一
喜雪……二四一
君山……二四二
黄鶴樓……二四二
落花……二四二
讀《劍南詩鈔》……二四三
書楊夫人寄升菴詩後……二四三
初夏同鄭、虞兩學究遊二酉洞……二四三
過陬溪楊閣部荒祠……二四四

東湖阻雨……二四四
晚登岳陽樓……二四四
讀史雜詠……二四五
端午前二日經水田壩昔年讀書處……二四六
讀六朝史……二四六
讀《十六國春秋》……二四八
讀《明史》……二五二
窗前牡丹盛開，和同人作二首……二五三
自壽……二五四
梅花……二五七
排悶……二五七
自訟……二五八
七十自嘲……二五八
謝同學公舉重遊泮水……二六〇
編詩自嘲……二六一

讀范淶平反子雲一記書後……二六一
重過金龍山寺……二六一
讀倉山集有懷隨園……二六二
題畫二首……二六三
讀史雜詩……二六三
明溪里魯東山徵生輓詩，勉賦答之……二六四
春日漫興……二六四
陳斐然隱於漁者，不知其能詩也，偶於席上誦其生日口占四絶，度越時流，喜而
有贈……二六五
白桃花……二六五
小草編成，自題誌愧……二六五
附録……二六七
田旦初明經《臥雲小草》序……二六七
田經畬詩……二六九
夏日晚步……二六九

枯竹……二六九
憎蚤……二七〇
甘霖謡・織……二七〇
閒寫……二七一
晚夏齋中……二七二
三十生日自壽……二七二
題周夢漁《璜溪詩草》……二七三
秋日雜吟……二七三
題履雲上人詩集……二七五
蔡吉堂進士之官江南，詩以送之，兼呈其内兄楊春臺茂才……二七五
送别州司馬袁金門先生……二七七
輓馮京菴先生……二七七
袁夢墨寄示近作，奉題五律二首……二七八
一齋師命校《卧雲小草》，題後……二七九
柳絮……二七九

伏波祠和黄曉山韻……二八〇
于忠肅……二八〇
菜花……二八一
桃花……二八一
生日曉山以詩爲祝，次韻述懷……二八一
偶成三首……二八二
夏涼……二八二
晚眺……二八三
喜晤白玉峯，即席有贈……二八三
秋夜……二八三
九日登高……二八三
冬日山館閒遣……二八四
寄鶴林……二八四
紅蘭……二八五
一局……二八六

和壺川先生《九老詩》元韻……二八六
薛濤井……二八八
寄吴晴江……二八八
彭輯五席上喜晤周夢漁……二八八
感事偶書……二八九
春日苦雨……二八九
即事……二九〇
桃寄柳生和戴仙查先生韻……二九一
次韻熊升之枉過，兼寄其兄謙之……二九一
和友人紅岩阻渡韻……二九二
秋夜齋中……二九三
酬冉右之枉顧見贈元韻……二九三
中秋與同人對月作……二九四
感事……二九六
秋夜偶成……二九六

夢漁應酉試屢困童軍，去歲歸江西，於原籍獲雋，今過山館，喜賀以詩……二九七
春歸……二九七
美人風箏次韻四首……二九八
和冉拙菴七夕見贈之作……二九九
履雲上人詩將付剞劂，屬余校讎，謹題七律二首……二九九
讎校一齋師《臥雲小草》竟，再題拙句，以志嚮仰……三〇〇
題畫……三〇〇
讀史雜感效袁簡齋五六七言體……三〇一
贈劉次湖，兼以志別……三〇三
扇上八仙……三〇三
題畫八首……三〇四
春日有感，即物寫懷……三〇五
夏日齋中雜詠……三〇五
遊仙詩……三〇七
題黄曉山冬夜讀書圖……三〇七

興隆山贈禪月上人……三〇八
題《桃花扇》……三〇八
讀夢漁道情題後……三〇九
彭心田援例比上，詩以送之……三〇九
田荆芳詩……三一一
望月……三一一
鳳灘送楊陶村……三一一
喜雨……三一二
豪飲歌……三一二
穿岍……三一三
洞庭晚眺……三一四
宿保靖……三一四
舟行峽中……三一四
旅館秋夜……三一五
秋夜與黄篔生諸友遊東山寺……三一五

苦雨纏綿，春宵不寐，枕上口占……三一五
雨後玩月有作……三一六
避暑……三一六
過洞庭……三一六
岳州除夕……三一六
登岳陽樓……三一七
登金鶚山……三一八
客中清明……三一八
憶諸弟……三一八
遊君山……三一九
朗吟亭……三一九
石隄……三二〇
步奉雲仙登跨鼇亭原韻……三二〇
戊辰夏應試思州，同龔澍生、陳玉山遊大西洞……三二〇
五十初度遺懷……三二一

幽居無事，詩酒自娱，每繙吟篋，取舊作朗誦，絶少愜意之句，笑而有作……三二二
辛未除夕……三二二
自壽……三二三
步廖東巖先生《七旬晉一自壽》原韻……三二三
梅……三二四
柳……三二四
竹……三二四
菊……三二五
別君山……三二五
武陵舟中……三二五
桃源……三二五
春日雜詠……三二六
惜花詞……三二六
送奉雲仙之黔從軍……三二七

松桃楊氏詩

松桃楊氏詩……三二九
叙録……三三一
楊勤勇公詩……三三七
先勤勇公風樹悲吟……三三七
勤勇公述古初稿三首……三四一
老屋箴……三四二
葬木偶……三四二
書百果樹生墓碑陰……三四三
為張亥白題畫蘭一絶……三四三
道經劍閣夜半馬上得句……三四四
題岳忠武王廟……三四五
題百泉……三四六
先勤勇公步元次山窊尊原韻……三四六
大將行……三四七
感述七十六韻……三四八

果勇侯夫人傳……三五一
祝舅氏㙐堂龍公壽……三五五
楊芳詩補遺……三五七
謁留侯祠……三五七
讀《西域蟲鳴草》二首……三五七
祭隨征新疆陣亡將士……三五八
岳陽樓……三五八
回瀾閣……三五九
墓碑自挽……三五九
疆埸抒懷……三六〇
悼楊蓮之孫女七律五首……三六一
郊原游……三六二
句……三六三
集句……三六三
撫琴愛狄梁公《望雲思親》，有音無詞，按譜填五百四十四字……三六三

楊承注詩……三六五
誥授奉直大夫顯考楊公節略……三六五
葬木偶……三六七
過馬嵬坡懷古……三六七
庚子夏五月，讀近人本事詩，有感陳跡，因成五十六字，以誌岑寂，不自知其涕之何從也……三六七
陶庵遺詩……三六九
陶菴逸史節畧……三六九
題金陵瞻園十二韻步外舅成蘭生方伯韻……三七一
偶吟用靖節翁種豆南山下原韻……三七三
九日觀菊……三七四
前題……三七四
春夜病卧不寐偶感而作……三七四
題松鷹畫幅……三七五
由龍潭歸山莊途次偶得……三七五

題逃安子……三七五
時還齋偶題……三七五
静坐……三七六
卧遊草……三七七
卧遊草自叙……三七七
癸酉清明赴省途次寄弟……三七九
道經桶井河偶遇鄉人歸里口占以寄……三七九
閏三月……三七九
前作閏三月詩，意殊未洽，復成一律……三八〇
養疴……三八〇
憶滇南寄煐、炳兩姪二十韻……三八〇
雨水前一日小立庭院，忽有雙燕飛來，徘徊故壘，戀戀有故人意，爰賦一律以
誌喜……三八一
人日書懷……三八一
和家季㮀人日感懷原韻……三八一

和家季㮣雪夜旅舍感懷原韻……三八二
和家季㮣新春早行原韻……三八二
前作自詠意有未盡，復成六韻，以廣其意……三八二
游蜀紀程……三八三
庚辰仲夏，由古龍潭起程，行六十里，宿潮水溪，次日過龍潭鎮香舖中，伙宿麻彎場，口占一律，用『西溪鶏齊啼』為韻……三八三
初八日過杉刀河登大小白崖，崇山峻嶺，山頭石隙噴泉作瀑布，音如雷吼，飛下陡崖，寔為奇觀……三八三
十一二日過頭二三坳，萬仞崇山，盤旋曲徑，俯視羣峯，千奇百怪，下山入辣子溪，兩山夾峙，一線溪流，沿溪而出，別無路經……三八四
十五日至彭水縣搭船下涪州舟中作……三八四
十三日至郁山鎮，居萬山中，出入登山，石級千層，無寸土平地，產白鹽甚旺，民極富庶……三八五
舟中紀事……三八五
二十一日由涪至渝，泝流而上，舟中書觸目……三八五

七月初五日行百里，宿楊家街，見旅舍題壁甚夥，惟和憇園主人韻數首内有佳句，余亦技癢，依韻和之，聊誌歲月……三八六
十三日自永寧起程輿中晚眺……三八六
十四早行上狗腦殻坡，直入雲表，回視峯巒，烟雲繚繞，口占一律……三八六
十五日風雨連宵，早行贈盧鑑堂孝廉……三八七
飯後行十五里上雪山關，高入雲際，六月披裘……三八七
宿赤水河，山高路險，輿中遣興……三八七
十八日宿畢節縣，連宵風雨，途中書觸目……三八八
同日感懷寄佐清姪……三八八
二十日上七星關，兩山夾峙，一線溪流，山凶水陡，不通舟楫，橋上有亭名七星橋……三八八
宣威曉起戲贈盧鑑堂……三八九
夜宿馬龍州夢醒有感……三八九
偕滕相臣、盧鑑堂、小菴侄游黑龍潭話吳王遺事……三八九
登五老山通真觀看唐梅宋柏，讀阮閣部桂未谷墨刻詩……三九〇

黑龍潭觀魚……三九〇
寒食書懷……三九〇
清明游社稷壇遇雨書事……三九一
前題……三九一
暮春念八日小陶姪署理尋霑營參篆，由滇起程同赴宣威任所，皆余去冬入滇舊路，村舍依然，時光迥別，重駐板橋，早行即事……三九一
詠鶯粟花……三九一
初二日由易隆翻山，係去冬貪走捷徑，迷途夜行處，詩以誌之……三九二
同日中途聞子規……三九二
重宿馬龍州旅夜口占……三九二
榕城自詠寄家季㮄弟……三九二
榕城睡起……三九三
榕城連年苦旱，近來朝晴暮雨，即景詠懷……三九三
感遇……三九三
龍灘水……三九三

瀑布泉…………三九四
活佛洞…………三九四
行吟…………三九四
閏月七夕偶成…………三九四
對月書懷…………三九五
重九日風雨交加，道經黃華圃，輿中口占…………三九五
九日登高懷家季楙弟…………三九五
憶菊…………三九六
登大觀樓遠眺…………三九六
辛巳長至後二日由滇起程北上，便道歸里，留別苴城諸君子…………三九六
花月六日小飲翠微閣…………三九七
聽雨不寐…………三九七
賦得千里耕桑歲有秋…………三九七
癸未年立夏後一日病中口占…………三九八
書感…………三九八

病中枕上口占……三九八
感遇……三九九
遊黎平府南泉山天香書院，為明督師何忠誠公讀書處，即景感懷，兼和袁杏村先生韻……三九九
登南泉亭飲水小憩有感……四〇〇
謁神魚井何忠誠公祠……四〇〇
小暑前一日至黎平府城南三十里地名佳杓，謁始祖唐誠州刺史，宋追封英惠侯之墓……四〇〇
春日感懷……四〇一
早春書懷……四〇一
倚枕不寐……四〇二
窓外老杏未開，戲書以贈……四〇二
賦得緑畦春溜引連筒……四〇二
賦得夜雨長溪痕……四〇二
春日感遇兼呈各知己……四〇三

寒食書懷兼呈各知己……四〇三
辛巳暮春僑寓滇垣，風雨終宵不寐，懷家季㭬弟……四〇三
楊恩桓詩補遺……四〇五
晉謁始祖英惠侯墓詩二首並序（其一）……四〇五
附録　松桃楊氏詩集提要……四〇七
楊勤勇公詩……四〇七
楊鐵菴詩……四〇八
陶菴遺詩……四〇八
卧雲草……四〇九

酉陽冉氏詩

〔清〕冉正藻　冉瑞岱　冉崇文　冉崇熺　冉崇治　撰
丁志軍　整理

叙録

自元以降，酉陽冉氏世爲土司，明初歸附明朝後，冉氏土司開始重視酉陽地方文教事業的發展。在中央王朝的支持下，酉陽設立司學，并主動融入國家科舉體系，同時廣設義學，招徠適齡子弟就讀。教育的持續發展，促進了冉氏土司家族及平民子弟漢文化水平的整體提升。明中葉以來，酉陽冉氏土司首領或家族文人屢次率領土兵參與抗倭、援遼等軍事行動，頗得江山之助與劘切之功，從而涌現出衆多能文善詩的作家，其中有不少還曾編刊過詩文集，惜今所傳多爲散篇，本集則湮没無存。清代雍正末實行改土歸流後，土司勢力土崩瓦解，但平民子弟却有了更多接受漢文化教育和與主流詩壇接觸的機會，酉陽冉氏文人的漢語詩文創作非但未出現斷層，反而愈加呈現出蓬勃發展之勢，不但形成了詩歌創作的代際傳承文化，而且許多詩人編有詩集，惜今未見傳本，部分作品保存於《二酉英華》《國朝全蜀詩鈔》等詩歌總集以及《［同治］增修酉陽直隸州總志》等地方志中。在這些詩人中，創作水平較高、保存作品較多，且曾編有詩集的有如下幾位：

冉正藻，字棁庵、拙庵，清代酉陽州人，冉正岳之弟，歲貢生，生卒年不詳，同治中期尚在世。酉陽名宿馮世瀛任龍池書院山長時，冉正藻曾肄業書院，二人有師生之誼，馮纂《『同治』增修酉陽直隸州總志》，冉正藻承擔文獻采訪工作。冉正藻是清代酉陽冉氏家族中較有代表性的詩人，由於屢應鄉試不售，爲謀生計，多輾轉於川、黔、湘等地，以充塾師授徒爲業，一切人生遭際，每每托諸吟詠。冉正藻前期的詩歌多體現時光如流、功名不就的惆悵，以及長期謀食在外，對家中親人的思念。至後期心態漸趨平和，加之受到一些佛教思想的影響，因此詩中常傳達出一種曠達與超脱。冉正藻有較鮮明的文學主張，如其《舟中與朋輩論文》云：『兩漢溯源源，三唐宗某某。若非斬然新，泰華雜培塿。何如棄糟粕，直從理路剖。氣機作爪牙，精神爲樞紐。撞破天門開，世上始無偶。』他認爲，爲文要重新意，不可專事模仿，衹有從理路、氣機、精神上入手，匠心獨運，纔有可能突破古人窠臼，自成一家。又如《論詩十首》云：『全要一般生面闢，應聲蟲是可憐蟲。』（其二）『權門託足終何用，李杜由來少替人。』（其三）『思如泉湧筆如花，機杼天然自一家。』（其四）『靈臺未識詩三昧，縱得驪珠亦偶然。』（其五）同樣反對模仿，强調詩歌創作應自出機杼，推陳出新。在整體風格上，馮世瀛認爲冉正藻『詩筆清俊，與乃兄抗行而工力過之』，是對其詩歌創作實踐的高度肯定。冉正藻詩集今未見傳本，清代馮世瀛所編《二酉英華》卷十選録其詩一百二十首，其中末四首漏刻，實存六十四題、一百一十六首。

冉瑞岱（一七九八—一八六二），號石雲，晚年又號半翁，清代酉陽州人，酉陽知名學者冉廣鯉嫡孫，詩人冉正維第三子，冉正藻侄輩。冉瑞岱十七歲入酉陽州學，道光二年（一八二二）前後曾肄業成都錦江書院，道光五年（一八二五）拔貢。冉瑞岱屢應鄉試不售，遂居鄉以授徒爲事，後又嘗主講龍池書院。咸豐二年（一八五二），知州凌樹棠以黔楚擾攘，興屯田於酉陽，聘冉瑞岱爲二酉書院山長，參與屯田籌劃，後總理酉陽屯田事務，以功授教職。十一年，太平軍攻擾彭水、黔江，其時州庫空虚，無餉可用，刺史王麟飛委以勸捐事，同治元年（一八六二）以積勞卒。冉瑞岱淵源家學，凡經史子集，無不涉獵，生平著述頗多，指摘前人著作，多能切中要害。著有《二酉山房隨筆》二十卷、《二酉山房詩集》十卷、《駢體散體古文》四卷、《試帖》二卷、《雜文》四卷、《軒渠録》四卷、《管窺偶録》二卷、《唾餘録》十卷。冉瑞岱兄弟數人少年即以詩文成名，而岱尤爲其中的佼佼者。其詩在技法上有以文爲詩的傾向，古體尤其如此。情感多率真，語言明白如話，却又藴含深刻的生活哲理。主講龍池書院時，州同汪來溪爲其選刻詩文集《偶存草》二卷行世，并作序。冉瑞岱著述今均未見傳本。《二酉英華》卷三録存冉瑞岱詩九十二題，一百三十四首；《國朝全蜀詩鈔》選録二十題、二十八首。

冉崇文（一八一〇—一八六七），字右之，號蠡夫，清代酉陽州人，冉瑞嵩長子，冉瑞岱侄輩，廩生。冉崇文出生在底藴深厚的書香家庭，祖輩、父輩能詩善文者甚多，自幼受到很好的文化熏陶，加之自身天資聰穎，博聞强記，因而在父親的督促下，博覽群書，爲成年後的學術研究和文學創作奠定了良好的基礎。在學術上，冉崇文擅長金石考證之學，尤其是對酉陽地方人文發展脉絡的爬梳，令酉陽名儒馮世瀛極爲稱賞。同治初，酉陽州牧王麟飛主持酉陽州志的增修工作，聘冉崇文、馮世瀛爲主纂，冉崇文對酉陽地理、沿革、人文等多有精審的考訂。除了學術上的才華外，冉崇文文思敏捷，詩文創作往往不擬草稿，振筆直書，亦工亦速，洋洋灑灑，展現出非凡的文學創作能力。酉陽詩人田經畬曾贊譽冉崇文云：『儒林文苑分途久，一手雙探合共推。』或許是受到學術寫作經驗的影響，冉崇文的詩歌有考據詩的特徵，如《岣嶁禹碑歌》《宣瓷印色池歌》《甲子科經題，周孝廉敬輿獨主爻辰立説，爲賦此歌》即爲其中代表，與當時的酉陽詩人群標舉性靈的風氣不侔。同時，冉崇文又以倜儻知名，其所經歷之男女情事，多訴諸篇什，情真意切，纏綿悱惻，《煙蕪恨》《憶舊》《懷人詩》等組詩最有代表性，馮世瀛謂右之長於艷體，香奩尤推絶技，即指此類作品。冉崇文一生並不像普通讀書士子那般熱衷功名，因而其詩歌較少傳達出功名不就與年華易老之間的衝突所帶來的精神焦慮。除了沉潛書海，冉崇文也時刻關注時勢，對當時發生的重大事件，其詩歌也有表現，並多以詠史詩的形式，對現實予以批判。『筆墨生涯温季老，河山心事少陵哀。幾番欲上匡時策，半世誰憐出衆才。』（《寄張宜琴》）在這些作品中，國家不幸往往又與個人失意交織雜糅，流露出一種深沉的感傷，頗有沉鬱之風。從整體上看，冉崇文的詩歌喜用僻字僻典，蓋受其文風之影響，慣用鋪排，下筆不能自休，有逞才學的傾向，馮世瀛謂其詩集中多百韻及二百韻者，可謂『長袖善舞』，但也頗顯出堆砌之弊。冉崇文早年以讀書爲事，中年以後，稍事生計，長期寓居成都，以充塾師爲業。一生著述甚富，成書者有《二酉紀聞》十六卷、《小酉山房雜録》四十卷、《訪樵聯吟》四卷等。同治六年（一八六七）春，冉崇文病逝成都，其詩文生前未及整理，後由馮世瀛負責編定詩集，名曰《訪西山房詩存》[二]，今未見傳本。《二酉英華》卷五、卷六選其詩六十七題、二百一十六首，《國朝全蜀詩鈔》選二十八題、七十一首，爲清代四川地方文學總集録存作品最多的酉陽冉氏詩人。

冉崇熣，字雨亭，冉崇文族弟，生卒年未詳，酉陽州府學生，咸豐十一年（一八六一）辦

[二] 酉陽詩人田經畬《酬冉右之枉顧見贈元韻》有自注云：『集中贈優伶詩甚多。』可知冉崇文生前已有詩集。又，《二酉英華》稱冉崇文『所作《訪西山房詩》，無體不工』，馮世瀛集中又有《蒐輯右之〈訪西山房詩存〉》一詩，記冉崇文去世後，馮世瀛在其原有詩集基礎上增編近作的情形。《晚晴簃詩匯》稱冉崇文有《二酉山房詩鈔》，誤，該集實爲冉崇文叔父冉瑞岱詩集。

理酉陽軍務有功，保舉訓導。著有《雨亭詩草》。冉崇煃早年有志於功名，詩中常常流露出時不我與的焦慮，『立志悔不早，白髮催人易』（《迎春曲》）、『功名苦不就，年華曾待誰』（《詠懷》）即爲此類。後心態漸趨平和，『不愁囊已空，但願酒長醉。有酒邀明月，有詩成妙諦。悠然自在身，脱却名與利』（《偶成》）、『悔用聰明鑽故紙，消磨豪氣困青氈。百年身世都如此，但悟真空即是禪』（《四十》），從中可以見出詩人的超脱與曠達，因而其詩風也以清新灑脱爲尚，馮世瀛稱其詩『古體饒有别致，近體亦清雅』，頗爲中肯。冉崇煃胞弟冉崇治，字宓琴，生卒年未詳，酉陽州附學生，長期充塾師於成都，與兄同以咸豐十一年辦理軍務有功，保舉訓導。著有《容膝軒詩集》。冉崇治的詩歌以雄壯豪放見長，其寫景狀物，如『寒緑沁人心，拔地森雲漢』（《榮昌道中古榕》）、『古木空山盡，愁雲戰壘忙』（《秋望》），多呈現峥嶸蒼勁之概。其抒情寫意，如『丈夫有志不潦倒，會當五花馬，千金裘，結駟連騎任遨遊』（《昇仙橋》）、『斫地悲歌氣未銷，英雄不肯讀《離騷》。途窮那管旁人傲，門掩但防俗客敲』（《春日述懷》），豪宕磊落之氣表露無遺，故馮世瀛稱其詩『時復壯采，充其所至，終將立幟騷壇』。兄弟二人詩集今均未見傳本。《二酉英華》録存冉崇煃詩四十一題、四十七首，卷十四録存冉崇治詩三十四題、五十一首。

此次整理即選擇冉正藻、冉瑞岱、冉崇文、冉崇煃、冉崇治五位清代酉陽冉氏詩人的作品，以姓名爲集名，以輩分年齡之先後爲序進行編輯與點校，總其名曰《酉陽冉氏詩》。《酉陽冉氏詩》均以馮世瀛所輯《二酉英華》爲底本，與孫桐生所編《國朝全蜀詩鈔》（校記中簡稱『《詩鈔》』）和部分地方志所收作品進行比勘。其中《冉正藻詩集》另從《［光緒］秀山縣志》（校記中簡稱『《秀志》』）中輯出一首，《冉瑞岱詩集》另從《［同治］增修酉陽直隸州總志》（校記中簡稱『《酉志》』）中輯出一首，從《［同治］忠州直隸州志》中輯出二首。

丁志軍

二〇二三年八月於湖北民族大學之修遠樓

冉正藻詩

雜詩

灼灼東園花，燦燦爛朝霞。翩翩北鄰鳥，比翼花間譁。庭有萼緑梅，孤芳徒自嗟。豈無好顔色，時棄等泥沙。翠羽待不來，參横斗柄斜。

百年何匆匆，四野何茫茫。欲拔太行木，道阻修且長。擬探驪龍珠，海深波浪狂。踆烏逝若馳，戈誰揮魯陽。側目望虞淵，慷慨以心傷。

美酒令人醉，明鏡催人老。三萬六千塲，行樂苦不早。嵇康善養生[一]，畢竟難壽考。古柏何青青，明月何皎皎。傷彼蕙蘭花，傷此幽澗草。

山高見日早，水美得魚肥。樹緑鳥争聚，爐紅客競圍。客從遠方來，貽我明月璣。此璣誠足貴，但與素心違。富貴非吾願，況乃田竇非。

笙歌集遥夜，珍錯羅玉盤。美人不可見，縹緲青雲端。我懷殊未已，何日息波瀾。蓬山萬里餘，願假飛鴻翰。鴻飛不我顧，憔悴傷心肝。

【校記】

〔一〕『嵇』，原作『稽』，據句意改。

邊灘

遠耳震雷轟，近駭飛電射。隆隆生野雲，冥冥欺白日。逼迫兩崖對，巉岏勢相敵。一篙誤撐持，生死判吸呼。側聞癸未夏，此間啟蛟室。炎天風雨會，亂石獅猊集。積爲千載害，行旅生慘慄。何當神禹來，八年重疏剔。

舟中與朋輩論文

不羨我生前，不談我生後。即此紙上物，最難心應手。兩漢溯源源，三唐宗某某。若非斬然新，泰華雜培塿。何如棄糟粕，直從理路剖。氣機作爪牙，精神爲樞紐。撞破天門開，世上始無偶。鸞鳳嘯高空，坫壇推巨手。國朝二百年，吾服隨園叟。

瀘州對月

昨宵叙府城，今夕瀘州客。月光皓於銀，月魄凉如雪。罡風天上來，鳥啼聲惻惻。想見青雲士，對汝自怡悦。如何遲暮年，也欲附炎熱。失路秋風詞，仰視浮雲白。岁崱眼前山，銷盡輪蹄鐵。大江東流去，破浪無時歇。對月夫如何，欲眠眠不得。

昔年鄜州夜，哀吟動杜甫。我無少陵才，發聲亦酸楚。有弟客南黔，生死備行伍。有姪從父去，破衣不掩股。兹雖申甫從，兩姪名。終遭岷峨侮。錦水幻風雲，玉壘成今古。榮辱本無常，盛衰宜自撫。五十老阿婆，來學少年舞。三黜實吾分，金盡敢言苦。却恐到門時，牽衣兒女訴。地荒年歲惡，債重望爺補。

夜泊李渡

嘉州見月圓，涪州見月缺。月自有盈虧，人生何偪仄。長空灝氣澄，淡淡微雲滅。黄草峽猶在，杜詩杳無迹。燈落燦星辰，魚龍有安宅。同舟二三子，多半涪陵籍。談笑慰妻孥，行裝卸咫尺。獨我異鄉人，尚作羈孤客。

中觜峽

閲人愛英雄，閲物賞神駿。烈士雖窮途，尚想鷹揚奮。泠泠中觜峽，巉巖互輝映。猿狖少嬉遊，鷙隼偏成陣。羣呼落日寒，羽刷秋風勁。勸爾且安巢，勿徒凡鳥競。縱橫劇狐兔，方煩搏擊迅。牧野有成詩，養晦待時命。

寒灘壩書感

翠巘欝巉屼，奇譎無今古。毷氉此間歸，碌碌庸人伍。可幸筆花在，萬象猶鼓舞。寒灘雖偪仄，詩從寬處補。江聲脚底號，星光頭上吐。放懷兜率宮，清淺笑牛渚。欲駕鵲橋去，天孫借機杼。銀漢路非遥，無奈帝閽阻。長途積債多，終日奔馳苦。不如沿江民，桑麻安篷户。

羅縠嘆

道旁陳死人，纍纍餓夫骨。長官本仁慈，飛蚨羅嘉縠。縠運恐遲遲，得米亦萬福。涪陵千里遥，往還兩月足。奉使異臧孫，仳離忘慘目。貪戀野鴛鴦，忍耗心頭肉。纏頭值多金，買笑匪一宿。託詞水暴漲，利口江神瀆。來往近半年，餓殍漫空谷。濕氣蒸船艙，米到不堪粥。長吏豈知情，堂上雙眉蹙。謂伊此邦人，甯不急鄉族。强將父母心，猜入豺狼腹。三尺法終逃，未將貽誤律。哀哉衆餒魂，白日江頭哭。

明月詞 呇友也

明月天上來，微風習習扇。照徹誰家樓，含情擱針線。去年奔走夜郎西，月華曾伴征夫衣。今年流落長沙道，月光又向空房照。敢怨别離多，請爲明月歌。磨斧困吴剛，竊藥安姮娥。同住月宫分苦樂，世間萬事何須説。白頭吟出卓文君，連理當秋木葉脱。日亦有晦期，月亦有缺時。月東升，日已馳，眼前離别堪凄其。歌罷沉吟天益朗，北斗離離銀漢轉。松陰悄步露沾裳，行入房櫳清氣滿。茱萸帳静撤花鈿〔一〕，五更展轉不成眠。捲簾再出畫堂上，問月何人比月圓。

【校記】

〔一〕『撤』，疑當作『撒』。按：月光透過帳帷，撒下的影子有如花鈿。

訪梅

朔風如箭鑽窓冷，一冬未見梅花影。有客尋幽出草堂，白雲先在青山等。蹇驢蹩躠度溪橋，識塗老鶴空中招。層巒疊巘忘行遠，滿袖風生寒不捲。撥雲直到山深處，雪影亭亭三五樹。香風迎人撲鼻飛，美人調管高士吹。其時凉月半輪明，翠羽啁啾如有情。有花得看花正好，況復看花人未老。長揖與花別，認我衣裳色。歸去乘興當再來，請君勿忘今夜客。

青神舟中望峩眉不見，感賦

我望峩眉如望秋，峩眉避我如避讐。英雄失路不自由，燒香奚必再與普賢謀。不如歸去戀山邱，諸子百家勤校讐，儒林傳上小勾留。顧神助我一帆風，船頭高唱大江東。鐵板銅絃自張拍，天吴紫鳳顧盼雄。涪翁洛叟遥相待，點易巖前足嘉會。富貴浮雲幻有無，棲心且出浮雲外。

九月十五夜泊石門驛

前月月十五，文塲聽官鼓。今夕石門來，月又送迎苦。月自西來人自東，相逢却在大江中。一樣魚龍争照影，幾家烟火盡騰空。纖毫射透水晶闕，玉宇銀壺同濯魄。誰似天涯冷落身，船頭悄對蘆花白。

大鹽灘戲作長歌

回時灘此止，去時灘此始。去時江漲浪滔滔，回時水落灘愈高。虎首猙獰虎牙驕，廬山瀑布珠亂跳。伍胥策馬走靈潮，枚乘擱筆不敢描。吴越三千鐵弩銷，黑雲都隊舞銀刀。一一比擬尚難肖，使人對之心膽摇。我本寒山一老饕，數莖白髮蚤飄蕭。底事中流誤打篙，秋風零落悲白袍。與汝相别在今朝，三戰三北休輕嘲。思量老骨重煎熬，磻溪八十釣周朝。吁嗟乎，磻溪八十釣周朝，異日尚欲盟征舠。

三烈潭在郁山鎮

三烈潭，清見底。三烈名，未載史。世間忠孝誰及此，母死子死女亦死。滔天狂寇白日翻，河山破碎無可倚。貔貅萬衆紛瑟縮，全家苦節甘如薺。賊起粤西賊亦言，兩粤兩川空其比。君不見潭水昏，烈魂洗，伍胥怒，靈均喜。

辣子溪

辣子溪，悵何之。偪偪仄仄高天欹，白日不到無窮期，欲落不落石傾危。一樹倒地龍虎垂，枯藤尚抱老松枝。枝詰屈，鈎人衣。黑虬吐水水聲嘶，幾條瀑布濺珠璣。旱路翻爲水路歧，五里還作十里疑。崖下人家竹編籬，椰瓢飲水顔色癡，左飛蝙蝠右狐狸。幸有防身劍，夔魈不敢欺。又驚前面曲，疑有溪復溪。將出溪，雨飄絲。馬毛瑟縮馬足疲，千回萬轉纔坦夷。卧看指路碑，已過日晡時。青山圖畫斜陽裡，天道平陂今始知。

山中送客

春意如潮湧，春愁似草生。落花三月暮，風笛幾人驚。祖帳一分手，河梁空復情。杜鵑知惜别，切切耳邊鳴。

涪州送吴大歸楚

鴉影亂黄昏，歧亭日轂奔。誰家吹玉笛，與子醉金尊。嗚咽巴人淚，淒凉楚客魂。瞿唐前路險，珍重出夔門。

天臺夜坐

倒影月在地，銀河星欲稀。蟲聲如雨落，秋意勸人歸。漸覺龍鐘至，依然鶚薦非。明朝問消息，邊圉又重圍。

出東門

萬里橋邊路，茫茫又掉頭。破衣留敝簏，老淚滴行舟。雁塔終無分，鴻文枉自修。不堪投筆者，白首始封侯。

牛華谿

兩日嘉陽路，三秋蜀國船。人聲黔楚雜，生意米鹽便。水草平鋪地〔一〕，煤烟遠接天。孤舟誰作伴，白傅位山與青蓮耀廷〔二〕。

【校記】

〔一〕『鋪』，原作『餔』，據句意改。

〔二〕『青蓮』，原作『青連』，據句意改。

泊石門驛

落日半帆收，蘆花兩岸秋。山光連鬼國，水勢撲渝州。橘柚枝枝熟，魚鹽事事優。塗窮蘇季子，到此也勾留。

江行

漸遂刀環約，濠梁傍石磯。江山留勝蹟，今古幻斜暉。小艇衝波去，孤帆帶霧飛。漫言鄉路遠，人尚粤東歸。

泊嘉定

秋雨荔枝頭，篷窓一望收。墨魚吹浪出，水鳥上城遊。遠樹迷紅葉，離人感白頭。嘉陽山色好，送客下瀘州。

望峩眉

放眼上層樓，奇觀八月秋。秀真横北極，高欲瞰南州。突兀雲長鎖，洪濛雪不收。斜陽回眺外，莽莽大江流。

納溪

秋色鋪黄襖，秋波捲緑雲。一肩嘉定月，雙足納溪雲。縣小魚鱗密，橋多雁齒分。騎牛巴女輩，也解艷羅裙。

閒居

展轉芙蓉鏡，蕭閒玳瑁巵。竹間風嫋嫋，燈下雨絲絲。味好何妨俗，情多不諱痴。呢喃梁上燕，棲穩自雄雌。

不託如來鉢，慵燒太乙爐。三間留故我〔一〕，一榻認真吾。樹色連雲濬，溪聲入夜粗。狂奴狂未已，未醉也糊塗。

【校記】

〔一〕『故』，原作『敌』，據句意改。

憑欄

斫地歌還壯，憑欄感不勝。豈無三尺劍，空貯一壺冰。歲月飛鴻逝，油鹽瑣絮增。嵇公本龍性，何處訪孫登。

偶得

晋史傳三逸，唐詩列八仙。昔賢長落落，今我自年年。得意何關酒，忘機即是禪。池塘春夢好，無限樂陶然。

清溪吟

溪聲作韶濩，溪樹蔭苔磯。風月無今古，塵寰有是非。浮雲杳何處，悵望空斜暉。一掬寒潭水，年年映客衣。

夜感

馬煩歸户寂，蠅嘬撲燈喧。風月入殘夜，江山非故園。經年纏殺運，大勢近中原。直北星環拱，明明帝座尊。

天龍山早起

尚覺龍眠熟，披衣望太清。萬山雲浩浩，雙澗水盈盈。地僻秋常早，僧閒夢不驚。結茅當此處，底事問浮名。

客中即事

借酒安牀榻，將書敵歲華。得閒忘是福，有夢不離家。露冷傳秋信，林深殿晚花。江干詩興足，餘綺散成霞。

傍竹書堂留題

主愛彭宣逸，賓添白傅親。花開春入户，簾捲鳥窺人。問字車停早，題詩墨又新。紅塵飛不到，此境葛天民。

明月一枝簫，青天破寂寥。陶君原淡定，莊叟極逍遥。出世非充隱，當筵笑老饕。奚奴忙報曉，數尺展芭蕉。

樂事傳三雅，高歌又一年。不圖離別後，重結友朋緣。得月花如佛，眠雲犬亦仙。憑欄忽惆悵，誰唱想夫憐。

世事如萍梗，浮生奈若何。百年催老大，千古足悲歌。舊夢餘紅藥，新愁澹緑蘿。何時與朋友，撰杖再槃阿。

野人岩春日

回首家山月不圓，幾行清淚溼風前。滿園花信傳蝴蝶，一片春心託杜鵑。無計醫貧知有命，倚人求活總堪憐。百錢度日終何補，愁煞江東謝惠連。

登天龍山

遠水遥天日夕流，我來榴月冷於秋。寒關夜半雨飛榻，清磬一聲雲入樓。曠世幽懷宜汗漫，幾人春夢醒王侯。從今別有鳶魚悟，不待生公已點頭。

館中燈下書懷

擬把牢騷萬慮捐，恨他春柳太纏綿。一家骨肉人何處，幾載風霜客屢遷。磨折竟催寒士老，遭逢還仗主君賢。思鄉不敵思兒苦，怕有高堂夜未眠。

身世蓬飄北又東，揮戈難挽夕陽紅。漫矜潘岳能懷舊，翻怪昌黎獨送窮。卅載年華虧我懶，一腔心血替誰空。試看博物張華傳，也笑勞勞負蝂蟲。

七夕寄田硯秋

那有閒情管六郎，鵲橋今夜上天忙。人言兒女生愁易，我爲神仙抱恨長。銀漢秋迴風露冷〔一〕，巫山雲浄月華涼。瓜期自笑年年隔，何止牽牛獨斷腸。

【校記】

〔一〕『迴』，疑當作『迥』。

逾月，硯秋和章，疑余已自舘歸家，其實佳期尚未踐也，不諱情痴，吮墨再寄

再將心緒寫紅箋，自笑狂奴意太顛。月下幾時消恨水，花前長日鎖愁烟。交來田叔真如佛，嫁得彭郎不算仙。來語有『小姑嫁彭郎』之句。怕讀離鸞歌一曲，當年曾媲並頭蓮。

誰替文君點鬢鴉，知公伉儷最風華。雲翹窈窕真佳婦，碧玉輕盈尚小家。荳蔻新詞驚暮雨，羅裙春夢妬朝霞。書堂幸接銀河路，珍重如官早放衙。

人間天上兩佳期，久負苔岑勸駕詞。倚馬有才慚獨步，牽牛無信自孤羈。偏教舊雨憐新雨，代唱楊枝並竹枝。回首鏡臺今夜月，莫將離恨照蛾眉。

跂彼吟成重寄君，緑槐如畫捲秋雲。勞勞衹爲青蚨誤，去去還防白日曛。舊夢肯忘才子句，新詩傳與室人聞。衹愁纖手多情甚，不繡鴛鴦繡惜分。

生日自嘲四首録二

幾年措大擁臯比，幾處風塵困靮羈。出世能安今我拙，補天翻笑古人痴。黄粱入夢仙猶幻，

白酒重斟醉莫辭。多少騷壇詞翰客，看誰飛到鳳凰池。
何須富貴説王侯，借箸安能展一籌。廿載光陰都過客，百年事業等虚舟。飢驅雅愛陶元亮，壯志誰憐馬少游。我是東山舊琴鶴，移宫换羽盡風流。

登最高峰

嵯岈直接斗牛津，擺盡塵緣寄此身。地險幾無容足處，山高還讓出頭人。幾家風笛穿林杳，萬叠烟巒捲畫新。不管日斜天欲暮，白雲披上舊頭巾。

夜起

不須梧葉已心驚，敢道名山困老成。五夜孤燈尋舊夢，一牀破被伴殘生。春來歲序仍花鳥，草滿池塘又弟兄。回首妻孥雙涕泪，任教木石也傷情。

題元炳上人瘞骨塔

曾從祇樹布黄金，曾約魚龍聽梵音。萬里滄浪都過眼，百年幻泡不關心。得離苦海杯慵渡，罷講楞嚴雪已深。那識雨花臺畔路，牟尼一指有人尋。

閒向天龍頂上行，玉峰高處証無生。修來鎖骨原如寄，脱盡囊皮願已成。寶月照空山鬼影，松風淒斷海潮聲。傳衣迦葉今何似，會把新詩一笑迎。

露坐有懷内子

秋露凋傷秋氣清，誰家砧杵斷腸聲。别來箱縷書如昨，直過松陰月尚明。阮籍窮途原有淚，馬卿多病豈無情。遥遥百里蠶叢路，記汝高樓幾送迎。

寄陶際唐

歘歘西風落照斜，絲絲垂柳晚藏鴉。白衣未醉陶潛菊，紅葉將停杜牧車。豈有雄才光上苑，惟憐知己共天涯。短長亭上消魂甚，一笛關山鬢又華。

楊花

憑空色相訝奇緣，引我詩魂直上天。解脱不煩風力猛，輕盈長借日車便。雲泥遇合都關命，萍水遭逢莫問年。再望蓬萊一翹首，觀渠飛繞帝城邊。

素影迷離上畫廊，春光如許費商量。欲留漢苑情空切，重訪隋隄日未遑〔一〕。入户儘堪空色相，對人猶自惜披猖。淩虚步步無停跡，纔識東皇駕馭長。

雪舞風迴逐次擠，鸞飄鳳泊任東西。窺窗漫説紗能護，掠水難教燕不迷。未識根源心已醉，乍黏籬落影權低。才人筆力今何似，認取亭衢耀紫泥。

如此纏綿路幾叉，分明晴雪下天涯。亂飛直欲衝游蝶，小舞猶知殿落花。去去郵亭皆蕩子，深深門巷是誰家。管絃盡日休寥寂，已鼓南汀兩部蛙。

【校記】

〔一〕『隋』原作『隨』，據句意改。

美人風箏

丰神何事太蹁躚，霄漢承恩豈偶然。羊角歸來天已暮，鴻毛遇合日初懸。相逢雲路非塵侶，任謫瑶臺亦散仙。奔月姮娥無覓處，如今已繫赤繩緣。

吴宫西子殊懷抱，塞外王嬙豈素衷。直振鉛華三界内，高抬聲價五雲中。權歸掌握留能住，腹有經綸舞未終。願買巫山峰十二，祝卿摇曳下蒼穹。

莫信空空説釋門，空中眉語更消魂。銀河有影心常捧，玉骨高騫色不昏。蕩漾未曾邀帝眷，扶摇早自近天尊。盤旋到處無消息，爲汝開軒酒百樽。

料峭春寒上巳時，冥中翻影欲何之。人非逐日偏垂帶，筆有凌雲想畫眉。共識上游争碧落，可容斜照簇青旗。才高度遠真天趣，合讓風姨早得知。

喜趙晴嵐至舍

滿腹高懷絶俗埃，直探衡岳鑄丰裁。衣披短後文能武，人過長沙去復來。揮盡宦囊餘俠骨，不攀尺木展奇才。秋光肯許重陽占，看醉西風第一回。時以九月四日至舍。

楚雲蜀雨判西東，赤岸銀河路本通。又向天龍尋隱逸，誰知繡虎本英雄。青山作客松爲導，紅葉題詩月在空。此去琳宫高萬仞，泥他高不與人同。將約天龍之游。

歌聲慷慨約王郎，同行者王君文卿。匹馬秋風百戰場。敢説空門無色相，須知丞相有祠堂。孫補山相國祠在天龍山下。陳琳作檄才原壯，杜甫當秋興正長。認得君詩何處所，潭州城下月如霜。集中句。

爽心樓即目

惺惺最是惜惺惺，况屬雷陳舊典型。彈指光陰能有幾，關心師友半無停。書來兩次情何切，話到千秋涕欲零。衹合鐵弓能挽趙，燕然看勒孟堅銘。

莽莽河山捲大風，渝州城下弔三忠。千尋保障層崖上，一片帆檣落照中。遺蹟尚留巴子國，舊游曾歇禹王宫。碧紗去壁詩箋杳，惆悵當年雪爪鴻。謂熊升之。

成都懷古

錦里秋風徹夜寒，又從直北望長安。山川終古推梁益，兵甲於今屬范韓。形勝擬將全蜀繪，文章如遇大題難。纍纍道左英雄墓，不禁蒼凉勒馬看。

沸耳笙歌百感增，凌雲樓閣樹層層。微聞天府修降表，幾見雄圖洽史稱。巫峽東流聲浩瀚，雪山西望勢崚嶒。如椽大筆誰收盡，一箇詩人杜少陵。

碧雞坊外月微茫，割據曾經幾戰場。黃面虎來千里血，白頭烏噪五更霜。漫誇嚴武能張蜀，獨喜韋皋解事唐。試出南門閒眺望，惠陵松柏尚蒼蒼。

老我重遊感歲華，頻年八月望星槎。彭門壯濶秋添色，棧道嵯峨石不遮。文到淵雲誰作嗣，富非卓鄭莫名家。滄桑多少浮雲幻，城畔芙蓉又落花。

江口鎮謁唐長孫大尉墓，並有感韋后事

蠻烟瘴雨壽宮藏〔一〕，閒約居民話李唐。徐勣既歸元舅竄，雉奴無用媚娘張。椒房渥澤承天寵，絶域招魂慘國殤。竟着僧衣湖上去，傷心還有駱賓王。

佳兒佳婦語堪憐，望斷昭陵十畝烟。江水尚淘唐代月，殘碑難辨永徽年。媚狐惑主真無那，飛鳥依人絶可憐。聞説褚來皆諫死，不堪短髮憶從前。

一曲條桑武又韋，漢家禍水積宮闈。居然二聖披龍衮，錯煞千官拜翟衣。新室幾成王莽亂，明堂仍踵大周非。趙公墳上牛羊死，青草無言怨落暉。

【校記】

〔一〕『巒』，疑當作『蠻』。

舟擱新灘，卧石上待之，口占

儌倖何人據上游，忽因清淺擱行舟。篙師漫許船如馬，海客從教水狎鷗。白酒黄粱當午夢，碧雲紅樹亂山秋。此行賺得詩中畫，卧對新灘枕石頭。

過彭水廖氏故宅

廖富豪雄視一縣，罹國法後，田産没官，居室改爲漢葭義塾。

樓閣依然夕照斜，閒携尊酒弔朱家。愁雲尚結齊奴宅，禍水争談碧玉車。從古緑林終破敗，誤他紅板是繁華。啼烏也似興亡感，落日墻頭静不譁。

贈湖南張篚生茂才

今年差不苦離羣，出見峨眉又見君。萬里功名銅馬式，一篇綿麗笛人文。君爲令伯笛人作傳。梅因釀雪香飛遠，詩可衝寒酒並薰。識得茂先行李妙，瀟湘圖畫洞庭雲。

步篔生見贈元韻

敢向前賢列姓名，鄙儒曾笑魯諸生。鳳毛自昔無凡彩，牛耳於今得主盟。出入周秦文字古〔一〕，去來湖海水雲輕。何當時領簫韶奏，附和承平雅頌聲。

【校記】

〔一〕『古』，原作『占』，據句意改。

論詩十首

濡染淋漓筆一枝，此中消息少人知。僧推不及僧敲雅，最愛昌黎一字師。

曉風殘月胸懷暇，活虎跳龍筆力雄。全要一般生面闢，應聲蟲是可憐蟲。

燕語鶯歌總是春，一番花鳥一精神。權門託足終何用，李杜由來少替人。

思如泉湧筆如花，機杼天然自一家。不解風流蘇學士，豪吟何苦押尖叉。

幾箇揮毫便欲仙，幾人説法上乘禪。靈臺未識詩三昧，縱得驪珠亦偶然。

嫣然桃李媚春光，春好多因春色强。撥得琵琶三兩調，豈容粗服學王嬙。
一縷游絲裊半空，半沾烟雨半隨風。嗤他獺祭如山者，問爾何年識化工。
風流自數東西晋，臺閣休誇大小蘇。筆但能馳思但斂，歌謠中有禹皋謨。
幻出烟雲萬種看，不徒紙上字平安。庖厨淵海皆詩料，欲埽陳言下筆難。
紫韻紅腔細細吟，須知鍛鍊本功深。羚羊掛角緣何巧，巧在當頭没處尋。

夜坐懷壺川師

游楊無復舊丰姿，回首門墻問字時。師已白頭生漸老，如今端莫説龍池。
何事龍池最斷魂，文壇許我策奇勳。孤燈一榻年年是，不負青山負子雲。
抛殘歲月幾春秋，渡盡慈航不上舟。記得懷人詩一首，凝眸望斷錦江頭。師懷人詩曾列其一。

天龍山題壁

周遭竹翠捲層空，合沓松篁巧弄風。已是遊人拜新月，上方猶掛夕陽紅。
猿偷食果樹喧鴉，崖下吹烟樓上霞。却怪老僧閒不慣，避人門外曬袈裟。
蕭蕭林木近中秋，雲起峰巒去復留。恰似主人送行客，最關情處又回頭。
白崖兩道圍鷹觜，紅葉當空簇馬蹄。去路來程都記得，佛前何惜醉如泥。

讀香山詩集

一角青山獨卧詩，箇中滋味有誰知。蕭蕭林木疎疎竹，就此紓徐讀白詩。
闈闥氣象峥嶸少，侃侃胸懷正直多。試把遭逢問元九，憐渠晚節意如何。
駱馬楊枝放暮年，朝中朋黨尚留連。匡山茅屋香山社，祇結先生幾宿緣。
秦中十首新吟出，海内風騷有正聲。折臂歌傳君不識，鹽州千里已無城。
韓詩佶屈杜詩悲，太白龍標駿足馳。何似此公情欵欵，單詞隻字沁心脾。

亦有微私欠至公，當時恩遇一堂隆。如何厨下姬能解，不把家常諭敏中。

龔灘志感

癸卯秋闈，偕前輩陳柱峯先生來往此間，今再過之，而先生已宦遊溘逝矣。聞其柩停山館，不禁黯然。

一樹蟬聲報早秋，廿年鴻爪憶同遊。兒曹未識心中事，獨立斜陽弔太邱。

蝴蝶詞爲陳君厚菴作

淡紅衫子白羅衣，閒倚欄干日未西。一曲琵琶一杯酒，隨風飄過海棠溪。

鏤蝶爲衣蝶豈知，婷婷嫋嫋却相宜。願君化作真蝴蝶，飛上裙腰永不離。

犍爲縣望見峨眉

得見峨眉喜不休，玉津關口泊行舟。何當竊取驚人句，獨占峩峰最上頭。

平羌江山水雲瀫，長繞名上喚欲膺。底事看他看不厭，前生當是此山僧。

瀘州舟中

華髮星星映兩肩，尚將衰朽逐羣賢。江間波浪天邊月，不管征人夜不眠。

江北廳

懷人多在菊花潭，錦水何曾一勺甘。不用琵琶歌進酒，淚痕早已濕青衫。
秋去秋來兩足忙，一年佳節又重陽。饒他徹夜笙歌滿，也算黄粱夢一塲。
壯遊此地已三回，真武山頭夜月開。無那旁人添笑柄，江東羅隱又歸來。

歸舟

歸路猶然夢錦官，秋風策策自生寒。竟將滿紙心頭血〔一〕，

【校記】

〔一〕此句以下版框、界行俱全，而文字原闕，當漏刻末句。又據《二酉英華》目録，本卷實録冉正藻詩一百二十首，以上計得一百一十六首，知此詩以下尚漏刻三首。

冉正藻詩補遺一首

霸靈山覽古

崇巒深煙莽，岧嶤邈翳荒。驅馬越春甸，弭策眺迴岡。夕陽下西陸，肅肅陰崖蒼。中有古魂魄，采沚薦馨香。森森墓門暗，謖謖松風涼。白雲時興滅，儻睹幽靈翔。伊昔雄圖恢，殊域該天綱。提劍起草澤，揮戈畫土疆。運終五百年，咄嗟就消亡。華屋委榛露，壠木淹秋霜。碑斷青苔澀，山空緑蘿長。悠悠千齡下，懷古心激昂。

《［光緒］秀山縣志》卷二

冉瑞岱詩

遣懷

兒時望高山，疑是撑天起。偶上山頂望〔一〕，去天幾萬里。又疑山上木，一年長一年。如其長不已，緣木可登天。及漸有知識，乃覺此想癡。聰明日以出，性情日以漓。安得方寸中，長如童子時。

我不如蟋蟀，秋來發清吟。我不如黄鳥，春來鳴好音。堂堂六尺軀〔二〕，愧彼蟲與禽。春秋不相待，感時悽我心。卓哉陶士行，皇然惜分陰。

閑雲卧山腹〔三〕，初無出岫心。苦被風吹去，勉强出爲霖。那知風力猛，舒卷難自禁。白衣與蒼狗，變幻成古今。雲將奈風何，抱雨歸山林。

【校記】

〔一〕『上』字原漫漶不可辨，據《詩鈔》補。

〔二〕『六』，《詩鈔》作『七』。

〔三〕『閑』，原作『間』，據句意改。

讀書偶成

書多令人腐，書少令人俗。斟酌二者間，多少隨意讀。記我上學時，便知愛簡牘。一目下數行，勢有如破竹。所讀能幾何，庶免嘲椑腹。自從廿年來，名場苦徵逐。鹿鹿走風塵，空堆書滿屋。新編置未觀，舊本記不熟。數典或屢忘，冥想但閉目。謂是書無靈，恐書不我服。謂是書有靈，如何去太速。將書無奈何，默默向書祝。願少留腹中，權當蘧盧宿。朝焚一炷香，夜炳三條燭。口誦或見忘，篇篇經手録。不覺故紙堆，積來如筍束。

詠史雜詩〔一〕

子房既事漢，世稱韓張良〔二〕。果有報韓心，宜立六國王。如何借箸籌〔三〕，遂使六國亡。高帝大英雄〔四〕，豈肯易太子。子房招四皓，先已窺帝旨。雖拂戚姬意〔五〕，能得吕后喜。晚托赤松遊，國事置不理〔六〕。生死不去漢，淮陰真國士。

紛紛黨中人，能有幾箇賢。妄自相標榜，名字招罪愆。交口議朝政，上侵天子權。宦豎即不奏，刑戮難免焉。草草同一死，遂致國運遷。所貴爲智士，亂世善自全。莫學東漢人，都如蟲可憐。

王戎年七歲，能辨道旁李。博物如此兒，聰明世莫比。及其爲達官，賣李鑽其核。如何竹林中，容他坐一席〔七〕。名始以李成，名終以李敗。寄語世上人〔八〕，聰明莫用壞。

吾笑王安石，附會周禮書。强自立新法〔九〕，誤國罪有餘。如何朱晦翁，持論亦從俗。竟與司馬輩，同載名臣録。

東坡與伊川，離之則兩美。一言偶不合，門户從此起。究竟罪歸誰，兩賢都不是。朱子學程學〔一〇〕，遂不喜蘇氏。目爲王安石，偏見吾不喜〔一一〕。惟有宋神宗，子瞻真知己。竟欲老其材，留以相孫子〔一二〕。

真宗好嘉祥，寇準言災異。及其謫永興，上書稱符瑞。豈不顧初心，願求復其位〔一三〕。莫怪眼中丁，即此終身累。

唐之郭汾陽，宋之岳武穆。同爲中興將〔一四〕，冀使中原復〔一五〕。郭被朝恩忌，身自忍屈辱〔一六〕。岳遇賊檜姦，終竟遭具毒〔一七〕。岳非自賈禍〔一八〕，郭非自致福〔一九〕。上帝默不言〔二〇〕，大數有定局〔二一〕。

趙氏作《綱目》，嫁名於朱子。意欲擬《春秋》〔二二〕，持論未全美。揚雄被莽詔，未起爲大夫。寃哉一字貶，致使千載誣。雄文有篇目，一一載《漢書》〔二三〕。中無美新文，得非僞託歟。猶之韓昌黎，闢佛其素志。李漢編韓文，自云無失墜。世傳大顛文，不辨知其僞。朱子搜真贓，未免自多事。

【校記】

〔一〕《詩鈔》題作《詠史》。

〔二〕『世稱韓張良』，《詩鈔》作『世亦稱韓張』。

〔三〕『箸籌』，《詩鈔》作『前籌』。

〔四〕『高帝』，《詩鈔》作『高祖』。

〔五〕『意』，《詩鈔》作『心』。

〔六〕『國事』，《詩鈔》作『成敗』。
〔七〕『容他坐一席』，《詩鈔》作『容彼置坐席』。
〔八〕『世上』，《詩鈔》作『世間』。
〔九〕『强自立新法』，《詩鈔》作『很戾執新法』。
〔一〇〕『學程學』，《詩鈔》作『師程學』。
〔一一〕『不喜』，《詩鈔》作『不取』。
〔一二〕『相』，《詩鈔》作『待』。
〔一三〕『願』，《詩鈔》作『但』。
〔一四〕『爲』，《詩鈔》作『是』。
〔一五〕『冀使』，《詩鈔》作『力可』。
〔一六〕『身自忍屈辱』，《詩鈔》作『自忍甘屈辱』。
〔一七〕『終竟遭具毒』，《詩鈔》作『全家罹其毒』。『具』疑爲『其』之形誤。
〔一八〕『自賈禍』，《詩鈔》作『昧明哲』。
〔一九〕『自』，《詩鈔》作『恐』。
〔二〇〕『上帝默不言』，《詩鈔》作『問天天不言』。
〔二一〕『大數』，《詩鈔》作『成敗』。
〔二二〕『欲』，《詩鈔》作『將』。

〔一三〕『載』，《詩鈔》作『具』。

過鸚鵡洲弔禰正平

眼底無魏武，何處着黄祖。舍也解愛才，聊爲賦鸚鵡。文成不加點，一賦遂千古〔一〕。小兒楊德祖，大兒孔文舉。先後同一死，羞與鼠輩伍。我來芳洲上，猶聽濤聲怒。時作不平鳴，悲壯如撾鼓。

【校記】

〔一〕『遂』，《詩鈔》作『足』。

都門留别張竹坡同年

同年百四十，君於我獨親。匪君獨親我，交情得其真。回憶壬午歲，同學錦江濱。君時如處子，見客猶逡巡。而我性坦率，適與君爲鄰。晨夕一過從，相見如夙因。君讀我更喜，我怠君即嗔。君文如時花，字字皆含春。君字如瑶草，筆筆不染塵。共許才必售，誰知志未伸。君留我獨歸，有懷難具陳。寒衣持贈我，辛苦念故人。臨歧莫相送，嘗恐涕沾巾〔一〕。

【校記】

〔一〕『嘗』，疑當作『常』。

苦雨謡

炎天久不雨，一雨不肯住。毋乃祈請煩，上干老天怒。唤起四海龍，盡情將雨布。有時若盆傾，有時若盎注。檐溜作瀑飛，三朝更三暮。城中水數尺，縛筏當街渡。高田没其稜，下田無覓處。茫茫大地間，水與人争路。老農愁縮屋，倦鳥饑啄樹。下有蟣虱臣，欲叩天門訴。既雨晴亦佳，請誦少陵句。

大水行

一穴咽衆流，哽噎如病叟。又如作時文，急脈偏緩受。水怒不耐煩，倒捲風濤走。濤頭高於屋，山城吞八九。嗟爾城中人，忙如喪家狗。倉卒各亡命，號啼雜男婦。老蛙困不鳴，皤腹踞破牖。大魚慘不驕，昏然若中酒。負郭萬頃田，刹那化烏有。老農呼天泣，哀慘喪父母。蜀南有漏天，淫雨亦何久。非無五色石，誰是補天手。

消寒雜詩〔一〕

三時各有司，惟冬寂無事。譬如隱君子，林泉自高寄。又如大英雄，功成身勇退〔二〕。啄雪凍鳥饑，墐户蟄蟲睡。屋角老梅花，一枝綻春意。

春月令人喜，秋月令人悲。冬月獨冷落〔三〕，轉與静者宜。照霜類積霰，照水成流澌。有梅月亦香，有雪月弄姿。寒宵偶坐玩，悲喜兩不知。

偶聽寒蟲號，曰得過且過。身徒負文彩，終不免凍餓。何如作蠹魚，能使萬卷破。鳳凰如不如，夜郎妄自大。

敝裘人一箇，桴炭火一爐。鄴侯書一架，陸羽茶一壺。和靖梅一樹，淵明松一株。樂此足忘死，神仙知也無。

古人順天時，婚禮務及春。夭桃與穠李，歌詠景物新。今人不講此，至冬乃畢婚。遠或百餘里，多值風雪晨。新男縮如蝟，新婦鬼手馨。衾寒枕復冷，率爾聊敦倫。邪客骨髓間，生子少聰明。作詩告父兄，古禮願並遵。

婚禮本陰幽，古者不用樂。今人殊不然，鼓吹以爲樂。尋常百姓家，嗚鉦吹畫角。甚且僭軍禮，轟然喧鐵礮。法雖許攝盛，過盛毋乃怍。

佛氏説地獄，乃是彼國刑。戎王立非法，用之慴夷民。三竺雖云遠，遺矩猶尚存。何時妄附會，創立閻王名。擒虎與包老，後先司幽冥。試問兩公前，主者爲何人。

聞昔殷洪喬，投書於牛渚。不作寄書郵，終是輕薄語。後有殷深源，書報桓宣武。倉卒達空函，廢棄徒自取。咄咄漫書空，投書即乃父。

【校記】

〔一〕《詩鈔》題作《消寒小詩》。

〔二〕『勇退』，《詩鈔》作『忽退』。

〔三〕『獨冷落』，《詩鈔》作『何寥落』。

雪蕉〔一〕

右丞出餘技，信手塗雪蕉。詩人昧物理，俗士每見嘲。今我寓衙齋，百本出牆高。夜疑雨淅淅，旦作風蕭蕭。開窗視其葉，外乾中不焦。循環散翠纈，次第抽蘭苕。緑陰致晝暝，白戰和雪鏖。能將晚節固，不移歲寒操。乃知摩詰畫，不獨神理超。

【校記】

〔一〕《西志》題作《州署雪蕉》。

鳳凰山

連山若連雞，局促不敢縱。一峯獨挺出，有若來儀鳳。不飛亦不鳴，凡鳥漫嘲弄。古寺踞其腹〔一〕，欹斜類破甕。山秀佛亦靈，愚民競崇奉。寺門望山頂，寥天裂一縫。秀氣入山骨，草木異凡衆。僧恐鳳或飛，修竹滿山種。結實大於盎〔二〕，鳳饑此足供〔三〕。

【校記】

〔一〕『腹』，《西志》《秀志》作『巔』。

〔二〕『於』，《西志》《秀志》作『如』。

〔三〕『此』，《西志》《秀志》作『差』。

由龔灘至涪州，山水奇險，紀以長句

黔水出黔萬山中，軒然一瀉來川東。川東之山立萬仞，横撐石骨當其衝。水欲假道山不從，建瓴作勢來相攻。巨靈縮手不敢擘〔一〕，神禹裹足難疏通。一流一峙争長雄，震盪天地聲隆隆，過者三日猶耳聾。山有定形水無窮，以柔克剛乃有功，日朘月削腹背空。迸力裂開山萬重，一怒直走如生龍，西滙涪江同朝宗。回視所過諸山坍倒破碎不成列，向者背者俯者仰者猊蹲而鶻顧者，一一奇形怪狀太無理，森然震駭萬古之心胸。

【校記】

〔一〕「擘」，《酉志》作「鬬」。

黄郎歌 贈榮經黄似嬾。

黄郎黄郎瘦於菊，人間又見黄山谷。髫年失怙賴母慈，手把羣書教兒讀。兒時讀書書滿簏，弱冠讀書書滿腹。滿簏滿腹幾人知，眼中餘子空碌碌。熱腸甘作痴人痴，冷眼厭見俗人俗。有時頽筋散骨故學嵇康嬾，有時傷心墮淚又學阮生哭。問郎何故嬾，問郎何故哭。郎道一哭百愁消，一嬾萬事足。不然世上多少不嬾不哭人，一生名利苦徵逐。咄哉黄郎真可人，請爲黄郎歌一曲。壬辰之年七月秋，黄郎忽來錦江遊。錦江人士聚如雨，都讓黄郎出一頭。黄郎掉頭不肯顧，是紛紛者非吾儔。雲根石子我同年，與郎一見早相憐。生同里巷長同學，彼此契若膠漆然。我與雲根遊，纔知黄郎賢。欲與黄郎通一言，自慚形穢不敢前。那知前生結就文字緣，下交反勞投刺先，倒屐出迎喜欲顛。擘肌爲紙寫蘭譜，盟言字字肺肝鐫。與郎同坐同行三十有五日，詩城酒國梨園花陣一一相流連。從此黄郎不嬾亦不哭，欣欣願着祖生鞭。我友夢庭名下士，落筆烟雲揮滿紙。黄郎囑我代求書，兩美締交從此始。肝膽照人馮京菴，一腔血性熱無比。黄郎同作車笠盟，一生無恨得知己。傾囊更買未見書，牙籤錦軸盈五車。恍若茂先遊福地，何有天禄與石渠。我聞黄郎里中有寺名太湖，佳山好水天下無。寺中老衲解重儒，常懸一榻叔度需。僧房可愛如陶廬，書聲梵聲相答處，紅塵不到非仙乎。可惜眼前無好手，寫君太湖讀書圖。客中忽近黄花節，黄郎促裝將告别。我道面别難爲情，不若將詩贈行更快絶。莫謂相思徒黯然，身雖可分夢不隔。何况天邊有羽水有鱗，願寄尺書慰契濶。

種菜行

有圃幾畝半荒廢，我命種花僕種菜。問僕花好還菜好，僕言菜根容易齩。種花能够幾朝看，種菜能供八口餐。從此憂饑不憂饉，貧家風味足酸寒。君不見東隣有箇賣菜傭，園蔬挑出露華濃。積得囊金買田宅，家道於今稱素封。

薤露歌和馮壺川挽石生維華

翩翩石生年十八，佼佼庸中獨俊拔。心鏡澄明玉照開，眼珠透亮金篦刮。從遊幸得壺川子，幾年坐向春風裡。奇疑賞析相得彰，師弟之間我與爾。一衣一缽親自傳，三生結就文字緣。世上聰明多誤用，最難好學是髫年。靈氣何年鍾二酉，心是錦心口繡口。文人慧業豈無因，自是今生得天厚。豈知造物故弄人，遣二豎子纏其身。一箇藥爐一書本，新愁舊病過三春。三春嘗徧君臣藥，忽驚夜半文星落。可憐弱冠少二年，忍把紅塵竟抛却。此時無論知不知，聞者人人多淚垂。兔死狐悲物傷類，有情難遣莫如師。仰天泣叩生死故，太空冥冥莫由訴。淚珠和墨作輓歌，歌成慘過招魂賦。以示其友石雲者，石雲讀之淚盈把。壽夭兩字費疑猜，惠吉逆凶莫非假。不如强作達觀士，割斷情根付流水。君不見東陵老壽西山死，天道難知類如此。

上豬頭箐

漢莨之山千萬重，奇形怪狀各不同。就中一龍獨挺出〔一〕，狀若豬頭昂半空。膨脝腰腹綿亘數十里，其尾下秃其頭童。我疑女媧煉石之餘小遊戲，故將死灰剩塊摶山峰〔二〕。又疑室火之精謫塵世，墮地化作豬婆龍。張口向天噴雲霧，崖上落日慘不紅。口中石筍大者如牙小如齒，森森刀劍新磨礲。往者來者各各盤旋入口中，陰崖深黑無西東。恍若奇鬼猛獸逼人立，令人髮豎股栗氣不充〔三〕。蛇行鼠伏出口去，幸有一線生路逢。四山動摇忽起風，立脚不定如轉蓬。卧據死地僅半弓，拚將性命交天公。大呼輿夫相扶倚，一步一蹶心怔忡。千回百折始脱險〔四〕，如醉如痴如瘖聾。平生自比信天翁〔五〕，到此心膽不敢雄。由來造物太狡獪，奇險往往當要衝。不知何年闢蠶叢，五溪二酉道始通。吁嗟乎！兹山之險已如此，何况漢葭之山千萬重。

【校記】

〔一〕『龍』，《酉志》作『山』。

〔二〕『搏』，原作『博』，據《酉志》改。

〔三〕『栗』，《酉志》作『慄』。

〔四〕『脱險』，《酉志》作『出險』。

〔五〕『平生』，《酉志》作『平昔』。

四十初度感賦

天不生我於倉頡之前結繩秋，使我無字可識無書可讀，我便甘痴忍傻活數百歲不知愁。又不生我於西身毒國北俱盧州，使我思衣得衣思食得食，一生飽煖無他求。而乃生當今之世爲儒家者流，賤賣文章何曾一錢值，坐令名韁利鎖拘我如拘囚。憶從十有七歲入州學，此後東塗西抹奔走道路不得休。九次游巴蜀，一次歷燕幽。忙如喪家狗，勞如負車牛。不如梁上燕，來去得自由。不如水中鷗，隨意任沉浮。三十年來南北往返共計三萬六千有餘里，歸來季子空剩一敝裘。況復中間又丁家多難，一兄一弟兩妻二子相繼煎百憂。邇來坐我愁城一萬四千四百日，雄心銷盡，壯懷磨盡，年已見惡，一任根根白髮上我頭。俯仰身世無一可，安得左洪崖而右浮邱。祇愁十二萬年天地閉，神仙無處可優游。不如低頭閉目息妄想，暫時放下意氣，莫上元龍百尺之高樓。

撫孤行爲周夢漁母陳孺人作

烈婦不可爲而可爲，節婦可爲而不可爲。不可爲而可爲者，成仁取義於一時。可爲而不可爲者，含辛茹苦無窮期。於哉周母陳孺人，乃以一身兼爲之〔一〕。一解。孺人生江右，父裔沙年十八，歸周家，義門望族何清華。舅姑先已逝，不克奉侍〔二〕，心口常吁嗟〔三〕。二解。有伯姑，幸聚首，孺人事之如事母。姑病滯下，兩月之久〔四〕。槭牏俱親手，湯藥先嘗口。焚香告天自引咎，姑疾頓痊，煢然相守。姑感且泣曰，孝哉侄婦，願早生兒，昌吾家後。三解。夫賈東川，婦處高安。六載空閨，月影不圓。繼奉伯姑命，始來西江邊。鹿車推挽，鴻案周旋。相敬如賓，纔及十年。四解。一兒方四歲，一女方周晬。夫遽云亡，呼天自誓。殉節撫孤，孰難孰易。莫若暫偷生〔五〕，且完未了事。五解。賢哉母也，女中丈夫。不爲匹婦諒，容易捐吾軀。不恤一身瘁〔六〕，全此六尺孤。不願兒爲富商大賈，奔走道途。不願兒爲枝官粟吏，來往通都。願兒飽讀有用書〔七〕，不爲文士爲通儒，濂溪家法庶幾乎〔八〕。六解。兒能是，母心喜。兒來前，吾語爾。吾於爾父，尚欠一死。所以不死，徒以爾耳。今爾幸成立〔九〕，吾責謝矣。誓將捨汝，從吾夫子。有病不服藥，道未亡人安用此。辛苦四十有八年，就義從容，古今人有幾，烈婦之烈焉足擬〔一〇〕。七解。嗚呼！節有甘，亦有苦，要於夫家有所補。孺人於翁婦而子，於子母而父。此意人不識，惟有天鑒取。君不見旌表坊，節孝祠，垂萬古〔一一〕。八解。

【校記】

〔一〕『爲』，《酉志》作『盡』。

〔二〕『奉侍』，《酉志》作『逮事』。

〔三〕『吁嗟』，《酉志》作『咨嗟』。

〔四〕『兩月』，《酉志》作『一月』。

〔五〕『暫』，《酉志》作『自』。

〔六〕『恤』，《酉志》作『惜』。

〔七〕《酉志》『願』前有『但』字。

〔八〕『家法』，《酉志》作『家學』。
〔九〕『幸』，原作『辛』，據《酉志》改。
〔一〇〕『焉』，《酉志》作『安』。
〔一一〕『萬古』，《酉志》作『千古』。

春雪

春風在何處，春雪飛未休。一鳥不敢噪，百花相與愁。冷雲眠屋角，老樹仆牆頭。畢竟陽和日，寒威難久留。

久病小愈

兩月昏沉卧，浮生劇可嗟。一身輕似葉，雙眼眩生花。當暑裘如葛，攻寒藥當茶。近來腰脚健，扶杖步欹斜。

詠史〔一〕

開國輕儒術，行兵急戰攻。竟忘封紀信，偏記斬丁公〔二〕。轢釜猶嫌嫂，分羹况棄翁〔三〕。

由來稱長者，千古大奸雄。

【校記】

〔一〕《詩鈔》題作《讀高帝本紀》。

〔二〕『記』，《詩鈔》作『忍』。

〔三〕『况棄翁』，《詩鈔》作『豈有翁』。

舟過邊灘〔一〕

浪影飛狂雪，灘聲激怒雷〔二〕。鳥邊牽纜去，天半擲舟來。水挾山俱走，風搏石倒回〔三〕。輕生拚一擲〔四〕，驚定眼方開。邊灘，自道光癸未夏山中大石崩墜江中，灘遂成極險。

【校記】

〔一〕《詩鈔》題作《邊灘》。

〔二〕『激』，《詩鈔》作『挾』。

〔三〕『搏』，《詩鈔》作『驅』。

〔四〕『擲』，《詩鈔》作『過』。

舟中望渝州

莫漫誇天府，渝州險絶倫。懸崖攢雉堞，重屋叠魚鱗。富庶甲天下，生涯多水濱。瀠洄巴字曲，鍾秀在人文。

宿白市驛，屋漏無下榻處

客孤兼小病，更值雨連緜。屋角無乾土，牀頭是漏天。看人撑傘坐，笑我枕流眠。廣厦何由得，窮途一悵然。

客夜聞雨

又向空階滴，窮途感不勝。繁聲聽落葉，孤影淡寒燈。地隔家千里，窗敲紙一層。亂山明日路，滑澾苦攀登。

大黄坪早發

人語雜雞聲，披衣起五更。噪霜鴉夢醒，踏月馬蹄輕。遠樹微微辨，深閨脈脈情。有人方擁被，屈指計歸程。

丙戌二月廿四日舟發溪口，别家兄口號

此去八千里，伶仃顧影單。親朋迎送易，骨肉别離難。僕老依孤客，家貧等一官。不須頻悵望，先自祝平安。

鳳灘

四面水俱立，大風平地來。浪高飛硬雨，灘急響雄雷。鼇背輕生過，龍窩奪命回。神鴉争食罷，無事且銜杯。

夜泛桃源

一棹桃花水，通宵泛未停。風聲帆咽飽，客夢艣摇醒。村犬嘷殘月，江魚戲落星。推篷延曉色，恰對數峰青。

龍陽晚泊

萬艫聲齊歇，舟人放膽眠。天光低欲雨，水氣淡成烟。燈火迷遥岸，琵琶響别船。詰朝看解纜，清淺閣鷗邊。

車中望磁州〔一〕

城郭緑楊西，繞城鶯亂啼。紅橋官路潤，白石女牆低。帘影媚花塢，簫聲圍柳堤。更看田水滿，一色早秧齊。

【校記】

〔一〕《詩鈔》《晚晴簃詩匯》題作《磁州道中》。

暮投固安

日暮馬蹄急，争投逆旅門。古槐高過塔，荒縣小於村。晚飯人家熟〔一〕，孤燈客舍昏。欲眠還强坐，生怕夢家園。

【校記】

〔一〕『熟』，《詩鈔》作『集』。

東明集夜雨

雨聲聽不得，況是客愁中。一夜秋催盡，孤衾夢滴空。陡寒驚櫪馬，急響咽階蟲。已覺情難遣〔一〕，還聞四壁風〔二〕。

【校記】

〔一〕『已覺』，《詩鈔》作『此際』。

〔二〕『還聞』，《詩鈔》作『何堪』。

黄河晚渡

得風船似箭，一棹渡黄河。落日天無色，飛流水息波。大魚吹浪出，怒鳥剪帆過。自有澄清瑞，何勞板築多。

天生橋

天半聳危橋〔一〕，孤懸一徑遥。横空森石骨〔二〕，絶頂跨虹腰。墮鳥旋丹嶂，梯雲近碧霄〔三〕。

縱令題柱客，過此也魂銷〔四〕。

【校記】

〔一〕『聳』，《詩鈔》作『竦』。

〔二〕『森』，《詩鈔》作『撑』。

〔三〕『梯雲』，《詩鈔》作『攀梯』。

〔四〕『也』，《詩鈔》作『亦』。

分水嶺

州中分水嶺有三，此其在楚蜀界者。

一山分楚蜀，風景未全殊。界自中峰劃，雲偏兩面鋪。客愁連日減，酒債入鄉無。指點吾廬近，田園幸未蕪。

春日感懷

門外春如許，芳時感不禁。悶來常兀坐，興到祇微吟。花有驕人色，鶯無出谷心。勞勞嗤衆鳥，徒作可憐音。

憶内

無端别恨牽，寂寞度殘年。作客知予慣，持家賴汝賢。小窗眉自畫，孤枕夢難圓。爲報刀頭信，春風二月天。

秋夜月下偶成〔一〕

幽人如蟋蟀，秋至輒悲鳴〔二〕。月自有圓缺，世偏成古今。夜長人不寐，鄉遠夢難尋。偶作無聊想，終宵感倍深。

【校記】

〔一〕《詩鈔》題作《秋夜月下感懷》。

〔二〕『鳴』，《詩鈔》作『吟』。

殘臘

見説春將至，方知臘已殘。霜催雙鬢老，雪恕一冬寒。是冬少雪。笑我依人慣，將身當客看。阿咸猶過慮，書屢問平安。

雨中即事

雨久頻添漲，河淤竟倒流。驚看城似壑，悶坐屋如舟。人與鼁争路，蛙隨水上樓。錢王吾羡汝，萬弩射潮頭。

客中生日感懷

作客何堪馬齒加，枉教鹿鹿走天涯。鄉心苦似元修菜，酒味甜於哈密瓜。未博科名難問世，漫思著述自成家。一編老我年三十，那可從頭憶歲華。

春日即景倣劍南體

春眠晏起慣疎慵，有約尋春興轉濃。學舞自教新壘燕，偷香親課晚衙蜂。風多楊柳添狂態，雨久桃花有病容。却看羣兒齊指點，風箏飛上最高峰。

惠陵

茂林風雨幾經秋，昭烈遺弓此尚留。火井餘炎空旺蜀，卯金正統究歸劉。指揮豪傑廬三顧，埋没英雄土一邱。地下若逢曹孟德，問他疑塚尚存不。

和馮壺川見寄元韻

交非同調不忘形，飲盡醕醪醉未醒。君比馬良眉更白，我非阮籍眼常青。無多朋友通聲氣，有好文章寫性靈。清福自來名士享，窗明几淨坐談經。

樊城道中

一月魚龍背上行，乘風破浪可無驚〔一〕。文章不犯波臣忌，詩句都關澤國情〔二〕。客邸怕看垂柳色，夢中猶聽棹歌聲。年來嘗遍征途味〔三〕，不愛山程愛水程。

【校記】

〔一〕『可』，《詩鈔》作『久』。

〔二〕『詩句都關』，《詩鈔》作『騷怨聊抒』。

〔三〕『嘗遍』，《詩鈔》作『領畧』。

光武故里

倉卒河冰信有神，早知龍種異凡民。天開東漢當王運，地啟南陽出貴人。草草官儀猶率舊，匆匆佳氣足亡新。娶妻亦遂平生願，鄉里良家是近親。陰皇后故里相距不遠。

昆陽懷古偕同年陳石幢作

百戰經營起沛公，昆陽一戰即成功。星辰隊裡貔貅伏，雷雨聲中虎豹空。過大敵人能武勇，是真天子自英雄。井蛙銅馬紛兒戲，竊據何能得善終。

延津道中

辜負韶光是客身，無端又過艷陽辰。故鄉舊雨應憐我，異地春風也瘦人〔一〕。千里目難窮道路，九迴腸似轉車輪。楊花撲面飛如雪〔二〕，飄泊那堪踏軟塵〔三〕。

【校記】

〔一〕『春風也瘦人』，《詩鈔》作『風光也殢人』。

〔二〕『飛』，《詩鈔》作『渾』。

〔三〕『那堪踏軟塵』，《詩鈔》作『同他有夙因』。

寄焦芙溪同年

與君齊向日邊來，閱盡風塵眼界開。客路雲山同領略，帝京景物足徘徊。作佳文字何關命，得小科名亦費才。寄語故人須努力，黄金依舊築燕臺。

銅雀臺

銅雀臺高跡已陳，昔年遺令足酸辛。那知對酒當歌日，空貯分香賣履人。九錫可能留片土，二喬漫欲鎖春深。殘碑斷瓦今何有，滿目蕭條漳水濱。

歌風臺

宵行衣錦笑重瞳，湯沐恩波溢沛中。望氣早知天子貴，歌風想見大王雄。還鄉父老邀殊眷，開國君臣少善終。泣下龍顔增感慨，晚年無奈悔藏弓。

汴梁懷古

生把青衣换至尊，六宫痛哭最消魂。九哥馬首看南渡，二帝烏頭歎北轅。天下勤王同左袒，宰臣誤國失中原。興王轉瞬成陳蹟，惟見黄河濁浪翻。

客中值家君慶日

回首趨庭拜别辰，囑兒猶記語諄諄。關河去去三千里，嵗月看看七十人。我輩出山慚小草，老親多壽比靈椿。遥知仲氏稱觴慶，應念天涯遊子身。

輓羅似山同年

燕趙歸來慷慨多，吟成大半是悲歌。夢中遇鬼緣情幻，愁裡看書儘病磨。卅載遭逢終坎壈，一生心事竟蹉跎。讀君《百藥山房集》，如此才華奈命何。

哭焦芙溪同年〔一〕

驪歌唱罷西江邊，彈指光陰忽四年。兩次書來勞遠念，一朝疾作竟長眠。燕雲楚雨行蹤在，黔水巴山别恨牽。乍憶音容如昨日，那堪生死隔重泉。

玉貌人憐太瘦生，多愁多病復多情。更無兄弟謀生計，忍聽妻孥哭死聲〔二〕。六嵗嬌兒方上學，七旬老母正題旌。知君泉下長埋恨，説與旁人也淚傾。

【校記】

〔一〕《酉志》題作《挽焦芙溪同年》。

〔二〕『孥』，原作『拏』，据《酉志》改。

館中歲暮感懷

堂堂白日去難留，崛强揮戈未肯休。屈指未能成一事，捫心何敢問千秋。名稱早自慚龍尾，骨相終當讓虎頭。却笑依人空歲暮，還如王粲在荊州。

逐隊名場二十秋，縱然潦倒也風流。饑驅元亮生無恨，飽食侏儒死尚羞。故態未能忘搏虎，頑皮直欲應呼牛。凍蠅無力還鑽紙，看爾何時得出頭。

悲懷

日日呼天歌懊儂，夜臺無路可相從。一抔黄土埋雛鳳〔一〕，兩月青衿哭土龍。泉下故人愁隕涕，夢中新鬼憾填胸。癡心反作無聊想，會向三生石上逢。

【校記】

〔一〕『抔』，原作『坏』，据句意改。

遊二酉洞藏書處

宛委瑶編信有無，我遊此地尚躊躇〔一〕。爲言來客休題句〔二〕，要想成仙且讀書。字認蘚文苔篆裡，屐停花韻鳥吟初〔三〕。嫏嬛若許凡人住〔四〕，擬向山靈借五車〔五〕。

【校記】

〔一〕『遊』，《酉志》作『來』。

〔二〕『來』，《酉志》作『遊』。

〔三〕『屐停花韻鳥吟初』，《酉志》作『詩吟花韻鳥嗁初』。

〔四〕『若』，《酉志》作『倘』。

〔五〕『擬向山靈借五車』，《酉志》作『何用奢心羡石渠』。

聞壺川馮君秋闈獲雋，喜而有作

小試尋常輒冠軍，津津眾口誦奇文。名場坎壈同三北，豪氣消磨到九分。笑我雕蟲空復爾，望人附驥久勞君。平原競爽齊名久，命達偏教讓阿雲。君兄京菴屢薦未售。

閲鄉試題名録，知金鳳樓同年獲雋，喜賦

翩翩公子劇風流，吹竹彈絲雅善謳。鄉榜七年歌棣萼，乃兄健，乙酉科孝廉。家風兩世紹箕裘。尊人以名孝廉官至太守。瘦詩島佛三分似，肥字坡仙一丈遒。迴憶當年歡讌地，幾人聯袂浣溪頭。

同年三鳳舊齊名，簡州段鳳儀，成都張鳳樓，與君而三。選勝追歡憶錦城。牛耳騷壇推大長，鴟頭拇戰出奇兵。已聞捧檄徵毛義，張鳳樓現官犍爲廣文。更喜先鞭着祖生。惆悵西河段干木，多應潦倒減豪情。鳳儀受知蔣礪堂制府，而久躓名場。

大風雨上隘門關同壺川作

羊腸一線闢巖關，倒掛藤蘿不易攀。四面雨聲疑覆海，半空風力欲移山。渴虹飲澗如人醉，倦鳥休巢比客閑。陡覺嚴寒生六月，高峰高處異人間。

客中感懷

策策西風乍送寒，窮途誰念客衣單。詩成餒腹音都啞，酒入愁腸味更酸。憔悴面如楓葉槁，

憂危心共菊花殘。水程陸道俱淫雨，日日悲歌行路難。

壬辰揭曉後感念壺川北上之約，悵然走筆

水面怱怱兩袂分，邇來三月悵離羣。長安西笑難偕我，羅隱東歸愧見君。始信科名關福命〔一〕，悔拋心力作時文。同舟李郭終無分，讖語成詩早厭聞。庚寅冬，予送壺川西上句云：『何事臨岐轉惆悵，多緣李郭不同舟。』二語竟成詩讖。

【校記】

〔一〕『科名』，《西志》作『功名』。

小桃

小桃移向別家紅，咫尺仙源路不通。迴首來時如夢裡，傷心今日此門中。香名對葉猶呼汝，舊約成陰最惱公。前度劉郎痴望絶，栽花心願已成空。

清明日謁鍾靈山祖塋感賦

華表巍然數仞高，君何翁仲委蓬蒿〔一〕。五溪開國將千里，一柱擎天歷四朝。杯酒誰澆遼海

墓，見龍公明末從征遼左，戰没松山，未獲歸葬。行旌難返浙江潮。乾隆元年改土歸流，宣慰松南公遷浙江仁和縣，至今不通音問〔二〕。尋常百姓嗟遺裔，從俗還將楮幣燒。

數行青史照千秋，汗馬黔州又播州。御龍公征播州，維屏公從劉大將軍征九絲蠻。故土已成今郡縣，雄封曾比古諸侯〔三〕。幾人清白堪繩武，何日焚黄勉報劉。先高祖妣王夫人卒時，以家難故，未遑誌墓，今不可考矣〔四〕。慙愧士衡稱祖德，好將譜牒及時修。

【校記】

〔一〕『翁仲委蓬蒿』，《酉志》作『頭上長蓬蒿』。

〔二〕此注《酉志》作『乾隆元年改土，宣慰廣烜公遷浙江仁和縣，至今未通音問。』

〔三〕『比』，《酉志》作『敵』。

〔四〕此注《酉志》無。

五十初度自號半翁

新署頭銜號半翁，百年掄指適方中。買臣五十法當貴，韓子一生文送窮。我髮已如衰草白，人情翻愛夕陽紅。非關妄作期頤想，閒替兒曹祝乃公。

感懷

如此頭顱祇自憐，昂然七尺老青氈。那堪孤館寒燈夜，更是淒風苦雨天。慧鳥誦經還證佛，蠹魚食字尚能仙。無成漸覺雄心退，收斂才華讓少年。

看書欲倦且高歌，權當靈符遣睡魔。最知己來聊説鬼，不如人處祇登科。罰嫌墨汁三升少，飽愛黃虀百甕多。可惜筆鋒無用處，硯池點作小蜂窩。

饑驅半世悔爲儒，垂老依然剩故吾。忤俗不妨人笑罵，求官還怕鬼揶揄。可兒莫覓康成婢，知己難尋顯士奴。笑指頭銜堪絶倒，漫將白蠟換青蚨。

此身無奈落塵凡，似草閒愁未可删〔一〕。勉繼詩書甘淡泊，飽嘗世味識酸鹹。詩城屢破空旗靡，文戰全輸怯鼓儳。畢竟聰明能折福，料應無分着朝衫。

意氣平生未敢豪，狂歌無復效琴牢。頂高儘任睁雙眼，頭責何堪嘆二毛〔二〕。廣厦庇徒思夏屋，窮途仄欲擬秋毫。菜根齩得還無味，一笑揚雄賦老饕。

翩翩書記總勞形，恐被浮詞汩性靈。百事無能窮措大，一錢不值老明經。風塵誤我頭先白，貧賤依人眼不青。落寞情懷如中酒，祇疑終日未曾醒。

【校記】

〔一〕『閒』原作『間』，據句意改。

〔二〕『責』，疑當作『青』。

自慰四首録二

頭上難禁白髮新，目耕心織尚精神。千篇手録文章貨，三字頭銜草莽臣。索句巡檐花笑我，著書仰屋墨磨人。軟紅踏破纔心死，贏得山林自在身。

負殼蝸牛有敝廬，山重水複樹蕭疎。妻能貧賤甘偕隱，兒不聰明勉讀書。死尚好名羊叔子，生常多病馬相如。痴頑別有安身法，萬種閒愁淨埽除。

贈詩僧履雲

首座前身是善才，名山又見佛門開。一塵不染生如寄，萬念俱空死過來。賴有好詩除筍氣，未煩綺語懺蓮臺〔一〕。論交我欲尋方外，文字因緣不用媒〔二〕。

【校記】

〔一〕『未煩綺語懺蓮臺』，《詩鈔》作『何曾綺語涴蓮胎』。

〔二〕『文字因緣不用媒』，《西志》作『棒喝如環與共猜』。

寒宵即事

冬宵一雨不成霜〔一〕，時復因風打破窗。詩陣耐寒猶死戰，酒兵鏖凍欲生降。荒城棫棫惟聞柝，深巷瀟瀟絶吠尨〔二〕。爲愛燈花開四照〔三〕，夜闌未忍剔檠缸〔四〕。

【校記】

〔一〕『冬宵』，《詩鈔》作『涼宵』。

〔二〕『深巷』，《詩鈔》作『窮巷』。

〔三〕『爲愛』，《詩鈔》作『尚喜』。

〔四〕『檠缸』，《詩鈔》作『銀缸』。

歲暮接家書〔一〕

眼底雙丸日月遲〔二〕，看看又是臘殘時。家書寄我千行字，年矢催人兩鬢絲。記室陳琳嗟末路，登樓王粲渺歸期。自來門户清貧慣，寄語阿咸好護持〔三〕。

【校記】

〔一〕《酉志》題作《州衙齋中歲暮接家書》。

〔二〕『日月遲』，《酉志》作『日夜馳』。

〔三〕『阿咸』，《酉志》作『阿戎』。

口占贈梓潼李少華廣文

宦味如諫果，苦盡自甘來。莫漫嫌官冷，公然管秀才。

大霧

清晨大霧起，濛濛一片白。恍疑混沌初，天地未開闢。

春柳

臨風纔得舞腰纖，雨淡烟濃態更添〔一〕。何苦替人管離別，春愁又惹上眉尖。

【校記】

〔一〕『更』，《詩鈔》作『正』。

牡丹花下作

濃粧似此太繁華，魏紫姚黄莫浪誇。能對春風開幾日，漫將富貴傲羣花。

春日睡起

纔過春分日漸長，輕陰如雨散朝凉。海棠睡起如人倦，自裹花心不放香。

龍泉道中

沃野空濛落照斜，風光全讓老農家。水田數畝柴門外，半是荷花半稻花。

讀《秦紀》

賈人空自説居奇，歌舞筵前贈寵姬。十四月纔生一子，我疑不是吕家兒。

讀《三國志》

尺土皆應屬漢劉，豫州豈是借荆州。白衣一舉原僥倖，轉盼降旗出石頭。

雄才自比漢高皇，兼有謀臣號子房。畢竟三分難混一，晚來無賴學文王。

書揚子雲傳後

揚子文章載《漢書》，美新一首本來無〔一〕。甄劉假説稱符命〔二〕，千古沉寃莽大夫。

【校記】

〔一〕『首』，《詩鈔》作『帙』。

〔二〕『假説』，《詩鈔》作『假託』。

題伯佐山《美人觀書圖》

深閨偶覺北風寒，曉起攤書不耐看。手把雙柑心暗祝，願他化作並頭蘭。

邯鄲旅寓和壁間韻

黄粱熟後始回頭，畢竟名心尚未休。我宿邯鄲無一夢，此生原不願封侯。

爲許子青同年題《美人曉粧圖》

曉粧斟酌最關情，難得青絲熨貼平。是否真真休便喚，雲鬟猶是未梳成。

黄金臺

郭隗區區豈俊才，招賢雅意且名臺。笑他駿骨居奇貨，不是黄金買不來。

八月十一日出都

老僕恓惶怒馬驕〔一〕，此回真箇客魂銷。多情惟有蘆溝月，猶照行人過板橋。

【校記】

〔一〕『怒』，疑當作『駑』。

長湖

水色山光共渺冥，艫聲欸乃畫中聽。蒼茫一望平如鏡，衹合更名小洞庭。

賀翕川司馬納寵

司馬風流迥出羣，閒情何減杜司勳。兩行紅粉回頭處，徑向筵前乞紫雲。
羔酒何心戀黨家，春風吹上七香車。夭桃穠李齊增色，催放河陽一縣花。
早年高折桂枝香，親見姮娥月殿傍。前度人來頭未白，蟾宫重見舞霓裳。
前宵歌吹共飛觥，薄醉歸來已二更。今夕福星光更朗，都緣添箇小星明。
梅花賦就鐵心腸，道學風流兩不妨。從此訟庭添韻事，海棠一樹對甘棠。
自來名宦總多情，不獨朝雲海上行。同是吴公門下士，可容平視學劉楨。

九月十一日生子，喜賦小詩

四十生兒轉自憐，論功合算老妻賢。笑儂初學爲人父，未聽啼聲喜欲顛。
熊夢遲遲廿載餘，知交咸望喜充閭。試啼不用誇英物，添箇酸丁讀父書。

潦倒名場志欲灰，幾翻貽笑倒綳孩。兒生也似天荒破，不是多年等不來。

湯餅筵開有所思，老親存日盼生兒。料應泉下生歡喜，家祭三朝已告知。

老母忘憂免樹萱，家書示我盡歡言。道年七十猶康健，時向花前一抱孫。

翁川司馬以賞菊見招，即席賦六絶句録四首

郡齋瀟灑即東籬，醖釀秋心菊幾枝。不愛繁華甘淡泊，宦情花品恰相宜。

生春手段巧栽培，奪得秋光入座來。不是清高彭澤宰，此花肯向訟庭開。

乞得佳苗覓地栽，重陽已過意忘開。名園别有催花法，關住秋容不放來。

看花老眼日摩挲，不但詩情淡似他。折罷桂枝還愛菊，使君風骨得秋多。

反遊仙〔一〕

從來安樂是蓬廬，玉宇瑶臺盡子虚。若道天宫勝塵世，仙人何故好樓居。

點鐵成金總浪傳，那容銅臭上青天。仙家也好談黄白，難怪凡人横要錢。
歲星原是滑稽流，索米長安死不休。畢竟成仙還作賊，蟠桃天上已三偷。
逍遥何必説天宫，畢竟難瞞康節翁。十二萬年仍浩刼，仙凡一樣可憐蟲。

【校記】

〔一〕『反』，原作『返』，據句意改。

長里農家

野人家在稻花村，細竹深松鎖一門。老死不知行路苦，日將耕稼課兒孫。

丙午夏送壺川之金堂廣文任

皐比廿載育羣英，作宦依然擁百城。共道冷官尊北面，况兼高第重西京。芹香羨爾儒宗貴，銅臭笑他俗吏輕。眼孔免譏窮措大，頭銜恰稱老儒生。目無案牘神先爽，身不衙參夢亦清。婚嫁已完兒女債，田園合付隸農耕。論文幾輩能如意，講學諸公浪得名。泮水遠敷新教澤，西山須念舊同盟。彈冠我未知何日，捧檄君先壯此行。客緒飽嘗懷落落，離筵休唱淚盈盈。浣花溪上初秋景，濯錦江邊半日程。曾是昔年流寓處，好將多士並裁成。壺川硯食温江、雙流等處，前後凡八年。

冉瑞岱詩補遺三首

血栢行

我聞深山有老栢，千年不死色如血。入火不爛水不濡，作棺能使死人活。物老成精理或然，自非達者誰無惑。西江西岸馮家園，有木參天幹如鐵。鄉人漫作等閑視，匠石見之深嘆息。無端鼠賊竄西溪，相國孫公來仗鉞。長干嶺上落大星，倉卒裹尸無馬革。貴人作棺需貴物，索價何惜千金值。衆聲邪許大樹倒，死諸葛走斂不及。可細大材成小用〔一〕，幾年淪落細民室。後人落魄賣作薪，一腔灑作釜底熱。柯亭之竹爨下桐，世無中郎何人識。老夫風聞覓得之，燒餘龍尾纔盈尺。天生奇物自有主，吉光片羽珍什襲。故人遺我老端石，鸜之鴝之眼光活。美玉原應韞櫝藏，惜哉櫝破難收拾。以此作匣如生成，紫雲腴配火龍赤。案頭相對日摩挲，劉與子孫期勿失。孔明廟前古栢行，讀罷難禁掩卷泣。

《〔同治〕增修酉陽直隸州總志》卷二十二

【校記】

〔一〕『細』，疑當作『惜』。

伯氏睦族碑

一碑垂戒記前明，二百年來絶訟争。不去顔家談庭浩，澧陽遠溯舊家聲。

家風長願一碑留，曾是香山舊治州。得此便成三不朽，種桃坡與荔枝樓。

《〔同治〕忠州直隸州志》卷十二

附録

同門冉石雲明經《偶存草》序 龍鎮州同汪來溪翕川

余與石雲冉子同出吴梅梁先生之門，丙戌歲分發來川，時梅梁師官川北觀察，余亦補酉陽半刺。燕見之際，稱説石雲者數四，余心識之。壬辰夏抵任，一見如舊相識，嗣此文讌過從者將十稔，惟予知石雲者爲最真，亦望之爲最切。顧以先後丁内外艱，不獲應舉。讀禮之餘，仿《容齋隨筆》《丹鉛雜録》之體，輯《唾餘録》二十卷，條分縷析，遠紹旁搜，非博極群書不能成此鉅製。余亟勸付梓，石雲以窶辭，而予亦宦囊羞澀，不名一錢，爰命書吏繕寫成帙，藏諸行篋，將有待也。繼復出其詩古文詞若干卷，屬予點定。余覆覽數過，愛不忍釋，每種摘取數十篇，爲捐廉鏤版，以公同好。石雲謙讓未遑，余謂必李杜而後言詩，則詩之可傳者無幾矣；必韓蘇而後言文，則文之可傳者無幾矣。我輩從事斯道，果其天資學識迥異恒流，則發爲文章，必有一種清光逸氣鬱勃楮墨間，愛之者固不得而私，忌之者亦莫得而掩。石雲年方强仕，其所造固不止此，然即此已可傳矣。于是石雲不復辭。予爲述其緣起于簡首，且以見予之重石雲者，正不徒在聲氣之末云爾。

冉瑞岱傳

冉瑞岱，號石雲，拔貢，冉正維第三子。昆季四人皆儁才，而岱尤英異，每文戰輒冠軍，年十六補弟子員。道光乙酉科受學使吴梅梁先生知，復登拔萃科，已而朝考報罷。應本省鄉試，屢薦皆不售，遂以隱居教授爲樂。咸豐二年，凌署牧樹棠以酉陽邊黔楚徼，寇攘時竊發，鋭意興屯田，爲持久計，悉其多遠識，聘爲二酉書院山長，朝夕參碩畫。四年冬，屯政成，因上其名于大府，俾總司屯局諸務，訓練有法，且任使各當其材。貓貓山之役，得力于屯練者爲多，總辦毛公以聞，授教職，本班先用，其實償不酬庸也。咸豐十一年九月，髮匪擾彭黔，署刺史王麟飛親督帥堵禦，而帑藏久虚，無餉可請，州東捐輸事屬之董勸，時已攖疾，以積勞故，益不支，遂以同治元年二月十二日卒，時年六十有五。平生最倜儻，不輕許可人，所交皆當世知名士，如胡方伯恕堂、朱參軍芾亭、廖大令仲英，靡不與之競倡和。自少讀書，即不屑屑爲章句學，凡經史子集，其所指摘悉中前賢纖瑕。所著有《二酉山房隨筆》二十卷、《二酉山房詩集》十卷、《駢體散體古文》四卷、《試帖》二卷、《雜文》四卷、《軒渠録》四卷、《管窺偶録》二卷、《唾餘録》十卷，惟詩文偶存二卷，前主講龍池書院時，經汪司馬翕川點定梓行，餘仍藏諸篋衍也。

《〔同治〕增修酉陽直隸州總志》卷十七

冉崇文詩

詠古十首〔一〕

丙吉爲丞相，史云知大體。死人見不問，吏罪置不理。潭潭三公府，原有案吏名。一事不懲創，贓私將日盈。舞文納貨賄，此輩本常態。大體如斯持，我恐國體壞。

禱雨恃精誠，詎可抵死争〔二〕。自責重古聖，暴尫亦妄行。戴封令西華，胡爲獨昧此。積薪坐其上，將以自焚死。幸哉天竟雨，封得全令名。甘霖如後時，一死鴻毛輕。

小人與女子，慈畜而莊涖。閑家威如吉，大易有明義〔三〕。劉寬殊不爾〔四〕，奴婢縱以恣〔五〕。朝衣汚不問，畜産罵自疑。嗃嗃而嘻嘻，家人已難治。蒲鞭示辱時，無乃姦蠹肆。

范丹郝子廉，過姊姊留飯。百錢五十錢，擬償素餐券。姊固骨肉親〔六〕，留飯亦常事〔七〕。但非呼蹴食〔八〕，何必盜泉視。古人重廉介，至親固無嫌〔九〕。律以孟氏説，仲子惡能廉。

時苗令壽春，有牛適産犢。苗去留犢去，似謂淡無欲。牛本時所畜，犢豈民可留。不思舐犢愛，强分子母牛。善哉元祖言，苗在任生子。携歸不携歸，比例無踰此。

夫疾妻必問，情與禮所崇。周澤爲太常，老病卧齋中。妻來候所苦，齋禁初無礙。置諸狴犴間，居心何忮害。誰當搔背垢，南鄭獄可原。我恐妬妻心，先有婢女言。

陳囂與紀伯，居室相鄰比。地界各有定，藩籬間隔之。拔藩以自廣，紀伯實非義〔一〇〕。何事侵越外，更益一丈地。盜名與詭行，二者俱失中。刻石旌義里，太守殊夢夢。

盜名君子羞，渴不飲其水。强認足下履，劉君何自靡〔一一〕。况更償新屐，返之復固辭。甘蒙竊屨名，大賢豈如斯。齊之沈麟士，制行則否否。認履跣而歸，還屐笑而受。

范園人竊笋，孔園人竊蔬。插棘重防護，於理固當如。否則竟聽之，豈復開門揖。如何更置橋，意恐盜沉溺。小人無志節，感愧者幾何。長厚沽盛名，穿窬日方多〔一二〕。

墾荒勤作息，稼熟慶西成。我自食其力，奚爲人且争。郭翻鍾離牧，置諸不與較。反令奸猾徒〔一三〕，快勝屠門嚼。賢令繩以法，返稻實所宜。固却而不受，此意吾安知。

【校記】

〔一〕《詩鈔》題作《詠古》。

〔二〕『詎可抵死争』，《詩鈔》作『奚必拚死争』。

〔三〕『有明義』，《詩鈔》作『陳厥義』。

〔四〕『不爾』，《詩鈔》作『不然』。

〔五〕『恣』，《詩鈔》作『肆』。

〔六〕『肉』，原作『内』，據《詩鈔》改。

〔七〕『留飯』，《詩鈔》作『授餐』。

〔八〕『食』，《詩鈔》作『與』。

〔九〕『固』，《詩鈔》作『本』。

〔一〇〕『紀伯實非義』，《詩鈔》作『紀實冒非義』。

〔一一〕『靡』，《詩鈔》作『浼』。

〔一二〕『方』，《詩鈔》作『以』。

〔一三〕『奸猾』，《詩鈔》作『姦宄』。

十月初六日雪

曉起凭欄視，天與地忽沓。似乘梅花春，來報秦人臘。蹄印冷巷馬，泪結寒窗蠟。水凝江浮空，山峻峯堆塔。玉自銀海環，珠從合浦合。竹摧風更敲，門開風爲闔。藍田圭璧種，秦陸水銀匝。仙着無縱衣，僧披綻絮衲。佛國散天花，瓊海拾珠蛤。又疑昆明池，刼灰飛颯颯。更如嵞山會，玉帛來雜遝。我欲灞橋行，且復熱羹嚃〔一〕。終以寒未甚，頃刻露臺閣。豈同生客至，不肯久問答。抑豈大貴官，不欲戀塵榻。滕六過自佳，羲和拒不納。我且呵凍毫，時晴帖有榻。

【校記】

〔一〕『嚃』，原作『⿰口還』，據句意改。

次日又雪

昨雪未及盡，今雪又重疊。如手如席飛，桃葉桃根接。更如大軍行，昨先爲偵諜。橋斷隔驄馬，窗開入蝴蝶。羊欣着練裙，班姬搖素箑。黑帝垂銀河，元女開玉牒。朱門忽冷落，窮巷更棉氈。花將粉黛迎，樹盡白鬚鑷。左右塡谷坑，上下打樓堞。朔風千劍利，青天一鏡貼。增火益呼炭，添衣重啟篋。凍雀自嘈嘈，飛鳶時跕跕。我據玻璃窗，睇眼看落葉。一色白衣裳，恰與山人協。凍肌既生粟，山陰免摇檝。更笑呼小童，勿爲寒戰慴。摶作雪兒容，較勝黨家妾。

冬夜雜詠〔一〕

窗紙一綫破，朔風千綹寒。我如虱匿絮，尚覺衣裳單。莫論藍褸者，空懷羅與紈。拳曲束緼火，擁抱俟漏殘。少陵思廣厦，香山欲大裘。此願吾亦然，能償此願不。夕陽一片綺，散彩江樹幽。漁人有酒意，高歌時挫喉。顧此烟波情，亦自見瀟灑。我獨何心哉，坐歎行愁每。人生各見地，性情莫茍同。甯爲守瓜蟲，不爲信天翁。廉頗思用趙，孟光思嫁梁。名將與淑女，寸心自主張。所以擇主遊〔二〕，並非自薦醜〔三〕。知己本難得，何况歲寒友。感激結五内，知好盟中腸〔四〕。此生如有死，同心矢白楊。河名愛可喜，水名逝可驚。驚喜兩聽之，飴餹黏此情。此情鑄之爐，蓌服不能化。爲劍爲干莫，雙烟同激射。後人尋踪跡，誰知此由來。請君且回首，看看青陵臺。

【校記】

〔一〕《詩鈔》無此題，而將本題其三（廉頗思用趙）編入下題《雜詩》中。

〔二〕「所以擇主遊」，《詩鈔》作「擇主者爲賢」。

〔三〕「並非自薦醜」，《詩鈔》作「自薦奚足醜」。

〔四〕「知好」，《詩鈔》作「摯誼」。

雜詩

人生當有情，有情空自累。人生當無情，無情亦何貴。情從生處生，不從死處死。化蝶化鴛鴦，爲鶴爲燕子。千古共此情，千古同此話。我爲多情人，愁絶寒燈夜。

木有女貞者，青青柯葉長。衆草蕪蔽之，不能棲鳳凰。此木日以萎，此心日以固。願絶兔絲緣，終與喬松附〔一〕。木心即妾心，妾心比木深。爲郎强尋樂，絃絶不能音。

北風剪剪寒，客中衣裳單。爲君寄衣至，君何不被服。知因妾手跡，棖觸君心曲。君心固耐寒，妾身何惜冷。願以五色絲，製作鴛鴦枕。此枕名遊仙，請郎枕上眠。

年年春三月，平湖草木長。秦川織錦女〔二〕，提籠行採桑。採桑城東隅，望見城南地。妾從此處來，君從此地去。來去未二年，枕席生流泉。試看送行處，山花開杜鵑。

【校記】

〔一〕『終』，《詩鈔》作『永』。

〔二〕『織錦女』，《詩鈔》作『有淑女』。

無題

凡事各緣法，前後絶不如。往往前日密，反致後日疎。吾以疎太難，又覺密不可。所慮後有卿，已教今無我。徘徊復徘徊，對彼明月哀。當年不死藥，月宫應徧栽。昔聞文君美，抱衾奔長卿。失身何足道，憐才空復情。但惜琴心通，尚覺客容猛。縱爲黄土期，難使青年等。投我千點淚，報君一寸心。寸心長襻繫，方知前好深。良會既乖忤，中心空自宣。期期知不可，結想聊復然。如彼知玉者，忽覩他人璧。奪之雖云非，寸心羡且惜。惜羡亦有時，兩邊同孳孳。勿言一旦事，慎持千載期。

閒遣

人生縱百歲，轉瞬時光失。不如愁來煎，一日如兩日。所懼愁在心，此心無安置。茫茫大化中，偏留缺陷事。倘其爲愁死，死後或有知。不知亦不愁，陶然十二時。

明月三五夜，皎皎懸清光。寥寥書舘燈，幢幢殘焰長。悠悠事高歌，浩浩行復傷。我居空牀月，君處鴛瓦霜。霜華拂人意，半霜還半淚。叠入金縷箱，情懷渺無際。

沉水與博山，雙烟結未了。粥粥羣梟鳴，驚起雙鶼鳥。此鳥將兩飛，臨風更回顧。雖然羽翼乖，忍負瑯玕樹。飲啄亦無賴，翱翔亦不聊。會假哲蔟氏，覆此妖鳥巢。

長房學仙道，首得縮地鞭。迢迢千百里，鞭之如目前。此鞭今不存，此人日益隔。常恐年華至，舊情有改易。急命毫素寫，三寫不成字。寄卿卿莫嗔，中有相思淚。

浮萍與流水，聚散亦有常。所憂鶗鴂鳴，百草爲不芳。誓存抱柱信，肯學接輿狂。春秋有代謝，性情無死亡。寄言保紅粉，檢點羅衣裳。白楊與黄土，癡願永相將。

瑶草何翕艳，云是帝女魂。環珮一朝已，性情千古存。可知小青癡，更有癡於我。腰圍早瘦減，何處尋娩娱。願爲金鋪鎖，無與遠人見。一見一回難，盈盈淚如霰。

媧皇昔煉石，能補五色天。奚論方寸中，缺陷原易全。嗟此言中情，遲遲恐非計。急淚崩心出，有如綆縻系。旁人見之笑，笑問卿奚爲。卿亦不自知，知卿舍我誰。

折盡合昏花，摧殘相思樹。此舉太無情，此心自有故。花木尚連理，何況我與爾。不見情種生，免恨天河水。河水日盈盈，牛女同吞聲。爲言衆烏鵲，肅肅填橋征。

仲尼當暮年，不復夢周公。何況莊周蝶，來去更無蹤。吾以尻爲輪，更以神爲馬。馳驅一疋練，妙手空空者。能有此技無，則必曰不然。我非肉飛仙，何以能昇天。

朝出市塵囂，夕出粧閣閉。朝夕同鑄錯，紅冰結成淚。不敢薄韓壽，韓壽有異香。不敢鄙裴航，裴航飲瓊漿。古人比我好，我比古人癡。努力愛春華，潛淵以爲期。

九原一抔土〔一〕，北邙千古塵。塵土悉磨滅，何言古昔人〔二〕。驅車行經過〔三〕，涕泣真無那〔四〕。燒取錦字紙，當風四敭播。此去化爲雲，飛上巫山峰。年年神女廟〔五〕，幽夢躡仙踪〔六〕。

惟昔張平子，無聊詠四愁。我乃愁五千，筆墨何能周。況合爲一萬，其數更難紀。有同蒼蒼天，去地億萬里。上天本無門，祛愁亦無根。風輪盪刼灰，且更乞天婚。

【校記】

〔一〕『抔』，原作『坏』，據《詩鈔》改。按：此詩《詩鈔》編於前題《雜詩》中。

〔二〕『何言古昔人』，《詩鈔》作『何處尋古人』。
〔三〕『行經過』，《詩鈔》作『一經過』。
〔四〕『涕泣真無那』，《詩鈔》作『弔古淚潛墮』。
〔五〕『神女廟』，《詩鈔》作『高唐館』。
〔六〕『幽夢躡仙踪』，《詩鈔》作『雲雨尋仙踪』。

相如琴堂

禮堂建蜀國，文教啟鴻濛。哲士應時出，蔚然鄒魯風。同時枚與鄒，不敢矜長雄。以文爲蟛蜞，横行一世中。遺稿獨散佚，故里亦蒿蓬。岌岌土臺古，屹立南門東。餘聲謐緑綺，誰復問枯桐。或疑即酒罏，遺趾常穹窿。日暮碧雲合，琴心無自通。臨眺眄前事，浩歌思不窮。

蓬山曲

紅線乘霧去碧天，背負八卦稱頑仙。煮石作飯雲爲田，人天一隔幾經年。上有猰貐舐饞涎，下有瘈狗當其前。爬山鍊石胡爲事，海天又結鴛鴦字。一别東西溝水流，流蘇複帳無情思。金屋嬌，脂夜妖。面赭生，喜紅消。楚雲抱雨收殘夢，碧桃空長新枝條。當時明月可憐夜，今日春風無賴宵。春風能做美，長日靜如水。曲簃小幄不見人，劉郎老作風流鬼。鸞靴蹴踏春雲生，裙衩翾翻花葩明，此時此際難爲情。蓬山重訂千年盟，桑田滄海無變更。

冬曉曲

寒風一夜侵桃笙，酸風寇窗窗紙鳴〔一〕。虛堂初更如五更，秦箏湘瑟難爲情〔二〕。東方初日忽照楹，紅麩蔫上春風生〔三〕。喁喁抱頸酣鵁鶄，飛鳧當空仙人行。起視轆轤枝且撐，眢井不聞波浪聲。金烏飛咽黃水晶，南榮曝背羞老傖。焚香爲我滌塵襟〔四〕，詹唐黏濕不分明〔五〕，據牀三弄拊銀鉦〔六〕。呑光咽影元功成，當中耿耿貫元精〔七〕。

【校記】

〔一〕『寇』，《詩鈔》作『獵』。

〔二〕『湘瑟』，《詩鈔》作『趙瑟』。

〔三〕『麩蔫』，《詩鈔》作『氍毹』。

〔四〕『滌』，《詩鈔》作『清』。

〔五〕『不』，《詩鈔》作『難』。

〔六〕『拊』，《詩鈔》作『敲』。

〔七〕『貫』，《詩鈔》作『羅』。

雜詠五首

白日圜，憂心煎。經歲復經年，吾家舊物傳青氈。豈無活人書，囊中羞澀不名錢。豈無好園花，香露清輝長自憐。春風飄飄吹座前，雕琢頑石耕硯田。長安米貴居不易，縱有江都難自賢，目不窺園斯帖然。吁嗟乎，白日圜！

苜蓿花，花開耶？胡不植向天子上林中，金燈玉盞同榮華。又胡不栽向東閣地，姚黃魏紫相矜誇。而乃一枝零落野人家，用如水火賤泥沙。爾雖眷我若青眼，我終爲爾慚絳紗。南山白石東門瓜，吾將捨爾遊天涯。吁嗟乎，苜蓿花！

絳紗帳，光璀璨。初與季長依，再與宣文伴。爾今逐我亦何爲，我今爲爾雙淚垂。男兒意氣在四海，敝車羸馬無光彩。彼虜守財蟲可憐，多收十斛何足言。絳紗帳兮且無曠，九成百子新花樣，終有時兮爲爾望。吁嗟乎，絳紗帳！

五經笥，長棄置。誰令爾好古，蝌蚪蟲魚字。誰令爾過人，湖海元龍氣。大兒小兒眼如豆，一丁不識方縱恣。彼有胡琴與琵琶，物投所好非難事。爾抱經兮將誰試，可且守貞十年外，與爾同遊剞劂氏。吁嗟乎，五經笥！

猢猻王，心愈傷。遥遥來異鄉，回望白雲淚沾裳。田園將蕪三徑荒，胡不歸來事耕桑，且復餬口羈四方。無鹽嫫母休短長，天寶末年時世粧，從宜從俗心自傷。縱詡山林有本性，先防樹倒同散亡。吁嗟乎，猢猻王！

白紗帽

黄袍起，軍鼓噪，此風開自白紗帽。白紗之帽形制殊，遺法似從劉寄奴。却笑齇王生甯馨，屠豬不得爲豬屠。賊王殺王扶上殿，裸卧木槽形體變。尚衣手裡易烏紗，天子頭邊飄素練。後來廢帝尤英英，裁衣作帽皆能精。尋常自製白紗帽，爲遺將軍蕭道成。南朝朝局如棋局，但知及熱何知辱。歎息金陵柳萬株〔一〕，衣冠閲盡春流緑〔二〕。

【校記】

〔一〕『株』，《詩鈔》作『條』。

〔二〕『衣冠』，《詩鈔》作『千秋』。

陳後主〔一〕

豬不屠，狗不偷，既非鬱林王，亦非東昏侯〔二〕。飲酒賦詩此何事，沉酣狎暱仍風流〔三〕。望仙結綺臨春閣，閣上往來恣宴樂〔四〕。九品才人擘綵箋，一時狎客聯新作〔五〕。狎客才人夜復朝〔六〕，瓊枝碧月可憐宵〔七〕。和遲天子傳觴罰，賦罷宮人誦洞簫。宮中更復頭銜假〔八〕，女學士推袁大捨。寶帳珠簾度管絃，云階月地徵風雅。可惜金陵王氣收，依然歌舞説無愁〔九〕。胭脂有井君王入，玉樹無花帝業休〔一〇〕。南朝幾許興王業〔一一〕，恨他恰恰逢終刼〔一二〕。牀下方嗤啟事封，宮中已進同心結。長城人去漫頹唐，夢裡雞聲更渺茫。争怪書封三十六，令他邑邑對隋煬〔一三〕。殘山一角殘陽外〔一四〕，讀書論古心無奈〔一五〕。只有秦淮水一條，嗚嗚咽咽言成敗〔一六〕。

【校記】

〔一〕《詩鈔》題作《臨春閣》。

〔二〕『非』，《詩鈔》作『異』。

〔三〕『仍』，《詩鈔》作『誇』。

〔四〕『往來恣宴樂』，《詩鈔》作『冥冥恣歡樂』。

〔五〕『一時』，《詩鈔》作『一班』。

〔六〕『夜』，《詩鈔》作『暮』。
〔七〕『碧月』，《詩鈔》作『璧月』，似較勝。
〔八〕『更復』，《詩鈔》作『况復』。
〔九〕『説』，《詩鈔》作『學』。
〔一〇〕『帝業』，《詩鈔》作『霸業』。
〔一一〕『幾許』，《詩鈔》作『多少』。
〔一二〕『恨他恰恰逢終刼』，《詩鈔》作『偏安又遇紅羊刼』。
〔一三〕『隋煬』，《詩鈔》作『徐煬』。
〔一四〕『殘陽』，《詩鈔》作『斜陽』。
〔一五〕『讀書論古心無奈』，《詩鈔》作『傷心弔古情無奈』。
〔一六〕『言』，《詩鈔》作『論』。

拐子馬

廳子馬，不肯行，臣構中興天玉成。拐子馬，不可敵，金人南下宋人匿〔一〕。宋人非是一無長〔二〕，敷天左袒同勤王。直到黃龍痛飲耳，兵勢重處臣請當。無奈九哥信長脚〔三〕，烏頭馬角同抛却。坐使浮屠挺鐵兵，更令拐子來沙漠。括户翻徵歲幣銀，南朝天子北稱臣。傷心五國城中客，枉把金環寄此人。

【校記】

〔一〕『匿』，《詩鈔》作『急』。

〔二〕『一無』，《詩鈔》作『無一』。

〔三〕『無奈』，《詩鈔》作『誰知』。

楊廉夫〔一〕

龍笛一枝新鑄鐵〔二〕，梅花三弄聲將歇。有美携來翡翠屏，竹枝同唱西湖月。彼何人，明高士，元遺民。鶴羽氅，華陽巾，嘯傲湖山甘隱淪。自擬題詩紀甲子，何心禮樂修元史〔三〕。白衣召至白衣還〔四〕，差免蹈將東海死。松江小圃賦歸來，懷抱難爲御酒開。不嫁固是老客婦，讀書仍是老秀才。九華仙伯忽來迎，回首歸全月正明〔五〕。猶餘一段風流話，親脱紅鞋載酒行〔六〕。

【校記】

〔一〕《詩鈔》題作《鐵笛仙》。

〔二〕『龍笛』，《詩鈔》作『長笛』。

〔三〕『禮樂』，《詩鈔》作『珥筆』。

〔四〕『召』，《詩鈔》作『宣』。

〔五〕『歸全月正明』，《詩鈔》作『家山月尚明』。
〔六〕『親脱紅鞋』，《詩鈔》作『親摘紅蓮』。

鐵簡〔一〕

鐵簡賜鐵人，高皇知直臣。除奸摘佞簡上鑄字復何有，舉朝奸佞俱縮手。御史牛車奏未終，當頭一擊聲洶洶。誠意有兒儕正學，成王無叔比周公。鐵馬倉皇來向北，皇孫走失半邊月〔二〕。殿下難逃一箇字，此語直於簡上鐵〔三〕。抗節仍憐志未攄，忠魂夜伴孝陵居。不須持簡亦如鐵〔四〕，當時又有鐵尚書〔五〕。

【校記】

〔一〕《詩鈔》題作《賜鐵簡》。
〔二〕『皇孫』，《詩鈔》作『王孫』。
〔三〕『直』，《詩鈔》作『嚴』。
〔四〕『不須持簡亦如鐵』，《詩鈔》作『果然執簡人如鐵』。
〔五〕『當時』，《詩鈔》作『同時』。

管家婆

管家婆者古無之，剏制獨見前明時。貴主之家家防滿，必此婆兮爲之管。婆兮如虎復如狼，四司八局交内璫。金錢不飽私人槖，粉黛難親帝子裝〔一〕。永甯公主青蛾老，樂昌鏡裡秋風早。江鯉河魴不足言，天吴紫鳳真顛倒。壽陽一例更堪傷，下嫁吾宗羨粉郎冉興讓。弄玉樓中方語笑〔二〕，夜魔天外忽喧嚷。簫史不能飛跨鳳〔三〕，龍邱安得幻牽羊。此時禁臠將何樂，此時菜户誠威灼。貴主含情未敢申〔四〕，女嫛詈語先同謔。可憐讒口足銷金，阻絶宫門萬里深〔五〕。眉嫵謬傳京兆手，泪珠徒碎永興心。冉君具疏將朝達，衣冠立榜紫微闥〔六〕。二部無能按趙津，五坊先已笞崔發。輿徒電散復星馳，徒跣歸來感不支。正意飲章傳副本〔七〕，翻令鞶帶兆三褫〔八〕。省愆詔下成均内，果有何愆煩訓誨。但見中人執太阿，不聞帝乙憐歸妹。吁嗟乎！江斆辭婚别有因，不如明代尤因循〔九〕。家婆既已冉君辱，家奴又辱侯拱宸〔一〇〕。惜哉二君狼狽際〔一一〕，不似順昌逢五人。

【校記】

〔一〕『裝』，《詩鈔》作『妝』。

〔二〕『語笑』，《詩鈔》作『笑語』。

〔三〕『不能』，《詩鈔》作『未能』。

〔四〕『未敢』，《詩鈔》作『尚未』。

〔五〕『萬里深』，《詩鈔》作『如海深』。

〔六〕『榜』，《詩鈔》作『傍』。
〔七〕『正』，《詩鈔》作『方』。
〔八〕『翻令』，《詩鈔》作『豈期』。
〔九〕『不如』，《詩鈔》作『那知』。
〔一〇〕『拱宸』，《詩鈔》作『拱辰』。
〔一一〕『狼狽』，《詩鈔》作『失意』。

行路難

秣余馬兮脂余車，丈夫意氣重桑弧。頭上峩峩綴纓絡，足下絲履光泥塗。豈不被服自炫耀，前路茫茫生踟躕。芙蓉羽帳杳何處，天寒野陰人影孤。我欲返轡事歇息，浩歌且復臨前途。天山雨雪兮黄河冰，安得之子兮來相扶。

我聞費長房有縮地鞭，迢迢千餘里，一鞭鞭之歸目前。人生不獲具仙術，行愁坐歎空復憐。雖作帝女銜木石，争能滄海爲桑田。起舞高歌行路難，空山月明聞杜鵑。

明璫翠羽無人識，坐令委棄屏匽側。爲我楚歌歌一聲，無言相視淚沾臆〔一〕。情長或可蚍蜉辱，水深先恐蛟龍得。雙烟爇向博山爐，天長地久思何極。但能樹上作蔦蘿，不怕道旁生荆棘。

明月雖皎潔，空教照影不照心。此心有攣繫，焉能生死同浮塵。出門强四望，萋萋卉木翔鳴禽。我無六翮平地起，何由飛度遠山岑。

煎愁爲餅飥，愁多致使心纒縛〔二〕。啟户視天霜月高，悄然轉憶芙蓉幕〔三〕。別時欠一淚，別後淚徒落〔四〕。岱宗他日遊，知否能相約。饒作刼灰化〔五〕，終有丹心託〔六〕。勸君惜取好年華，崑山之旁玉抵鵲。

白日無返景，青天有黑風。夷庚既已塞，八流誰復通。但爲金帛遊〔七〕，致負園林好。何怪古人有深意，青草綿綿思遠道。君不見北邙塵，昆明灰，古今俱盡同此才。行路難，歸去來。

【校記】

〔一〕『無言相視淚沾臆』，《詩鈔》作『相對無言涕沾臆』。

〔二〕『致使』，《詩鈔》作『轉使』。

〔三〕『轉憶』，《詩鈔》作『迴憶』

〔四〕『徒』，《詩鈔》作『空』。

〔五〕『饒作刼灰化』，《詩鈔》作『縱饒此心化作灰』。

〔六〕『終有丹心託』，《詩鈔》作『終有餘香向君託』。

〔七〕『帛』，《詩鈔》作『幣』。

將進酒

將進酒，羅長筵。客醉止，主歡然。朝歌暮醉終難足〔一〕，高堂徹夜明紅燭〔二〕。趙女來彈《陌上桑》〔三〕，秦娥更唱花間曲。一彈一唱侑盤觴〔四〕，駿馬輕裘付渺茫。眠當甕畔身如盜〔五〕，死葬陶家土不香〔六〕。青蓮居士猶疎略，謬道聖賢皆寂寞。罵座號呶豈有名〔七〕，吐茵沉湎何爲樂〔八〕。將進酒，聊具陳。須知醉聖非風雅，莫與糟丘作比隣。

【校記】

〔一〕『暮醉終難足』，《詩鈔》作『暮飲歡難足』。

〔二〕『明』，《詩鈔》作『然』。

〔三〕『來』，《詩鈔》作『初』。

〔四〕『一彈一唱侑盤觴』，《詩鈔》作『一彈一曲酒百觴』。

〔五〕『眠當甕畔身如盜』，《詩鈔》作『眠從甕畔甘爲賊』。

〔六〕『不』，《詩鈔》作『尚』。

〔七〕『號呶豈有名』，《詩鈔》作『佯狂未是顛』。

〔八〕『何』，《詩鈔》作『奚』。

岣嶁禹碑歌

我聞廬山山上紫霄峰，一碑高銘神禹功。洪荒漾與余乃橅，六字僅堪辨惛懜。又聞崆峒山半側，堯碑禹碣琳琅刻。陡巖邃箐人罕到，縱有古文疑叵測。何如岣嶁閟神物，四千年後見嵂崒。何致殷勤搨曆書〔一〕，升菴感慨歌長律。想見洪濤洚洞時，憂厪帝心帝曰咨。懷襄浩蕩民昏墊，女司空禹其余治。禹承帝命拜稽首，翼佐輔卿堪自負。欙楯周循徧垓埏，隝洲隟渚登無有。妖鳥噤聲獸不號，足入洪荒無毳毛。明發爾興惟自飭，忘家久旅敢言勞。嶽麓偶然謀信宿，智營形折忘膏沐。心慮怔忡罔弗辰，平定不知何處祝。華恒岱嶽往來周，褒論憑疏身所憂。勞餘自答明禋報，昏鬱真堪一旦收。衍亨早已來南瀆，衣食從新堪被服。萬邦稽顙念來王，奔舞蹌蹌沾教育。七十二字載如斯，字青石赤神難知。拳身倒薤紛何有，惟騰光怪拏虎螭。昌黎好古生苦晚，我生更遲古愈遠。碑未能見見碑文，雙眸宛若岣嶁返。⿰黑庸⿰黑農指數蝌蚪分，河馬洛龜何足云。但恐六丁追取去，人間徒懾雷砏磤。作歌急表心嚮往，列缺霹靂明簾幌。夜半𩵋聲歙倉茫〔二〕，如見元夷來塵鞅。惜我遲出數百年，金石集古已成編。盦香鼾鱔收欲徧，鐏罍饕餮誌俱全。宣王石鼓同神物，紀實傳疑有披拂。陽烏何不照祝融，早使古人探奇崛。又況山經羅瑰奇，貳負刑天咸可稽。此碑所存豈屓贔，無人收拾空蹲夷。願持襮緐書萬卷，手腕酸疲不言倦。舉世皆讀古邱墳，秦詛楚誦難矜衒。吁嗟乎！闢地開天獨盤古，成天平地獨神禹。有此豐功耀萬秋，豐碑那不銘巒滸。白狐九尾祥在天，黃熊三足感沉淵。東漸西被訖聲教，南去北來無顛連。因人思物重雀躍，安得峰頭躡芒屩。大氊廣帛包裹來，長使後賢欽矩矱。

【校記】

〔一〕『曆書』，原作『歷書』，據句意改。

〔二〕『倉』，疑當作『蒼』。

宣瓷印色池歌〔一〕

陸君嗜古好奇器，三代法物親蒐羅。緗簾畫下金屈戌〔二〕，掩映琴書光彩多。希魯硯鎸銅雀瓦，徐陵筆架珊瑚柯。名書妙繪與法帖，一一裝潢恣摩抄〔三〕。中有小物尤寶重，鑰扃匣襲浮香螺〔四〕。爲我啟櫝出相示〔五〕，青瓷小盎圜以瑳。圓徑僅侔楪子大〔六〕，雙龍盤蜿疑蛟鼉〔七〕。製作奇古匪近有〔八〕，擬來定汝與官哥〔九〕。輕比仙衣衹銖兩，膩於女手堪撫摩〔一〇〕。硃漬油汙影欲透〔一一〕，寶氣陸離紅錦窠〔一二〕。釜底綫足銘宣德〔一三〕，上方製作理則那〔一四〕。我聞宣爐稱絕品〔一五〕，南鑄北鑄皆么麽。上清之銅十二煉，棄粗取精言不訛〔一六〕。商敦周彝不足貴〔一七〕，卣徒名旅尊名獻。三楊蹇夏諸國老〔一八〕，銘勒朝代書蝌蚪〔一九〕。此爐已取宋瓷式〔二〇〕，又復瓷窑矗嵯峨〔二一〕。自昔麻倉土未竭，簋廉白不《陶説》注：不，音敦，上聲。俱琢磨。萬石臬麻錬寶釉〔二二〕，一枚曲木横鐵鍋。蘇泥勃青妙綵繪，橘皮鱔血暗花拖。埏埴衆工斫白石〔二三〕，營造所丞楊青緺。四羅六羅式匪宋，三子五子盒非倭。始終條理雖繁錯〔二四〕，一一檢點無差訛。能使舒嬌失顔色〔二五〕，大秀小秀空委佗〔二六〕。已爲鎮紙取獅鼓〔二七〕，更傳筆格模瓜茄。嗟兹印池信工緻〔二八〕，滚螭其奈破觚何。薄則如紙聲如磬，叩如哀玉鏗鳴珂。昔時法物存内府〔二九〕，天章聖藻資吟哦。名香親命内臣爇〔三〇〕，凍手時教宫女呵。一自鼎湖棄弓劍〔三一〕，茂陵玉椀來山阿〔三二〕。况昔欃槍改玉步〔三三〕，江湖滿地悲薦瘥。莽莽黄塵飛鐵馬〔三四〕，茫茫白草映銅駝〔三五〕。文武之道一夜盡〔三六〕，圖書重寶同抛墮。南都立國立以淺〔三七〕，小朝廷上空偏頗〔三八〕。光禄請製御器用，度支愁嘆淚滂沱〔三九〕。但聞黄紙封蟲介〔四〇〕，蜂酥雀腦來烟蘿〔四一〕。金陵王氣大江盡，玉府遺珍側弁俄。此物所存翳何處〔四二〕，獨完本質無坎坷〔四三〕。倘非内監庋藏去〔四四〕，定屬達官携取過〔四五〕。揭盒睇視重太息〔四六〕，感時撫事雙鬢皤〔四七〕。世間好物不堅緻〔四八〕，琉璃可碎玉可磨〔四九〕。否則不化豐城劍〔五〇〕，亦應難尋雷澤梭。些些一器誰珍護〔五一〕，閲世未醒春夢婆。人生遇合固無定〔五二〕，常有奇材遭轗軻〔五三〕。黄鐘毀棄用瓦缶，白璧沉埋悲卞⿰王咼。得難亦且識不易〔五四〕，雖有瑰異其如他。惟君好古如好色，鏡鸞開處擁檀蛾〔五五〕。左偎右倚不云厭，巧笑之瑳佩玉儺。惟君好古如好酒〔五六〕，一尊弗惜醉顏酡〔五七〕。花間獨酌邀明月，席上歡呼卷白波。物歸所好斯能聚〔五八〕，金石不勝載馬羸〔五九〕。兹瓷存置已數載〔六〇〕，形質古淡圓陀陀〔六一〕。是誰富貴不長保〔六二〕，致令秘玩隨烟莎。將毋曾供閨閣用〔六三〕，盛脂貯粉親嬌娥〔六四〕。將毋曾將毋曾伴高士隱〔六五〕，隱囊紗帽潛澗薖。將毋曾落傖父室〔六六〕，塵垢堆積如飯籮〔六七〕。將毋曾殉古墳塚〔六八〕，珠襦玉匣同前和。波斯胡人不解用〔六九〕，五都市上空婆娑〔七〇〕。朅來傳入士龍手，把玩愛惜醒睡魔〔七一〕。美踰倩妾不換馬，重似法書羞易鵝。往往對置米顛硯〔七二〕，時時移伴康節窩〔七三〕。滿貯紫泥不下印〔七四〕，恐有埃涴難切磋。嗟余素乏博古識〔七五〕，討論未登文學科〔七六〕。作書翻恨鴉塗墨〔七七〕，讀史難窮豕渡河。歐陽集古德夫録〔七八〕，檢點徹夜照銅荷〔七九〕。感君待我以意氣〔八〇〕，有若南宮與東坡。慨然古物出相示〔八一〕，兩眼揩視明似玻〔八二〕。千峰翠色越窑奪，一握香茸書室搓。妬深直欲擊珊樹〔八三〕，喜極還令開病痾〔八四〕。試觀近世紈絝子〔八五〕，徒解叵羅盛緑醝〔八六〕。閑窗秘閣樂餘暇〔八七〕，八仙之選五木挼。濠上莊魚施網罟〔八八〕，林間孔雉及矰磻〔八九〕。豈如周郎獨高致〔九〇〕，常恐謏聞譏陋矬。方今聖代重儒術〔九一〕，諸賢蹌濟登菁莪〔九二〕。知君好古能博古〔九三〕，竚見羔羊歌五紽。我亦家世鍾鼎後〔九四〕，先人遺烈留牂牁〔九五〕。黔南屢按横磨劍，遼海曾揮春敵戈。平臺召對沐恩厚〔九六〕，拜受君賜無跌蹉〔九七〕。當時密貯大盈庫〔九八〕，捆載不止數駱駝。富貴聲華有消歇〔九九〕，王孫歸着釣魚簔〔一〇〇〕。繁弱封璜喪失盡〔一〇一〕，醉歸翻畏灞陵呵。對君此器慨以歎〔一〇二〕，盛衰成敗徒㛹娿。欲贊一辭愧不敏，願借佞口如祝鮀。攫取掩藏不可得〔一〇三〕，願借健兒如嘍囉。人亡物得理本有〔一〇四〕，更請一言爲君覼〔一〇五〕。君不見宣和古物列圖譜〔一〇六〕，一旦紛紛胡馬馱〔一〇七〕。陵遷谷變刼灰滿〔一〇八〕，物亦與人同蹉跎。宣瓷兮宣瓷，什襲珍之毋厭苛〔一〇九〕，吾將東遊滄海西岷嶓。臨行爲君作長句〔一一〇〕，敢比昌黎《石鼓歌》。

【校記】

〔一〕《詩鈔》題作《宣瓦印色盒歌》。

〔二〕『畫』，原作『書』，據《詩鈔》改。

〔三〕『一一裝潢恣摩抄』，《詩鈔》作『裝潢一一親摩挲』。

〔四〕『鑰扃匣襲』，《詩鈔》作『鑰緘篋襲』。

〔五〕『出』，《詩鈔》作『重』。

〔六〕『圓徑僅侔楪子大』，《詩鈔》作『圍圓僅侔碟子大』。

〔七〕『盤蜿』，《詩鈔》作『盤拱』。

〔八〕『近有』，《詩鈔》作『近玩』。

〔九〕『擬來』，《詩鈔》作『意從』。

〔一〇〕『膩』，《詩鈔》作『潤』。

〔一一〕『硃漬油汙影欲透』，《詩鈔》作『硃油漸漬暈欲滴』。
〔一二〕『寶氣』，《詩鈔》作『寶光』。
〔一三〕『釜底綫足銘宣德』，《詩鈔》作『腹底分書識宣德』。
〔一四〕『製作』，《詩鈔》作『製器』。
〔一五〕『稱』，《詩鈔》作『擅』。
〔一六〕『言』，《詩鈔》作『理』。
〔一七〕『貴』，《詩鈔》作『數』。
〔一八〕『蹇夏諸國老』，《詩鈔》作『國老及蹇夏』。
〔一九〕『書』，《詩鈔》作『摹』。
〔二〇〕『此爐已取』，《詩鈔》作『茲爐已倣』。
〔二一〕『又復瓷窰矗嵯峨』，《詩鈔》作『窰山想見形嵯峨』。
〔二二〕『錬』，《詩鈔》作『煎』。
〔二三〕『斫』，《詩鈔》作『砍』。
〔二四〕『雖繁錯』，《詩鈔》作『紛錯雜』。
〔二五〕『一一』句、『能使』句《詩鈔》無。
〔二六〕『空』，《詩鈔》作『殊』。
〔二七〕『爲』，《詩鈔》作『聞』。

〔二八〕「嗟兹印池」，《詩鈔》作「歎此小物」。
〔二九〕「昔時法物存内府」，《詩鈔》作「當時法物庋内府」。
〔三〇〕「親」，《詩鈔》作「偶」。
〔三一〕「棄」，《詩鈔》作「委」。
〔三二〕「山阿」，《詩鈔》作「山河」。
〔三三〕「况昔欃槍」，《詩鈔》作「欃槍塞天」。
〔三四〕「莽莽黄塵飛鐵馬」，《詩鈔》作「黄塵昏昏騁鐵騎」。
〔三五〕「白草映銅駝」，《詩鈔》作「野草悲銅駝」。
〔三六〕「文武之道一夜盡」，《詩鈔》作「文武道盡一夕火」。
〔三七〕「立以淺」，《詩鈔》作「亦兒戲」。
〔三八〕「空」，《詩鈔》作「誠」。
〔三九〕「淚」，《詩鈔》作「涕」。
〔四〇〕「蟲」，《詩鈔》作「鱗」。
〔四一〕「來」，《詩鈔》作「求」。
〔四二〕「翳何處」，《詩鈔》作「繄何所」。
〔四三〕「獨完本質」，《詩鈔》作「形完體固」。
〔四四〕「内監庋藏去」，《詩鈔》作「奄尹收藏祕」。

〔四五〕『取』，《詩鈔》作『去』。
〔四六〕『揭盒睇視重太息』，《詩鈔》作『揭蓋審睇三歎息』。
〔四七〕『感時撫事』，《詩鈔》作『撫時感事』。
〔四八〕『世間好物不堅緻』，《詩鈔》作『世上好物不堅固』。
〔四九〕『可碎』，《詩鈔》作『易碎』。
〔五〇〕『否則』，《詩鈔》作『縱使』。
〔五一〕『些些一器誰珍護』，《詩鈔》作『渺爾一器孰珍護』。
〔五二〕『無固定』，《詩鈔》作『安有定』。
〔五三〕『常有奇材遭轗軻』，《詩鈔》作『往往奇才嬰轗軻』。
〔五四〕『得難亦且』，《詩鈔》作『得者固難』。
〔五五〕『開處擁檀蛾』，《詩鈔》作『開匣光檀蛾』。
〔五六〕『好古如好酒』，《詩鈔》作『嗜古如嗜酒』。
〔五七〕『一尊弗惜醉顔酡』，《詩鈔》作『千尊弗惜朱顔酡』。
〔五八〕『物歸所好斯能聚』，《詩鈔》作『物聚所好貴得所』。
〔五九〕『不勝』，《詩鈔》作『隆富』。
〔六〇〕『兹瓷存置已數載』，《詩鈔》作『兹物豈可混沙礫』。
〔六一〕『古淡』，《詩鈔》作『古奥』。

〔六二〕「富貴不長保」，《詩鈔》作「得寶不能用」。
〔六三〕「用」，《詩鈔》作「賞」。
〔六四〕「嫦娥」，《詩鈔》作「宫娥」。
〔六五〕「伴」，《詩鈔》作「陪」。
〔六六〕「將毋曾落傖父室」《詩鈔》作「抑或誤落傖父手」。
〔六七〕「塵垢堆積如飯籮」，《詩鈔》作「堆塵沾垢如箕籮」。
〔六八〕「將毋曾殉古墳塚」，《詩鈔》作「抑或曾殉長陵葬」。
〔六九〕「胡人不解用」，《詩鈔》作「賈胡不解事」。
〔七〇〕「五都市上」，《詩鈔》作「五都之市」。
〔七一〕「愛惜」，《詩鈔》作「大可」。
〔七二〕「往往」，《詩鈔》作「每每」。
〔七三〕「移伴康節窩」，《詩鈔》作「攜伴安樂窩」。
〔七四〕「滿貯紫泥」，《詩鈔》作「紫泥填腹」。
〔七五〕「嗟余素乏博古識」，《詩鈔》作「嗟予本乏格古識」。
〔七六〕「討論」，《詩鈔》作「辨論」。
〔七七〕「翻恨鴉塗墨」，《詩鈔》作「自愧鴉染墨」。
〔七八〕「德夫《録》」，《詩鈔》作「德甫《録》」。

〔七九〕『照』，《詩鈔》作『然』。
〔八〇〕『以意氣』，《詩鈔》作『意氣重』。
〔八一〕『古物出相示』，《詩鈔》作『捧出廣我見』。
〔八二〕『揩』，原作『楷』，據《詩鈔》改。『似』，《詩鈔》作『如』。
〔八三〕『直欲』，《詩鈔》作『安忍』。
〔八四〕『還令開病疴』，《詩鈔》作『真可療宿疴』。
〔八五〕『試觀近世紈絝子』，《詩鈔》作『俯觀世俗褦襶子』。
〔八六〕『叵羅盛緑醽』，《詩鈔》作『金尊傾白醝』。
〔八七〕『閑窗秘閣樂餘暇』，《詩鈔》作『曲房燕坐樂清暇』。
〔八八〕『施』，《詩鈔》作『拋』。
〔八九〕『及』，《詩鈔》作『施』。
〔九〇〕『獨高致』，《詩鈔》作『得天趣』。
〔九一〕『聖代』，《詩鈔》作『昭代』。
〔九二〕『諸賢蹌濟』，《詩鈔》作『賢才彙拔』。
〔九三〕『知君好古能博古』，《詩鈔》作『羡君好古能識古』。
〔九四〕『鐘鼎後』，《詩鈔》作『襲鐘鼎』。
〔九五〕『先人遺烈留牂牁』，《詩鈔》作『河山遺烈名牂牁』。

〔九六〕『沐恩厚』，《詩鈔》作『錫秬鬯』。

〔九七〕『君賜無跌蹉』，《詩鈔》作『君賚防跌蹉』。

〔九八〕『密貯大盈庫』，《詩鈔》作『大盈貯宗器』。

〔九九〕『富貴聲華』，《詩鈔》作『陵遷谷變』。

〔一〇〇〕『歸着』，《詩鈔》作『今著』。

〔一〇一〕『繁弱封璜喪失盡』，《詩鈔》作『富貴聲華苦不久』。

〔一〇二〕『慨以歎』，《詩鈔》作『發長歎』。

〔一〇三〕『攫取掩藏不可得』，《詩鈔》作『計欲襲取安可得』。

〔一〇四〕『物得理本有』，《詩鈔》作『物牢理則有』。

〔一〇五〕『更請』，《詩鈔》作『請以』。

〔一〇六〕『物』，《詩鈔》作『器』。

〔一〇七〕『一旦紛紛』，《詩鈔》作『紛紛都付』。

〔一〇八〕『陵遷谷變刼灰滿』，《詩鈔》作『家國天下尚不保』。

〔一〇九〕『珍之』，《詩鈔》作『珍藏』。

〔一一〇〕『爲君』，《詩鈔》作『思古』。

王夢崖世兄以墨龍見示，爲題長歌

龍之爲靈昭昭也，神物是誰親見者。古來豢擾與雕屠，我恐此言終類假。後人乃自有奇能，僧繇下筆風雨乘。謂非親見池中物，何以點睛即飛騰。始知妙畫通靈異，虎頭一語甯無意。愧我原非北寺人，丹青故迹多遺棄。王君夢崖獨有心，瑯琊家世富球琳。右軍帖向山陰覔，摩詰畫從輞川尋。收羅法物盈箱篋，一幅一章題尾跋。孰是龍眠孰大癡，精分妙鑒都超拔。惟君愛畫畫愈珍，未肯等閑持示人。手拈寒具汚脂膩，生恐賓筵有此倫。一朝爲我出斯圖，四座睒矆天模糊。有龍夭矯在空際，勢欲吸吞江與湖。神龍見首不見尾，此畫陸離還恢詭。鱗甲之而惝怳中，濃雲厚霧隨波靡。我生好龍非葉公，安辨似龍與非龍。至富亦非王元寶，終南獲見全龍好。今從絹素覯斯龍，便覺真能長五蟲。烟濤倒捲海水立，怳惚變化將毋同。因思在昔馮紹正，龍池小殿承天命。壁上形纔蜿蜒成，池中氣已風霆應。又聞在昔陳君容，脱巾濡墨墨⿰黑庸䵜。意所不經入神妙，一首一臂波萬重。吴公道子尤專擅，五龍寫向黄金殿。往往沉陰潤礎天，鱗鬐蠉動飛雷電。餘則當年楊子華，亦能筆底生烟霞。蛟鼉竄走水怪泣，頭角崢嶸紛攫拏。君從何處得此本，直與古人無近遠。睇視審觀心⿰目咢眙，陰霾似欲生庭院。一角殷紅小印深，梅麾其字其姓金。此君故屬豐城客，合見延陵雙劍鐔。畫龍畫神不畫形，神似故能形亦靈。最是雙瞳震鯱處，掉尾半空天晦冥。繪虎圖獅何足擬，花鳥草蟲尤小技。六法疑從顧陸傳，三家豈復荆關比。龍滅沒兮烟沄沄，咫尺光怪成氤氳。青蠅白鳥不敢近，幾欲裂幅升層雲。想見錢塘掣柱年，朱鱗火鬣馳青天。宮殿擺簸地維折，雪霰雨雹聲萬千。此圖且勿懸廳壁，留待旱雲歌滃滃。張向幽淵奧澤間，定然甘澍齊飄滴。此圖且勿置堂中，恐有婆羅禁咒工。膾取龍肝剔龍腦，坐令殘甲飛滿空。却憐我亦爲霖手，枉向泥塗蟠蟄久。魚服伊誰識白龍，禹門萬丈徒搔首。今日觀圖感慨多，爲君且作畫龍歌。他時君逐風雲去，莫忘江邊有釣簑。

烈女吟

冤雲四垂天蒼蒼，誰家哭聲悲悽涼。壯哉楊氏有貞女，未嫁殉夫扶綱常。未嫁適當將嫁際，蓬門詎有翩翩壻。正假名流共助婚，豈知市儈偏階厲。甘言如薺誘王昌，出玖投瓊計譸張。梟喝未能窮五木，蚨飛倏忽剩空囊。身後婚資將孰措，博場回首無生趣。繞頸斜飛白練紋，酸心直入黃泉路。此時赴向女家聞，此時婚嫁復何云。自可才人辭養卒，便將新婦配參軍。女心脈脈愁千疊，連珠子淚凝雙睫。鸞鳳難成世上緣，鴛鴦肯賣街頭牒。薄命傷懷衆未知，蘭閨深掩夜遲遲。可憐素魄流天處，正是貞娥入地時。詰朝彩伴同嗚咽，梨花樹下悲貞烈。艷質從來擬蕙蘭，俠腸那識如冰雪。旁人未免笑情癡，謂此輕生特欠思。倘使牛衣生聚首，安能鴻案久齊眉。我思貞女心如面，隨鴉逐犬甘貧賤。未嫁能傳張帛風，于歸詎作秋胡怨。有兄有弟泣頻頻，入户徘徊溯事因。不以博徒生鬼蜮，争能粉閣失佳人。訟寃直擊黄堂鼓，無因當道方豺虎。不爲共姬表姓名，翻同簿尉加箠楚。箠楚歸來事遂休，櫬棺寂寂返山邱。彎弓不見銀瓶影，請劍誰梟酷吏頭。大馮君者今人傑，京菴先生。手揮長鋏心悽惻。聞事無端致慨慷，叩閽會擬旌貞潔。却傷壯志未能成，事過時遷感不平。不獲朶雲彰綽楔，空憐宿霧黯蓬瀛。烈女傳中回首記，殉夫從死談何易。琴瑟好合且忘懷，伉儷未偕違守義。貞女能傳不二貞，生生死死寄柔情。方知節義千秋志，都是忠誠一念生。不然此豸生微族，閨箴女誡何曾讀。一聘争知訂玉簫，三更遂欲歌黄鵠。惜哉艷骨已銷沉，未慰同棺合葬心。帶斷韓凴空呰宋，尸香荀粲未歸陰。連枝木與相思樹，近來想徧貞娥墓。我爲題詩表烈腸，詩成尚動松筠慕。

殉難行輓粤西蒼梧縣厚菴彭明府名昌集，巴縣人。

男兒不患無功名，患從牖下終一生。仕宦不愁無建樹，愁從患難隳平素。孟言守義孔成仁，此語遵循有幾人。青史昔時懷義士，黄壚今日弔忠臣。忠臣者誰無愧此，能將一死酬天子。惟有厚菴彭令君，真能履變齊生死。厚菴家世出渝城，山水鍾成命世英。足史三冬符曼倩，著書萬卷眇虞卿。少小蜚聲黌序内，冠年即折蟾宫桂。厚菴，道光辛卯舉人。秉鐸西州歷數年，甲辰大挑二等，選授中江訓導。冷官自惜璠璵貴。不爲心腸大熱中，都緣濟世有深衷。馬卿詎受貲郎累，龐統非甘邑令終。邑令由來民社重，吾儒豈憚牛刀用。捧檄遥遥赴桂林，碧城滿目供吟諷。此時粤匪正披猖，當事逡巡避不遑。厚菴攬轡翻然起，有志澄清等范滂。武緣任罷還宣化，危疆處處煩税駕。保障都爲白屋勞，馳驅詎戀黄紬暇。豺虎叢中春復秋，笳悲角慘夜登樓。墨磨盾上親書檄，智叩囊中屢運籌。大吏知公亦重公，公將大樹不言功。封章直奏賢勞事，特簡榮邀帝眷隆。舊職新銜彰異數，高冠孔翠飄揚處。公念天恩矢報恩，枕戈屢作沖冠怒。蒼梧劇邑適需材，擾擾荆榛驛路開。吴臣已逐花驄去，郭伋還隨竹馬來。古帝遺蹤未暇尋，艇酋萬衆已交侵。孤城莒惡難爲守，况復三旬戰伐深。鼓衰鏃盡兼糧絶，乾椹甃豆搜無獲。告急難登楚帥牀，乞援幾喋睢陽血。公時奉委出重圍，僕瘦僮饑馬不肥。申叔乞糧猶未得，萇宏化碧已無歸。莽莽戎墟夜色凉，忠魂耿耿化虹光。可惜濟變匡時手，馬革無由返故鄉。因思數載連烽燧，豫粤荆吴常失利。大吏專城盡若公，安能蛾賊恣蟠踞。鹿鹿文臣鎖櫃忙，亦聞武將棄河湟。堪嗟智勇如公輩，天使長城一旦亡。至今遺孽猶狼突，潯梧道梗難舉復。傔從歸來述事因，家人慘淡吞聲哭。我向巴渝駐客鞍，驚聞此事淚汍瀾。從來忠義歸吾輩，畢竟捐軀赴敵難。如公庶幾文山比，如此斯能張許擬。痛惜軍興扞禦艱，尚遲贈卹來珂里。昔我先人冉見龍，亦從澄海効孤忠。至今史傳留名姓，先軫歸元竟絶蹤。與公可許同心否，爲公太息臨風久。濡墨聊題殉難行，達官顯臣空顏厚。

武擔山

山精通靈化女子，如何復戀水土死。歸龍歌斷寢宮涼，淚下君王難自止。桓桓力士五丁武，王命遠擔成都土。祁連高塚立城中，宮車過處長酸楚。佳人難得重傾城，玉葬香埋倍慘情。石鏡盤盤大尋丈，晚粧空照月華明。紅羊刼火三千載，魚凫故國川原改。只有兹山似昔年，錦屏玉壘形模在。朝登山雲黼黷，暮登山雨溟濛，朝雲暮雨失前蹤。美人塵土何如事，鳳死龍殂一瞬中。君不見五婦嶺中蛇尾斷，蒲澤騎魚仍怪幻。輸與娥臺鎮蜀都，更將正統留炎漢。《蜀志》：昭烈帝即位于武担山之陽。

出成都西門望大墳堡，慨然有作

萬里橋西不數里，平地一邱隆然起。道旁父老爲予言，此中埋骨紛難紀。憶昔烈皇去鼎湖，秦中天狗來蜀都。張英敗走張令死，闢門不復守夔巫。蜀秀才後龍孫劣[一]，黃榜紫標自怡悅。祖制空稱不議兵，撫臣坐鎮徒飛血。渝城天塹忽填平，狼豕磨牙逼錦城。轉戰吳璘無宿將，守陴鄭國只殘兵。北門隧道層層進，礮火如雷平地震。錦繡街坊白刃飛，金銀殿閣黃圖盡。藩王殉國撫臣亡，天府河山瓦礫場。猿鶴沙蟲同畢命，烏鳶飛起啄人腸。狗皮道外生全少，圈山更令除城剿。彩蠟雙盤女足纖，級功萬掌官階巧。白晝冥冥虎嘯風〔二〕，無頭鬼唱帝王宫。蜀人痛哭秦人笑，李短張長刼運終。成都自昔繁華國，可憐滿目迷荆芳。白骨爲山慘不分，纍纍大塚歌同穴。東門北門皆有之，西門所見已如斯。况此江水東流去，漂骼浮骸杳積屍。茫茫大刼雖天定，西蜀傷殘毋乃甚。争怪杜陵老布衣，題詩若憶開元盛。

【校記】

〔一〕『後』，疑當作『俊』。

〔二〕『晝』，原作『畫』，據句意改。

甲子科經題，周孝廉敬輿獨主爻辰立説，爲賦此歌

羲聖昔畫卦，乾坤闡珍符。三聖復繼之，燦然爻象殊。鐵撾折後韋編絶，大義微言歸泯滅。十傳遺文隱卜商，九師安訓休鴻烈。諸儒聚訟日蕃然，輔嗣清談轉自賢。孔疏不知何意緒，却輕馬鄭取空言。後來漢學日淪亡，注疏無人問孔王。異學陳摶張赤幟，圖成河洛傲羲皇。無不妨加太極，先後一天憑倒易。程傳徒能義理明，考亭直欲周文闢。我思漢學縱紛更，到底專門授受精。别解漫窮焦子贛，常譚定笑管公明。濟南一老尤超邁，註易註餘爻象外。别作爻辰

值宿圖，坤靈乾鑿殊支派〔一〕。遺文散失竟千秋，口訣難從史証收。昔則深甯貪纂輯，近聞惠氏廣旁搜。俗儒眼小空無有，本義一編長墨守。納甲飛符枉混淆，互爻辟卦難分剖。何況爻辰理更深，茫茫象緯費推尋。仲翔縱辨先儒説，鼎祚終鈎古義沉。吾蜀蜀才仍有注，六爻錯綜多神悟。棄鄭從虞理則那，野文究竟須刊誤。君從何處恣搜求，直借司農破衆咻。六藝論堪資考証，小同志亦佐旁諏。祇是時文原小技，葫蘆依樣殊容易。博兔如何等搏獅，經文一例窮經義。聖朝考据勝前朝，共詡西河見解超。三十六家披漢易，爻辰何事復輕抛。試思易道三才具，康成豈復無依據。緯説原非是類謀，仙經遠異參同契。好古輸君獨數君，網羅散失撰奇文。若非温季頽唐甚，定向元亭拜子雲。

【校記】

〔一〕『派』，原作『泒』，據句意改。按：焦竑《俗書刊誤》：『派』作『泒』。非。

贈成都醫士王晉之代吴世恭作

我讀朱肱書，仁心稱活人。我讀子和方，儒門言事親。良醫自昔通良相，補幹造化資陶甄。近來此道專精少，異授鬼遺高自表。眯目方嗤識字遲，折肱豈問知名早。蜀中有客王子淵，碩學宏才富簡編。早歲芹香優採擷，壯年蕊榜困騰騫。發篋更窮書萬卷，百氏遺文繙閱徧。繙到當年仲景書，方知曲藝饒神變。此書原本久傳訛，聞道篇章紊叔和。無已未能窮窔奥，柯琴空自事觀摩。河間主火非初義，潔古東垣紛立異。金匱誰探扁跗精，蘭臺莫啟軒岐秘。先生枕葄春復秋，墜簡沉編細講求。直爲靈樞開秘籥，重令要論徹源流。上池飲罷通真訣，五藏洞然分軫結。室近丹鑪有幣書，門臨橘井多車轍。先生用藥如用兵，兵不貴多惟貴精。先生師心實師古，以古証今如目覩。蜀國繁華艷綺羅，四魔六疾日云多。但教和緩延秦國，便覺膏肓起邵窩。鰥生負質尤孱弱，小病不禁癯沈約。深感千金惠禁方，得教六脈回良槖。見説近來宦興長，牽絲已欲去文鄉。遥知納餅穿胸事，不數涫于令太倉。

悍婦行爲汪叔起作

碧梧枝上雌風起，粥粥牝雞鳴不已。不是金盆水不收，由來錦瑟聲難倚。君不見錦城烏老朱氏婦，孀居獨共阿嬌守。岳陽名士入川來，聽鼓應官時歲久。詰朝車馬滿前廳，向晚相看影與形。旅食四方憐冷落，鄉園萬里惜娉婷。無聊擬作青棠種，鏡臺遠跨秦臺鳳。紅粉誰知本圈囮，黄婆竟欲張擒縱。初語齗齗却聘金，誓從阿壻共浮沉。一言自此縈蘿蔦，兩地居然鼓瑟琴。事過時踰心跡變，春風蕩入徐娘面。晚景桑榆不可收，琵琶抱出深深苑。仙郎已斷藕中絲，老媪翻思桑附枝。點額無花空悵望，畫眉有筆竟參差。大歸不爲終風暴，調飢獨聽阿母道。十索當時問粉脂，一通此日争冠誥。名分由來倒置非，不應仲子即元妃。蘪砧自守冰人約，鬼蜮翻邀姹女歸。匏瓜此日稱無匹，錦帳香衾春寂寂。壻館風流感柳枝，柔鄉氣味餐蓮菂。巫陽咫尺不相過，雨雨雲雲奈夢何。我更爲君翻此曲，自今休唱《憶秦蛾》。

謝來西嗜食臭，家宓琴以長歌贈之，余亦戲作

曾皙嗜羊棗，文王嗜昌歜。齊王嗜雞跖，宋相嗜肥肉。張齊賢事。前賢有癖嗜，緊皆天使獨。先生自比羊鼻公，嗜好亦復存高風。肥膿甘脆與辛辣，自言臭味非吾同。晨凫露鵠休云重，腐鼠餒魚聊可用。自視渾如竇元賓，宋謗梅香竇臭。旁人亦謂公孫鳳。宋公孫鳳夏月併食器中，令臭乃食。豈緣鮑肆久無聞，臭化神奇理固云。楚女鼻中香散亂，越王口内氣氤氳。於蟲取負盤，於藥取阿魏。於牛取夜鳴，於馬取般臂。或食或不食，所取惟其類。人曰先生胡爲然，起穢自臭非能賢。晉人之卜有十穩，桓温所遺終萬年。先生大笑曰否否，諸君且勿掩鼻走。君不見崔烈之臭爲公卿，到溉之臭富文藪。又不見人生各有性情殊，海上曾傳逐臭夫。婦人且復嗜屍胃，吴江婦人。君子何須撤溷腴。吾不效趙輝吞咽及汚穢，亦不效劉邕痂比鰒魚味。無臭自安天載清，有臭且償歡宴情。馬癖錢癖此例耳，薰蕕何必定分明。求之友，如蘭之臭投贈厚。集中有貽宓琴求臭蛋、臭蝍詩。謀諸婦，容臭之佩侍左右。舉箸徐徐旨且有，佐以《漢書》下以酒。以之祭祀同升香，

淵泉墻屋達陰陽。色惡臭惡舉可食，雖反孔聖殊不妨。始知少見斯多怪，鼎鼐調和非一概。看取先生飲饌殊，方信嗜在酸鹹外。

出東門

出東門，是我來時路。車如流水馬如龍，五侯七貴争馳鶩。而今光景雖如前，只有大江凝晚烟。岸濶沙明水清淺，舳艫寒擱灘磧邊。江樓遠望思千里，惱恨鯉魚風不起。出東門兮出東門，何日扁舟戒行李。

讀學使錢香樹先生贈先伯高祖潛修公詩，因步元韻誌感〔一〕

遺卷從頭展，先芬欲頌清〔二〕。九重知治績〔三〕，一律罄循聲。業以遷移散，災因忌刻生。雙山何處是，終古斷歸程。

【校記】

〔一〕『因步元韻』，《詩鈔》作『追和』。

〔二〕『頌』，《詩鈔》作『誦』。

〔三〕『績』，原作『蹟』，據《詩鈔》改。

秋夜月下步石雲叔韻

惟有秋來月，與人添苦吟。清光能幾夜〔一〕，古月到如今〔二〕。螢影露華重，蟲聲童子尋。對茲杳無極〔三〕，回望星河深〔四〕。

【校記】

〔一〕『清』，《詩鈔》作『圓』。

〔二〕『月』，《詩鈔》作『魄』。

〔三〕『對茲』，《詩鈔》作『遥情』。

〔四〕『回望星河深』，《詩鈔》作『惆悵亦何深』。

送友人早行

晨光開曲徑，曉色動行雲。送爾穿花去，飄然落葉分〔一〕。拊琴悲別操〔二〕，贈劍待奇勳。還誦少陵句〔三〕，開樽細論文〔四〕。

【校記】

〔一〕『分』，《詩鈔》作『紛』。

〔二〕『拊』，《詩鈔》作『撫』。
〔三〕『誦』，《詩鈔》作『憶』。
〔四〕『開樽細論文』，《詩鈔》作『何時重論文』。

獨坐

牧牛兒去盡，獨坐意疎慵。信口一枝笛，清心何處鐘。嬾貓閒卧榻〔一〕，大鼠黠穿墉〔二〕。相對都無意〔三〕，閑雲過幾重。

【校記】

〔一〕『閒』，《詩鈔》作『憑』。
〔二〕『大鼠黠穿墉』，《詩鈔》作『黠鼠自穿墉』。
〔三〕『相對都無意』，《詩鈔》作『静對忘言説』。

茅店

茅店傍通衢，黄昏車馬趨。酒徒時駡座，豪客漫呼盧。藉藁繩牀窄，移燈竹几粗。穿窗憐皓月，偏照客情孤。

資州宋孝子支漸故里

我與萱堂別，來從錦水遊。對茲碑一片，不覺淚雙流。情各思親重，名殊孝子留。慈烏與白兔，一一上心頭。

姜詩名藉甚，先絡績尤彰。今入支君里，重遊孝子鄉。遺徽輕竹帛，至性重倫常。寄語題橋客，庭幃未可忘。

遣懷

飛花一片夕陽天，客裡光陰劇可憐。言志果然吾與點，作詩從不自加圈。無端悲憤因懷古，約莫聰明好悟禪。誰在畫橋沽酒處，與儂方便杖頭錢。

春風處處輞川圖，肯把風流卧酒罏。鋤草免爭花氣候，讀書聊補睡工夫。鹿忘似我渾疑夢，兔得何人更守株。一卷南華尋至樂，此身只合貯冰壺。

五窮送處鬼何如，料理烹葵與摘蔬。亭下江山如識我，門前車馬正愁予。才名有幾堪傳世，歲入無多且賣書〔一〕。誰把豪華相對語，春暉終是愛吾廬。

塗抹從誰識阿婆，白駒閒向客中過。呼兄擬拜奇礓石，宴客頻分熱洛河。草草黄粱新夢破，茫茫青史不平多。苕溪舊約休重問，未敢抛書着緑蓑。

四明休問賀知章，生本無才重廟廊。爲處田間知稼穡，因逢病後悟文章。情緣擬向閑中懺，夢景多從好處忘〔二〕。桐帽棕鞋齊製就〔三〕，小晴園内正花香。

一榻清風掩竹樓，人間何處覓丹邱。劇憐棄擲同芻狗，肯把聰明刻棘猴〔四〕。製枕欣看栽菊厚〔五〕，學書悔不種蕉稠。功名悟到華胥外，一任旁人相虎頭〔六〕。

青史人留骨幾堆〔七〕，不如觀化且銜杯。偷桃也假神仙技〔八〕，食芋非皆宰相才〔九〕。酒爲枯腸芒角出〔一〇〕，琴因焦尾好音來〔一一〕。世間清福當何似〔一二〕，仲蔚蓬門一徑開〔一三〕。

不特愁侵更病侵〔一四〕，連琴何處訴知音〔一五〕。窮通自決靈龜兆，得喪難安失馬心〔一六〕。荆樹蚤年傷貝錦，桃根此日怨霜砧。思量未了私家事〔一七〕，贏得幽懷與日深〔一八〕。

【校記】

〔一〕『賣』，疑當作『買』。

〔二〕『景』，《詩鈔》作『境』。
〔三〕『齊』，《詩鈔》作『憑』。
〔四〕『刻』，《詩鈔》作『誤』。
〔五〕『製枕欣看栽菊厚』，《詩鈔》作『裝枕須教栽菊茂』。
〔六〕『相』，《詩鈔》作『誚』。
〔七〕『人』，《詩鈔》作『惟』。
〔八〕『也假』，《詩鈔》作『難得』。
〔九〕『非皆』，《詩鈔》作『誰爲』。
〔一〇〕『爲』，《詩鈔》作『沃』。
〔一一〕『因』，《詩鈔》作『彈』。
〔一二〕『當何似』，《詩鈔》作『憑吾享』。
〔一三〕『蓬門』，《詩鈔》作『門前』。
〔一四〕『不特愁侵更病侵』，《詩鈔》作『無那愁侵病亦侵』。
〔一五〕『訴』，《詩鈔》作『覓』。
〔一六〕『得喪難安』，《詩鈔》作『禍福先安』。
〔一七〕『思量未了私家事』，《詩鈔》作『平生未了非無事』。
〔一八〕『贏得幽懷』，《詩鈔》作『幽恨茫茫』。

六月菊

緣知世界有炎凉，叢菊新開小砌傍。似與荷花争六月，儘多詩客誤重陽。釀秋不礙炎雲重，寫淡能令熱念忘。應是西風消瘦甚，北窗來此伴羲皇。

登高

放膽遊山莫故遲，催租人去已多時。招邀名士三秋月，酬答山靈萬首詩。高處方知秋更好，勝筵如此醉休辭。恨他樵牧紛紛散，吹起斜陽笛一枝。

平生隨處戀山川，多寫行程付短篇。况有孟嘉能落帽，肯隨元亮鼓無絃。望人送酒情難遣，趁雁書空句可聯。歸路尚餘腰脚健，看他黄葉埽秋烟。

陸金粟少刺招飲賞菊，穀生、李甥分得巖菊、籬菊、瓶菊、盆菊四題，因亦擬作

誰向陶家乞種栽，靈巖頂上報花開。更無塵土沾塗處，可有泉流漬潤來。晚節自宜貞比石，

秋心詎肯鍊成灰。從今傲骨奇礓甚，莫作崖松嶺竹猜。

偶來三徑訪幽姿，短菊蕭蕭見數枝。似愛野人能護惜，不嫌高士托扶持。絶無倚傍詩原淡，偶效傾斜世豈知。畢竟寄人非本志，傲霜仍切歲寒思。

曾看王孫寫折枝，西風又近有花時。爲嫌老圃清霜重，且借空瓶宿水滋。入座便生秋意味，辭根不改舊丰姿。捲簾坐對無他語，珍重天寒好護持。

翻成别致轉清幽，似與唐花一例收。隱士新居仍得地，田家老瓦亦宜秋。携鋤徑外分排當，運甕籬邊布置稠。終爲主人培養厚，晚霜未肯上枝頭。

將赴省試，蓉江姪以詩爲贈，依韻答之

亨帚深慚索故編，漸看老大上吟肩。名場舊事三條燭，藝苑新題十樣箋。習氣未除秦博士，閒情欲賦郭遊仙。無端又逐雲龍去，落日山橋認馬鞭。

勞勞車馬債難償，誰假千金助橐裝。豪放敢言蘇子美，拘牽終笑米元章。江湖道路懷人地，傀儡功名選佛場。傳語司空休拭目，斗邊久未射龍光。

卅年身作錦城遊，瘦馬疲驢結應酬。故里田園松樹老，客途風雨荻花秋。光陰漸覺當婪尾，姓字何堪問虎頭。願爲阿咸重整頓，高吟更上讀書樓。

抵成都

家居艷説錦官城，到眼真堪慰客情〔一〕。沃野廣開天府境〔二〕，豐碑高揭大官名。迎人景物層層記〔三〕，訪古心懷一一生〔四〕。不覺流連車馬晚〔五〕，武擔山下暮煙平。

殘山剩水儘勾留，況向名都作壯遊。秦代何須開蜀道，禹圖先已重梁州。未知今日誰楊馬〔六〕，屢見行人説漢劉〔七〕。寫偏費家箋紙譜，古來遺蹟不勝收〔八〕。

廿年家食利盤桓〔九〕，偶逐雲龍策錦鞍。吉甫里中懷古遠〔一〇〕，少陵祠下作詩難。歌聲且入江風聽〔一一〕，山色頻招玉壘看〔一二〕。更道城南多異蹟〔一三〕，須教十日治遊拚〔一四〕。

【校記】

〔一〕『到眼』，《詩鈔》作『到此』。

〔二〕『境』，《詩鈔》作『界』。

〔三〕『景物層層記』，《詩鈔》作『花鳥層層麗』。

〔四〕『訪古心懷一一生』，《詩鈔》作『過眼風光一一清』。
〔五〕『不覺流連車馬晚』，《詩鈔》作『搔首淒涼更懷古』。
〔六〕『楊』，《詩鈔》作『揚』。
〔七〕『屢見行人』，《詩鈔》作『空聽田夫』。
〔八〕『古來』，《詩鈔》作『興亡』。
〔九〕『利』，《詩鈔》作『自』。
〔一〇〕『吉甫里中懷古遠』，《詩鈔》作『諸葛廟前懷古易』。
〔一一〕『且』，《詩鈔》作『吹』。
〔一二〕『頻招』，《詩鈔》作『招來』。
〔一三〕『更道城南多異蹟』，《詩鈔》作『誰訪摩訶舊池館』。
〔一四〕『須教十日冶遊拚』，《詩鈔》作『月明宮樹不勝寒』。

相如故里

一曲琴挑引鳳聲，抱衾肅肅作宵征。卒償駟馬高車願，難遣當鑪滌器情。遺稿惜無書諫獵，古人先使帝知名。我來不值檀花茂，秋雨零星渴病生。

晚泊薛濤井

枇杷花下艤船初，來訪傾城舊日居。城裡春風仍自若，井邊秋色近何如。幾家箋紙留名字，一代才華老校書。江水茫茫人杳杳，菰根蘆葉共蕭疎。

憶舊八首録六

不見憐卿見惱公，休言閑事慣司空。十分花樣眉描黛，一句情詞臉暈紅。欲化蝶飛依鬢上，爭如蝨處在褌中。丹青留得真真態，願棄詩書學畫工。

養卒才人事不殊，悔將福分讓庸奴。訴空未解心如鎖，伺隙難圖頰有酥。我輩多情羞杜牧，使君何意問羅敷。貽香贈帕渾餘事，猶憶當年舊酒罏。

有情人盡解相思，況是情長兩得知。眉黛畫螺侵鬢影，手香搓粉和唇脂。聰明不待詩書教，莊重先能禮義持。何處是儂腸斷處，碧桃花下立多時。

千紅萬紫逗春光，畢竟花王壓眾芳。擬把金鈴重護惜，恨無蘿帶結馨香。從來離别悲牛女，錯過因緣是阮郎。他日天台重到處，斷雲零雨劇悽愴。

別呼小字太多情，恨不拳拳齧臂盟。人世傷心空有我，天公秀氣獨鍾卿。調鶯舌底龍涎淡，簇蝶釵頭鳳髻輕。可惜生涯成夢寐，行雲行雨不分明。

寶釵樓下記迷藏，指爪雙鈎意致長。鳥信縱沉劉禹錫，柔鄉終戀漢文皇。銀翹有恨思臣里，錦瑟無聲隔女牆。願託紅鞋親載酒，醉醒隨處挹餘香。

烟蕪恨十二首

歌殘桃葉事無因，且效微之記會真〔一〕。美滿未完心上事，嬌憨猶護夢中身〔二〕。自難世界皆情種〔三〕，誰省江湖有恨人〔四〕。日暮高城看不見，芙蓉楊柳總傷神。

頻年護惜比青棠，身老柔鄉又醉鄉。珠玉難留天上唾，蘅蕪空襲夢中香。始知刻骨嵌紅豆〔五〕，悔不同心矢白楊。此恨綿綿何所似〔六〕，車輪輪轉九迴腸〔七〕。

誰將顏色奪胭脂〔八〕，粉褪香消蝶去時〔九〕。自是有心慚水草〔一〇〕，何堪回首賦山枝〔一一〕。

小名一字長年望，大夢三生短晷馳。他日圓成歡喜未〔一二〕，潘郎先恐鬢成絲〔一三〕。

漸忘情處漸情牽〔一四〕，草草光陰向暮天〔一五〕。春盡後庭花寂寞〔一六〕，夢回前夜月團圓〔一七〕。更誰領略甯馨味〔一八〕，似此分明短促緣〔一九〕。聚散浮萍何足恨〔二〇〕，恨他驀地去蹁躚〔二一〕。

紅玉肌膚軟雪身〔二二〕，銷魂世界問前因。始知肺腑言都假〔二三〕，剩有容顏記不真〔二四〕。薄倖自難嗤我輩〔二五〕，聰明可惜失斯人〔二六〕。隱侯懺悔嗟何及〔二七〕，還向桃源再問津〔二八〕。

夢唱開元得寶歌，瓊苞入手恣摩挲。濃香穩襲襄陽被〔二九〕，安樂偕棲邵子窩〔三〇〕。粉蝶情懷春宕盪〔三一〕，靈貍體態夜温和〔三二〕。醒來檢點渾無味〔三三〕，且撤金盤付碧波。

枉自經營買笑金，千金難買別離心。空澆元亮樽前酒，安得成連海上琴。膩粉茫茫香澤盡，微霜歷歷夜臺深。此情追憶渾如昨〔三四〕，好託雙鶼問報音〔三五〕。

不是紅深緑滿枝〔三六〕，春尋洞口未多時〔三七〕。十分細膩眉描黛〔三八〕，一點温香口度脂。柳弱自宜風擺亂〔三九〕，桃夭尚賴雨扶持〔四〇〕。天台此去無多路〔四一〕，還倩劉郎再寄辭〔四二〕。

月華侵户露侵階〔四三〕，寂寞青燈掩小齋〔四四〕。好夢何如同夢好〔四五〕，佳人孰是此人佳〔四六〕。叙情恥説鴛交頸〔四七〕，作繭渾疑燕入懷〔四八〕。近日離思無着處〔四九〕，迷藏沽酒洛陽街〔五〇〕。

未免風流近寡情〔五一〕，倏離星漢去銜城。遊仙縱許窮三島，竊藥終嫌誤一生。從此祇應呼負負〔五二〕，爲伊仍自唤卿卿〔五三〕。相逢異日知何日〔五四〕，愁絶陽陶觱栗聲〔五五〕。

牢愁煎迫病維摩〔五六〕，忽又情瀾湧愛河〔五七〕。歡喜佛前緣法少，死生關上別離多〔五八〕。霜殘玉臼情難已〔五九〕，露點金莖恨不磨。何處更尋方便地〔六〇〕，一生惆悵惱儂歌〔六一〕。

冷雨酸風半榻涼，獨移紅燭獨登堂〔六二〕。麝薰消歇芙蓉蓐〔六三〕，燕語悽迷翡翠牀〔六四〕。枯竹難占心上事〔六五〕，芳蘭空憶體中香〔六六〕。憑誰代寫烟蕪恨，恨到烟蕪死不忘〔六七〕。

【校記】

〔一〕『且效』，《詩鈔》作『漫學』。

〔二〕『護』，《詩鈔》作『殢』。

〔三〕『自難』，《詩鈔》作『誰言』。

〔四〕『誰省』，《詩鈔》作『遮莫』。

〔五〕『始知』，《詩鈔》作『誰令』。

〔六〕『何所似』，《詩鈔》作『了無極』。

〔七〕『輪轉』，《詩鈔》作『空轉』。

〔八〕『誰』，《詩鈔》作『擬』。

〔九〕『消』，《詩鈔》作『殘』。

〔一〇〕『自是』，《詩鈔》作『縱使』。

〔一一〕『何堪』，《詩鈔》作『那堪』。

〔一二〕『圓成歡喜未』，《詩鈔》作『漫言尋舊約』。

〔一三〕『潘郎』，《詩鈔》作『蕭郎』。

〔一四〕『漸忘情處漸情牽』，《詩鈔》作『紅絲不似夢中牽』。

〔一五〕『草草光陰向暮天』，《詩鈔》作『暢好良因別有天』。

〔一六〕『春盡後庭花寂寞』，《詩鈔》作『小玉釵從今日賣』。

〔一七〕『夢回前夜月團圓』，《詩鈔》作『樂昌鏡是幾時圓』。

〔一八〕『更誰領略甯馨味』，《詩鈔》作『尚疑碧海增新刼』。

〔一九〕『似此分明短促緣』，《詩鈔》作『本望青陵續舊緣』。

〔二〇〕『聚散浮萍何足恨』，《詩鈔》作『幽恨無憀向誰説』。

〔二一〕『恨他驀地去蹁躚』，《詩鈔》作『醉來聊自舞蹁躚』。

〔二二〕『肌膚』，《詩鈔》作『柔肌』。

〔二三〕『始知』，《詩鈔》作『豈知』。

〔二四〕『剩有容顔記不真』，《詩鈔》作『那有恩情記得真』。

〔二五〕『自難嗤我輩』，《詩鈔》作『本難寬我輩』。

〔二六〕『失』，《詩鈔》作『誤』。

〔二七〕『懺悔』，《詩鈔》作『自懺』。

〔二八〕『還』，《詩鈔》作『莫』。

〔二九〕『襄陽』，《詩鈔》作『鴛鴦』。

〔三〇〕『安樂偕棲邵子窩』，《詩鈔》作『並命雙巢翡翠窩』。

〔三一〕『粉蝶情懷春宕盪』，《詩鈔》作『媚蝶酣春魂淡宕』。

〔三二〕『體態夜温和』，《詩鈔》作『縱體性温和』。

〔三三〕『醒來檢點渾無味』，《詩鈔》作『蓬山舊路難重問』。

〔三四〕『渾如昨』，《詩鈔》作『言猶在』。

〔三五〕『問報音』，《詩鈔》作『寄别吟』。

〔三六〕『不是』，《詩鈔》作『不覺』。

〔三七〕『未』，《詩鈔》作『不』。

〔三八〕『十分細膩』，《詩鈔》作『十番新樣』。

〔三九〕『自宜風擺亂』，《詩鈔》作『儘憑風舞亂』。

〔四〇〕『桃夭尚賴雨扶持』，《詩鈔》作『夭桃空恨雨離披』。
〔四一〕『天台此去無多路』，《詩鈔》作『胡麻飯熟天台遠』。
〔四二〕『還倩劉郎再寄辭』，《詩鈔》作『還等劉郎再寄詩』。
〔四三〕『侵階』，《詩鈔》作『溥階』。
〔四四〕『寂寞青燈掩小齋』，《詩鈔》作『寂寂房櫳冷玉釵』。
〔四五〕『好夢何如同夢好』，《詩鈔》作『有夢可償同夢約』。
〔四六〕『佳人孰是此人佳』，《詩鈔》作『他生那及此生佳』。
〔四七〕『叙情恥説鴛交頸』，《詩鈔》作『褰裳願逐魚遊水』。
〔四八〕『渾疑』，《詩鈔》作『祥徵』。
〔四九〕『近日離思無着處』，《詩鈔》作『飛絮漫天人不見』。
〔五〇〕『迷藏沽酒』，《詩鈔》作『踏青空上』。
〔五一〕『未免風流近寡情』，《詩鈔》作『豈有風流近薄情』。
〔五二〕『從此』，《詩鈔》作『有恨』。
〔五三〕『爲伊仍自』，《詩鈔》作『無聊空自』。
〔五四〕『相逢異日知何日』，《詩鈔》作『此生難必相逢未』。
〔五五〕『愁絶陽陶』，《詩鈔》作『腸斷陽關』。
〔五六〕『牢愁煎迫病維摩』，《詩鈔》作『名香一炷伴維摩』。

〔五七〕『忽又』，《詩鈔》作『無奈』。
〔五八〕『死生關上』，《詩鈔》作『温柔鄉外』。
〔五九〕『霜殘玉臼情難已』，《詩鈔》作『霜凝玉杵緣猶在』。
〔六〇〕『何處更尋方便地』，《詩鈔》作『門内桃花人不見』。
〔六一〕『一生惆悵』，《詩鈔》作『留題空唱』。
〔六二〕『獨移紅燭獨登堂』，《詩鈔》作『懶從雲雨問高唐』。
〔六三〕『麝薰消歇芙蓉蓐』，《詩鈔》作『吹蘭微度櫻桃顆』。
〔六四〕『燕語悽迷翡翠牀』，《詩鈔》作『發菽濃斟荳蔻湯』。
〔六五〕『枯竹難占心上事』，《詩鈔》作『漫説十年貞不字』。
〔六六〕『芳蘭空憶體中香』，《詩鈔》作『須知三日坐猶香』。
〔六七〕『到』，《詩鈔》作『入』。

續烟蕪恨十二首疊前韻〔一〕

漫説前因與後因，且從畫上問真真。片時碧玉醒殘夢，十斛明珠少替身。仙骨合爲行雨客，塵心自是掌書人。此時漂泊知何似〔二〕，枉費陳王賦洛神。

春睡從誰喚海棠〔三〕，偶然依傍入雲鄉。言情已泛仙源棹〔四〕，設誓曾燒佛座香。剩有遠懷哀白奈〔五〕，可真閏歲厄黄楊〔六〕。都濡舊境涪陵水，惱亂何分刺史腸。

雪膚何處問凝脂〔七〕，聽到銅壺響寂時。璀璨合歡花有果，淒凉共枕樹無枝〔八〕。徒聞學士歌長恨，安得夫人賦載馳。終是箇儂心不死〔九〕，飛騰休似篋中絲。

紅絲不似夢中牽，暢好良因别有天。小玉釵從今日賣，樂昌鏡是幾時圓。錯疑碧海增新刼，尚望青陵續舊緣。心事滿腔人不識，醉來聊自舞蹁躚。

牢落中年百感身，重經果果與因因。招魂帝座呼長吉，馭氣仙山訪太真。讓暖分寒心上事，呵毫捧硯意中人。不知何處堪通接，惆悵風烟望五津。

玉笛繙殘玉樹歌，愁深不類市婆娑。雪膚記憶柔無骨，粉頰思量笑有窩。癖性肯同荀奉倩，忍心欲棄鄭元和。可憐南浦迢迢水，獨有江郎賦緑波。

莫恃藏嬌屋有金，天涯忽動御風心。匹夫罪過知懷璧，奴子聰明重典琴。啖段排場千里遠，詹唐氣息五更深。生瑜生亮天何意，羞與庸兒説賞音。

揀得亭亭玉一枝，一枝零落已多時。鸚籠索斷黃金鎖，燕寢香銷紫石脂。萬丈愁絲朝歷亂，十分病骨夜撦持。前番例有重逢例，試看蕭郎寫怨辭。

提鞋不復下香階，飲恨含愁坐小齋。領略百年因果累，銷磨一世性情佳。去原有故嗟何及，歸總無憑豈不懷。說與那人須猛省，吹簫莫入武陵街。

劇憐我輩太鍾情，不問書城問化城。錦字前緣思五夜，玉簫遺約守三生〔一〇〕。畫圖孰與描周昉〔一一〕，渴病誰能療馬卿〔一二〕。猛憶宵窗岑寂處〔一三〕，舌尖聞喚阿戎聲。

久如天女伴維摩，底事星橋隔絳河。綺麗漫言斯世少，温柔但覺此人多。近來可是容光減，往日曾經耳鬢磨。贏得隔牆愁入聽〔一四〕，念奴絃索雪兒歌。

鈿擘釵分枕簟涼，不堪踪跡滯山堂〔一五〕。金銀有氣沉鮫帕，雲雨無聲冷象牀。死後定栽連理樹〔一六〕，生前預覓返魂香〔一七〕。勞君代續烟蕪恨，康山有和詩二首。此恨應從歷劫忘〔一八〕。

【校記】

〔一〕《詩鈔》題作《續烟蕪恨》。

〔二〕『此時漂泊知何似』，《詩鈔》作『陽林盼斷班駒影』。

〔三〕『春睡從誰』，《詩鈔》作『春夢憑誰』。
〔四〕『言情』，《詩鈔》作『尋盟』。
〔五〕『遠懷』，《詩鈔》作『離懷』。
〔六〕『可真』，《詩鈔》作『偏教』。
〔七〕『何處』，《詩鈔》作『何必』。
〔八〕『共枕』，《詩鈔》作『連理』。
〔九〕『終是箇儂心不死』，《詩鈔》作『寄語愁人愁要解』。
〔一〇〕『遺約』，《詩鈔》作『舊約』。
〔一一〕『周昉』，原作『周魴』，據《詩鈔》改。
〔一二〕『誰能』，《詩鈔》作『終難』。
〔一三〕『猛憶宵窗岑寂處』，《詩鈔》作『忽憶前宵眉月上』。
〔一四〕『入』，疑當作『人』。
〔一五〕『山堂』，《詩鈔》作『山塘』。
〔一六〕『栽』，《詩鈔》作『生』。
〔一七〕『預』，《詩鈔》作『難』。
〔一八〕『從』，《詩鈔》作『難』。

再疊前韻

淒凉歎息此何因，寂寞西泠老季真。一樹海棠之子貌，百年飛絮箇人身。餘情繾綣應思我，好夢沉酣竟讓人。鳳泊鸞飄何所似，爲伊長自損精神。

舟乘青翰檝青棠，喜是同居復共鄉。幽約渺茫鴛枕冷，遺芳恍惚麝蘭香。一尊苦酒餐黄蘗，萬絡愁絲罥緑楊。説到當時狂暴恨，匣中風雨吼魚腸。

不須面的與脣脂，本色佳於粉黛時。芳草忽醒蝴蝶夢，碧梧空老鳳凰枝。愁生眼角鯨波急，恨積心頭蟻磨馳。回想當年書喜字，爲他親自界烏絲。

簸錢時節寸心牽，倏又傷離悵别天。翡翠巢深春易透，鴛衾瓦冷夢難圓。笥中褻服留芳澤，座裡餘香了愛緣。憶是昔年輕瞥見，鞦韆架上影蹁躚。

可人顏色可憐身，種得前生夙世因。義比夫妻真不幻，夢爲雲雨幻仍真。季鷹愛惜便娟態，飛燕遷延禮義人。廣袖石華無處覓，不堪餘唾冷香津。

連日山堂罷嘯歌，挑燈徒見影婆娑。韶顔合遣花爲色，膩體宜教錦作窠。寂寞芙蓉池太液，淒涼楊柳殿靈和。如今一切漂零盡，始覺繁華是逝波。

春宵覓得辟寒金，入握晶瑩雅稱心。酒熟茶香朝擥袂，燈殘烟燼夜調琴。依依弱態如花盡，轉轉愁懷似海深。剩得眼前辛苦味，尚聞條脱作清音。

漫把閒懷訴竹枝，江雲隴月望多時。倩誰鬼卦占宵漏，悔復人妖咎夜脂。烟月一簾徵折挫，江湖滿地驗操持。天津橋上鵑啼處，好爲遊人密致辭。

獵獵西風葉滿階，詹唐氣息斷幽齋。長添恨海千年恨，空説佳人絶代佳。聚處是誰知散處，歡懷何意轉愁懷。坤靈一扇無從覓，獨咽餘哀過曉街。

等閑離別劇關情，況復迢迢十二城。夢境如漚浮忽散，愁思似髮薙還生。竟因兒女煎吾輩，敢向君王乞愛卿。最是五更天曙處，耳邊猶聽語鶯聲。

曾把身材細揣摩，娉婷衹合住銀河。生憎塵世機關險，却笑庸奴福分多。寶鏡也知分可合，白圭可惜玷難磨。從今莫問閑花草，免得春來發浩歌。

回頭莫怨主恩涼，掩袂重過蟋蟀堂。錦字書成燈照壁，羅幃捲罷月窺床。蠟花代吐垂垂淚，沉水仍牽裊裊香。惟有故人知此恨，烟蕪再續也難忘。

寄張宜琴六首録三

翩翩公子出清河，捧卷趨庭受益多。傳世定應才似海，愛人兼欲禮爲羅。六朝選舉循年格，兩宋功名拔萃科。指日看君騰達去，捷音傾耳到鍾阿。

魚緘一幅達思城，臣叔欣逢阮步兵。竟把駑駘充上駟，祗愁猿鶴誚虚聲。壯遊山水非無意，老戀家園亦有情。安得費符能縮地，黔南咫尺叙生平。

無能未合上燕臺，辜負雲箋迭次來。筆墨生涯温季老，河山心事少陵哀。幾番欲上匡時策，半世誰憐出衆才。濡潁且陳知己感，不堪留意到蒿萊。

上子貞師

南衡間氣舊生申，玉署金門著作人。一代文章歸藻鑑，十年顧問重楓宸。籠紗燭撤金蓮艷，宫錦袍拖蜀纈新。遥想直廬前日事，梨花左掖詠遊頻。

天使文星作使星，輶軒蕩節出槐廳。髮因憂國姚崇白，眼爲憐才阮籍青。鳳沼深容蛙吐沫，鸞臺高許鶴梳翎。《公羊》《論語》誰家注，擬向龍門抱舊經。

試罷黔州又益州，窮邊風雨會垣秋。起衰八代扶文運，督試三年感士修。才俊獎成歸玉尺，姓名屬望到金甌。公按試酉陽，口賦題以『霖雨蒼生，異日誰屬』爲韻。沐公無限栽培意，沅芷湘蘭永溯游。

任職休同出位看，敢言敢諫懾千官。埋輪直劾將軍冀，仰斗齊瞻吏部韓。奏疏一篇休豸繡，功名兩字付鮎竿。祇今聖代需才切，肯任東山卧謝安。

後堂深處入彭宣，道履春容衹昔年。尾段漫徵鸚鵡賦，命録舊作《以山爲城賦》呈閲。毛詩代頌鶺鴒篇。弟崇雍，公拔置優等，聞其遽逝，歎息久之。高懷和相傳衣切，陰德于公頌服便。旅次壁間，見牟子山人詩，末言土婦安安氏事，頌公德比于于公。唤作門生仍自愧，空瞻雲樹倚雲邊。

遊昭覺寺

長松古栢鬱葱蒼〔一〕，樓閣層層舍利光。佛國無遮門廣大〔二〕，僧寮有定地清涼。幢旛静影對閒院〔三〕，鐘磬餘聲落下方。此境由來開覺悟，闍黎知否妙蓮香〔四〕。

御書樓接藏經樓，鏤檻文榥法界幽。雄壯北增都邑盛，峥嶸南壓草堂秋。奎師酒肉誰深戒，何氏山林我偶遊。手把揵鎚登講席，機鋒容得悟叅不。

黄塵拂面路迢遥，大道旁通駟馬橋。人向桑門懷丈雪，我來蘭若訪參寥。香厨鉅鑊驚天供，寺有大銅鍋，可具千僧飯。閎閣洪鐘震晚潮。最是普陀清絶地，沙彌踈嬾老僧驕。

花草葱蘢衖弄深〔五〕，宣華舊院已銷沉。寺爲王蜀時宣華院故址〔六〕。當年御宴宸遊地，此日懷人訪古心。鳳閣烟寒荒礎外，羊車影斷馭苔深〔七〕。卅年王孟英雄事〔八〕，獨立斜陽感不禁〔九〕。

【校記】

〔一〕『葱蒼』，《詩鈔》作『青蒼』。

〔二〕『佛國』，《詩鈔》作『佛法』。

〔三〕『對』，《詩鈔》作『遮』。

〔四〕『闍黎知否』，《詩鈔》作『禪機誰領』。

〔五〕『草』，《詩鈔》作『木』。

〔六〕『王蜀時』，《詩鈔》作『前蜀王建』。

〔七〕『馭苔』，《詩鈔》作『繡苔』。
〔八〕『卅年王孟英雄事』，《詩鈔》作『千秋忽動興亡感』。
〔九〕『感不禁』，《詩鈔》作『費苦吟』。

金繩寺

夾岸深沉接小谿〔一〕，谿橋盡處路東西。樓重閣叠鬟雲麗，磬静鐘閒寶月低。玉版有禪參色相，寺多大竹〔二〕。金繩無路覺痴迷。風塵我亦勞勞甚〔三〕，擬向僧寮問木樨。

大慈寶積各灰塵，遺刹居然顯相輪。首座辨才凡幾輩，頭陀嬾瓚復何人。我從雲樹瞻清境，誰解風花悟夙因。可惜招提名勝地，却教僧與鬼爲鄰。寺多寄柩。

【校記】
〔一〕『深沉』，《詩鈔》作『濃陰』。
〔二〕此注《詩鈔》無。
〔三〕『風塵我亦勞勞甚』，《詩鈔》作『風塵碌碌緣何事』。

和潭上謝來西《觀我》四首原韻

萬種芸芸各降才，沾茵落溷渺難猜。夢中香穗三生去，花下金環再世來。寇盗也應關氣運，

王侯畢竟有根荄。歲星奎宿何人是，悟到虚空萬念灰。生

也知精力不如前，衹有雙眸倍炯然。萬物成虧觀理後，百年毁譽著書先。魚携東海難垂釣，驢跨西湖晚着鞭。莫向秋風憎暮齒，此公才具本英年。老

不是愁中與醉中，天爲奇士謹磨礱。久辭世事通禪妙，遍歷群醫判拙工。車馬長安懷舊雨，鄰雞短枕怯秋風。剩來瘦骨支離甚，當道何人復薦雄。病

百年何計補天穿，且把彭殤付淡然。南渡荒陵殘照外，北邙高塚暮雲邊。斷無服食延君相，屢有碑銘誌聖賢〔一〕。長笑金丹爲外道〔二〕，道山先覓買山錢。死

【校記】

〔一〕『屢有碑銘誌聖賢』，《詩鈔》作『但有碑銘紀聖賢』。

〔二〕『長笑金丹爲外道』，《詩鈔》作『省識金丹誠外道』。

唐蓴生太守感念黔事，有傷秋八首，步和原韻録六

殺氣蒸雲慘不開，妖星墮地犬羊來。海龍覆轍忘前鑒，桑木雄關失將材。禍甚赤眉延郡縣，

痛深白骨葬蒿萊。當年守令知誰是，可惜揮戈日不回。

且蘭直下通剛水，千里提封烟火稀。鄉井亂離王粲去，妻孥驚喜少陵歸。養癰錯是何人鑄，畫斧悲深此地非。鄭俠有圖描不得，遺民到處正啼饑。

秋懷感迸淚雙流，不是無端作杞憂。池館已隨荒草盡，圖書翻認刼灰留。逃生早鎖衙前櫃，决戰誰馳隴上矛。歎息黔南繁盛地，綺羅金粉一齊收。

陣雲高處日光沉，間諜時時報寇深。青犢喪亡才水滸，黄龍嘯聚又山林。桑麻富貴非如昔，荆棘毗連直至今。我有家風傳璞璡，綏陽城外請追尋。

西山南上士人悲，邊警頻年困度支。張許雙忠祠建後，酉牧淩公棣生、李公萍洲均殉思渠難，奉旨建祠。川黔兩界蔓延時。談兵有客悲銅馬，當道無人卧老羆。最是英才汪立信，忠魂徒唱鮑家詩。汪君松舟爲安化令猶子，衝鋒陷陣，每身先士卒，賊最畏之，戰没後，靈柩至今尚寄秀邑。

新題自效唐衢哭，勝似湘纍發楚騷。鄉井十年悲喪亂，危城百戰重憂勞。太守守縣竹時，戰功最著。民攀車轍思恂借，賊望旌旗唱董逃。若使南征公建節，永昌早見定朱褒。

蜀中古蹟八詠署制憲崇將軍月課書院題。

古驛蕭條筆罷籌，又傳古蹟到彌牟。陣圖東較夔門密，殺氣西橫玉壘秋。千載不隨沙礫盡，八門似爲鬼神留。成都此去無多路，聽取遺民説故侯。彌牟陣

戎刀羌馬接三邊，便奪蓬婆亦枉然。八柱誰能撑蜀地，一樓已足瞰蠻天。牛僧孺正尋仇日，悉怛謀方納欵年。圖繪至今猶在否，維州遠望倍流連。籌邊驛

鐵銑銷沉歲月多，一池猶自記摩訶。仙丹舊泛中丞去，水殿重經蜀主過。地近少城浮瑞氣，江通南圃醮清波。當年勝景知何似，惆悵蠅蠅黍麥歌。摩訶池

湋淘匽筰幾千秋，莽莽都江繞蜀州。神力一家傳令子，妖氛五夜息陽侯。石犀照影龍堂静，鐵鎖横空蜃氣收。古觀岧嶢何處是，永康軍外暮烟浮。伏龍觀

駟馬橋邊問舊名，神仙竟不敵書生。當壚一笑渾閑事，題柱千秋此壯行。凰鳳可求才子意，蟛蜞不食美人情。祇今難覓當年字，落日蕭條渴病生。昇仙橋

蟋蟀平章樂未休，漢中警報下貔貅。守陴漫恃三巴險，徒合先資二冉謀。趙氏君臣危半壁，蜀中城郭壯孤舟。釣魚天塹今猶昔，版築何人借箸籌。釣魚城

玉局誰留舊道場，紅羊刼裡問青羊。江環錦水墻墉古，地接花潭市集香。問道何人瞻紫氣，趨庭有客話黃粱。神仙自是虚無事，可惜緇塵雜上方。青羊市

陳寶荒祠渺莫稽，求仙天子更求雞。郡人尚自名坊曲，神物終難問越巂。使節可憐千里遠，笛聲如聽五更啼。欲繙石碣求遺址，金馬街前日又西。碧雞坊

和秦樂山九日登高原韻

萍蹤偶綣束脩羊，無復花前舊酒狂。秋雨懷人纔七夕，西風作客又重陽。傳聞淮海高吟艷，倍引髯蘇野興忙。安得騷壇借旗鼓，分題共醉菊花觴。

萬里橋南我舊遊，仙宮梵宇各清幽〔一〕。寒鴉幾點道旁樹，清磬一聲江上樓。訪古時摩碑碣看〔二〕，醉歸常爲管絃留〔三〕。祇餘一事慚佳節〔四〕，七度都逢毷氉秋。

落葉疎林石徑明〔五〕，丹楓黃槲作霜晴。正饒載酒登高興〔六〕，况少催租剥啄聲。老我健遊

思豎亥，愛君好句近長庚。百螺會假隃麋墨〔七〕，盡寫秋光入錦城〔八〕。

哀猿聲裡暮天高，回首鄉閭重鬱陶。庾信妻孥多契濶，少陵文字半牢騷。消除塊壘須橙酒，俯仰平生愧棗糕。恰喜新詞能引我，笑敲銅斗寫霜毫。

【校記】

〔一〕『仙宫梵宇各清幽』，《詩鈔》作『琳宫梵宇足清幽』。

〔二〕『時摩碑碣看』，《詩鈔》作『先從碑碣認』。

〔三〕『常』，《詩鈔》作『偶』。

〔四〕『衹』，《詩鈔》作『惟』。

〔五〕『落葉疎林』，《詩鈔》作『天外斜陽』。

〔六〕『正』，《詩鈔》作『頗』。

〔七〕『會假』，《詩鈔》作『蘸透』。

〔八〕『入』，《詩鈔》作『付』。

題劉寄峰《秋蟲圖》四首録三

筆底阿誰奪化工，麥光紙上動秋風。閑花野草無聊甚，争怪詩人賦草蟲。

摩詰曾誇畫裡詩，丹青妙墨巧難思〔一〕。行間一幅清秋景〔二〕，想見吟風咽露時。
幽光艷艷草芊芊，正是螿寒蚓濕天。我爲展圖添客緒，故園秋老碧雲邊。

【校記】

〔一〕『妙墨巧難思』，《詩鈔》作『妙筆是誰持』。

〔二〕『行間一幅』，《詩鈔》作『愴懷一段』。

成都旅次

大東門外望行舟，客燕分飛不更留。那識江東羅處士，苦因金榜滯西州。
故人寥落事堪哀，坦率空傳宋五來。昨夜夢回孤枕上，一燈如豆報花開。

辛亥下第回，客有以詩煐者，依韻答之

錦里歸來歲序更，向人羞作不平鳴。無聊却憾風和雨，勾起蓬窗寂寞情。
冷落青衫白樂天，燈昏水驛未成眠。不知何處秋風急，楓葉蘆花滿目前。

客中兩度閱中秋，風雨重登李白樓。别有閑情拋不得，遠山如畫轉添愁。
莫將烟月惱殘宵，何處青山不六朝。蝶夢未成詩債逼，安排身分老漁簑。

步子貞師《月餅詞》原韻

牢丸别製巧無倫，鬥取中天月影新。畢竟大官工説餅，啖綾終遜玉堂人。
輶軒到處即爲家，試院秋高語不譁。問訊何人歌水調，清聲直擬聽匏巴。
暮靄初收溢嫩寒，先呼茗椀試龍團。一年萬里中秋月，莫把雲羅障眼看。
遺俗相傳自幾年，香吹餅餌徧農田。一枚未必天能補，且學天邊月樣圓。
喜聞星使播清風，樂事還令衆士同。翹首廣寒宫闕近，不知身命本蒿蓬。
鏊邊覓餅小兒痴，回首當年太自娱。今日紫雲聽法曲，秋風惆悵立多時。

懷人詩

懷人無處遣相思，紅豆搓殘付小詩。終與別人懷抱異，博山爐畔篆烟知。
涼月香燈一夢長，夢回珠玉落千行。也知説到他生好，贏得今生太渺茫。
悔是尋春杜牧之，十年來已采花遲。無端却向牽牛拜，賜箇銀河駕鵲時。
揭來特地足心歡，搦向名花手裡看。曾叠紅箋書好字，説他容易詠他難。
纖手曾爲百結絲，百年寃苦兩心知。愛河不竭情波在，總有鴛鴦刷羽時。
不如宋玉説東鄰，不似陳思賦洛神。歲月易馳人易老，捧心那得不長顰。

題楊杏園麗人卷子

殘照西風木葉長，天涯有客漸思鄉。是誰巧擅周昉筆〔一〕，却寫雲仙伴阮郎。

瑩娘丰韻泰娘姿，半近温柔半近痴。不省沉吟緣底事，嚲鬟垂袖立多時。

【校記】

〔一〕『昉』，原作『舫』，據句意改。

金筑張道生有《金陵捷後聞客談兵燹狀感賦》七絶十首，次韻奉和〔一〕

十年烽火慘沙場，憂國何人問女桑。話到江南離亂事，白頭父老泣斜陽。

山樓津渡尚依然，鐵鎖消除舊戰船〔二〕。問取孝陵何處是〔三〕，寒鴉飛起墓門邊〔四〕。

衰楊敗柳滿前汀〔五〕，落日荒原鬼火青。風景不殊城郭異〔六〕，諸公争不泣新亭。

玉樹歌停璧月闌〔七〕，眉樓一角半摧殘〔八〕。秦淮河下胭脂水，流過清溪作嫩寒。

烏衣巷接板橋邊，滿眼蕭條已十年。白紵風流團扇恨，一齊吩咐與啼鵑。

殘骸斷齒滿江濱，亂世生民性命輕，禾黍離離天慘慘，不堪重上秣陵城。

孤城抵死拒遊魂，礮火無人近郭門。何事左家兵馬至，黄營先已報東昏。

石頭非復舊城闉，四面齊添戰壘新。秋雨黄昏秋月冷，鬼雄含恨蹙青燐。
故園回首憶松楸，史筆憑誰記魏收。一樣傷夷流賊事，將軍含笑美人愁。
亂離情事劇難堪，寫入詩人巨筆酣。争怪少陵多感慨，落花時節在江南。

【校記】

〔一〕《詩鈔》題作《和張道生聞客談金陵兵燹狀感賦原韻》。
〔二〕『消除』，《詩鈔》作『銷沉』。
〔三〕『問取孝陵何處是』，《詩鈔》作『欲問孝陵在何處』。
〔四〕『邊』，《詩鈔》作『烟』。
〔五〕『衰楊敗柳』，《詩鈔》作『殘荷衰柳』。
〔六〕『異』，《詩鈔》作『變』。
〔七〕『玉樹歌停璧月闌』，《詩鈔》作『玉樹歌終璧月殘』。
〔八〕『半摧殘』，《詩鈔》作『影闌干』。

憶明季金陵舊事七絕十首，用張道生韻〔一〕

六代興亡古戰場，近連吴會遠柴桑。如何一載爲天子，又報銅駝泣洛陽。

石頭鍾阜勢巍然，四鎮臨淮結戰船。絶好家居甘撞壞，纖兒原未解憂邊。
北望荒蕪類渚汀〔二〕，六陵風雨哭冬青。南中舊事憑誰説〔三〕，一曲悲歌柳敬亭〔四〕。
選色徵歌興未闌，江山半壁早摧殘。萬孫果係真龍種〔五〕，忍使金陵御座寒。
不謀討賊不防邊，要典重繙又半年。試向三山門下望，孝陵松栢慘啼鵑。
盡撤江防采石濱〔六〕，左兵爲重北兵輕。廟堂水火争方急，已報貔貅入禁城。
梅花嶺上弔忠魂，慘淡提師出國門。一死未能平宿憾，睢陽城下月黄昏。
蘇松宿泗盡荒闉，剩有秦淮水色新。太子不真妃子假，寃魂千古聚青燐。
高城遠望半松楸，黨禍猶思善類收，笑殺一塲羅漢獄，東林無恙阮鬍愁。
一木支傾已不堪，那堪君相縱沉酣。小朝廷事無非錯，空抱雄心弔鎮南。

【校記】

〔一〕《詩鈔》題作《憶明季金陵舊事，用張道生韻》。

〔二〕『北望荒蕪類渚汀』，《詩鈔》作『流水棲鴉下遠汀』。
〔三〕『南中舊事憑誰説』，《詩鈔》作『風流贏得桃花扇』。
〔四〕『一曲』，《詩鈔》作『合付』。
〔五〕『係』，原作『繫』，據句意改。
〔六〕『江防采石濱』，《詩鈔》作『防江采石兵』。

送州司馬汪翕川夫子任滿赴成都一百韻

枳棘環千樹，鸞凰去九霄。南衙雲似海，東閣月如潮。遺愛留棠蔭，醲膏沃黍苗。未忘依馬帳，倏聽報鶯喬。暫割斯民愛，還膺大府招。依劉心獨切，借寇首重翹。小滿朝廷制，思賢士女謡。祇今旋斾日，彌憶下車朝。越國家聲舊，浮溪世業劭。經從環谷學，畫倣海雲描。紫水毛曾伐，青箱腹不枵。文常推鷟鸑，賦亦美鷦鷯。小試千軍冠，高名七子徼。前賢甘避舍，後學遜揚鑣。吐氣都成虹，投壺遂得驍。膠庠遊濟濟，芹藻擷夭夭。跌宕皋蘭院，評量風月宵。才超工辨畝，技熟擬承蜩。馬謖戈曾倒，牛宏戰怕挑。三秋臨鎖院，一曲奏虞韶。鳳自胸中吐，龍從手上雕。吴公時薦賈，夫子共推蕭。仙詠分霓羽，豪情奪錦標。此時方壯歲，有志屬扶搖。别夢西堂遠，鋒車北上趫。緑楊風習習，紅杏雨瀟瀟。漢策陳廷對，唐詩賦早朝。鶴愁翎竟鎩，魚恨尾難燒。羅隱曾無奈，劉蕡亦不僇。出山泉水濁，歸路馬蹄驕。自謂安王績，人偏愛國僑。
功名由鶚薦，仕宦恥鳩佻。攬轡雙輪捷，分符一命遥。五丁山巀嵲，二酉水清漻。行未花驄至，
迎先竹馬要。福星臨僻陋，甘雨溥嵒嶢。植菊明高雅，哦松伴寂寥。辛勤憐兆庶，寅直勉同寮。
吏弊先除蠹，林音蚤戢鴞。三稱希季路，九德慕皋陶。浄埽社城惡，潛祛花月妖。六房抄典籍，
四野樂笙簫。酒茗情多暇，虀鹽俗不撩。治非蓮幕佐，心在秀民摽。秉穗人相慶，萑蒲盜弗囂。
鄭車雙鹿夾，范釜一魚跳。明鏡思懸座，貪泉畏挂瓢。農桑無戾俗，草野有清飈。階上飛蝴蝶，
林間馴鸛鷂。試文曾校閱，取士戒浮佻。種秫聊明潔，懸蒲亦懲刁。口碑來處處，舌辨靖嘵嘵。
竹笋饒千畝，梅花夢六橋。能名三異布，善政一清標。傳未修循吏，聲先動大僚。量移泉府重，
躬任水衡勞。錢譜新編富，銅山積弊銷。觳鏈修厲禁，取鉛立規條。從此財賕聚，因之國用饒。
再看來西土，重復駕輕舠。父老思朱邑，鄉人愛李嶠。政仍思幹濟，意每惜征徭。庭爲懸魚敞，
刀緣買犢銷。馴良遷胥吏，歡詠偏漁樵。往歲逢貪酷，全州歎敝凋。脂膏連室竭，毒火滿原燎。
漸聽悲鴻雁，惟聞泣獍梟。寓書時諷諫，臨訟每憂慆。彼自誇韋虎，公如惡李猫。欲安情落落，
怕見羽譙譙。命爲丁男請，心先午夜焦。飲章公自上，彈簡彼難料。恥作屈躬樹，羞同閉口椒。
同官推汲黯，此舉慴嫖姚。豈爲聲名借，都緣見解超。倘客睚眦狗，恐負侍中貂。賤子仁帡託，
頻年土梗漂。材原非杞梓，跡亦類萍藻。端木雖無諂，相如幾病痟。每看花澹冶，閒對鳥啁啾。

禮莫三雍擅，絃難六管調。史肥嗤笨伯，晏短笑僬僥。幻境魚緣木，前程鹿覆蕉。大言徒倚劍，小草可名葽。筆墨將抛棄，田園且蓑穮。感公採葑菲，遠聘及芻蕘。問字文孫秀，吟詩淑女嬌。况偕家季父，深訂誼蘭茖。孔李通家合，應劉古道昭。讌賞分鼎鼐，詞亦贈瓊瑶。衺敝推衣衣，詩成借俸雕。今兹辭舊任，何處挽征軺。春草如袍緑，楊花似雪飄。延江波渺渺，巴國路迢迢。覿面將何日，含情每不聊。羣猴其未見，一鶴已云遥。看取鐺垂脚，非徒米折腰。攀轅多下士，卧轍極垂髫。石相祠須建，欒公社不祧。登仙行有日，朶殿翊神堯。

州牧次垣羅公六十壽一百二十韻

數徧循良傳，賢哉孰頡頏。六旬周甲始，五日降申剛。幸在帲幪宇，來躋政事堂。南恩思式穀，東粤溯維桑。山水清奇氣，台垣降誕祥。遺書繙玉露，家樂譜霓裳。昭諫文名播，長源史筆彰。拾遺徵博洽，翼雅恣汪洋。公以名礽舊，兼承世德臧。有書堪曬腹，無卷不撑腸。雅詠名齊鄴，時文姓配章。奴知蕭頴士，傑殿駱賓王。輪轉身扶雅，瀾洄力障狂。先鞭防祖逖，倒屣走中郎。手筆都驚座，毛錐漸脱囊。採芹年未冠，漸水羽初翔。弟子員稱漢，諸生隊重唐。董帷歸又下，江錦割愈長。春雨談文地，秋風選佛場。遠占榴實信，高擷桂枝香。仙藥丹開鼎，奇花錦簇坊。壯才真鸑鷟，餘子太蛲螂。踏月修吴斧，翻風動豫章。嬴添鄉俗問，免報秀才康。

博帶辭家里，鋒車赴帝鄉。一篇敲雅頌，六籍助笙簧。探杏紅飛騎，移蓮白照廊。雲祥書太史，星彩聚文昌。紫陌車誰映，黃金榜已彰。錦紆袍服貴，箋寫姓名香。蓆帽春闈卸，櫻厨曲宴嘗。雲泥今頓異，風景昔何常。捧檄毛生去，牽絲謝客將。九重辭鳳闕，三島別鵷行。浙水初聽鼓，常山遂挽繮。始知遊宦處，都可宿緣量。回首童軍候，關心客枕涼。蝶飛何栩栩，鳥羽又蹌蹌。幻術千年篆，遊仙七寶床。壺天春澹沱，山洞石琳瑯。重鎧陳箾袖，輕函示裲襠。謂兹金鎖甲，曾伴綠沉鎗。事業留長坂，題名記子昂。血侵千葉重，膽助一身强。黃馬分何在，紅羊刼屢當。十年將子贈，一領且予藏。從此鷄鳴枕，茫然鹿覆隍。琴書遷歲月，瑟索付星霜。正喜丁拋白，纔知甲兆黃。順平符故地，賢令歷新疆。蹟往持珠記，圖成擲筆望。一峯文變幻，明一峯羅公倫文集後附《夢語》二卷，皆隱幻不可曉。孤隱句鏗鏘。公寫《引夢圖》成，有林少穆諸公題詠。大雅推方岳，長才念棟宲。恰聞遷石邑，又報尹錢塘。一葉清名布，三稱善治揚。果林蕃魏郡，花影滿河陽。物瑞浮青鹿，天祥走白麞。奸民除黠鼠，猾吏泯貪狼。石相祠争建，欒公社共禳。小民歌樂豈，大吏悉才良。別榻情文盛，題輿禮貌莊。擊蛇消怪孽，展驥見鋒鋩。成瑨需公孝，宗資任范滂。雨膏工佐助，雷令肅劻勷。翻恨仇兟任，剛居孟陋喪。《蓼莪》吟慘怛，《華黍》感悽惶。孝水含哀色，閭廬轉泪眶。服經三載闋，身任半帆颺。一鶴通臨雍，雙鳧遠過羌。涇原高守牧，甯夏慎關防。麥隴馴飛雉，桑田蚤避蝗。素蘭君子佩，黃竹女兒箱。渲厚開風俗，祥和叶雨暘。

衙齋花淡冶，囹圄草青蒼。魚自懸庭內，牛皆繫道旁。《益都考》舊傳羅衡事。一麾承簡命，五馬事騰驤。慶府飛銅竹，凉州迓玉驤。秦雲千里覆，隴月四民慶。無那神君頌，偏爲俗吏妨。右軍原淡泊，左降詎搶攘。父老懷朱邑，都人望蔡襄。角巾還錦石，笠繳去烏傷。得失干何事，浮沉問未遑。鸛精携硯質，蝌眼試茶湯。宦味成蕭散，名心付渺茫。雪因全洗越，霖乃再爲商。叱馭遊西蜀，携琴入古梁。一清仍似水，百鍊更成鋼。曲翳車無等，緹輿軾有光。鶯遷真瞬速，鶚薦極明敭。廉叔來何暮，文翁化未央。得公爲領袖，羣吏飭珪璋。已授思城篆，仍遲西水裝。福星臨昔歲，卿月照窮荒。陰膏千塍黍，棲餘百畝糧。還添椎魯恨，欲示轉移方。鄉學規模建，賓興典禮劻。弦歌連里社，資斧助膠庠。貧士思題雁，豪民罷飲羊。九溪稱鹿洞，七里頌蠶筐。化洽郊名樂，威行吏諱贓。兼之行保伍，允矣靖池潢。到處桑榆蔭，頻年穀麥穰。樵謳朝挾笛，漁唱夜鳴榔。偶值瞻堯急，尤深借寇忙。攀轅偕老稚，戟鐙徧嫠孀。幸此封公返，安能召父忘。况於如劣弟，本自類寒螿。屢鑿匡生壁，空燃顧氏糠。感公憐下里，引彼置宮牆。弟崇雍小試，蒙公拔歲榜首，因之得以遊庠。父母恩何似，師生誼可詳。只愁登馬帳，未免愧曹倉。聊進升恒句，來稱覽揆觴。南弧光燦爛，東閣禮輝煌。綵縷迎仙杖，雲璈禁俗倡。休嘉徵鸛雀，福祿頌鴛鴦。赤水千年樹，丹台九節菖。仙還遨曼倩，神亦夢勾芒。壽域何宏肆，仁山且徜徉。夔龍將赴闕，長願護甘棠。

冉崇熢詩

迎春曲

昨歲送春歸，今日迎春至。迎送無多時，年華隨水逝。立志悔不早，白髮催人易。且拂桃花箋，大書宜春字。

龍洞坪遠眺

春風知我心，先將雲氣掃。空濶豁雙眸，城闤看了了。江光抱市去，山色入樓小。萬家蒼翠中，人烟團白鳥。

詠懷三首録二

沉陰鬱太空，暮寒生重帷。歲序頻代遷，烏兔互奔馳。遊子客異地，裘敝寒未披。蕭瑟朔風起，敗籜辭枯枝。功名苦不就，年華曾待誰。縱彼曠達者，感此且淚垂。中宵不成寐，悄然悽以悲。人心險類波，世事變如棋。安得乘天風，高駕雙雲螭。

霜氣肅林薄，寒蟲猶啾啾。月小星始大，天迥河不流。推枕起徘徊，永夜懷朋儔。離索雖萬里，九州如一州。古人重名義，車笠無乖尤。奈何勢利徒，結納尚虛浮。握手傾肺肝，對面藏戈矛。世路多險阻，翻覆良足羞。緬懷管與鮑，交情重千秋。

溪上

一溪水清淺，雨後色更淨。無處起波瀾，有風仍澹定。三寸兩寸魚，逐隊時游泳。吾亦見真吾，鬚眉相對映。足消塵煩心，可療泉石病。權當濠濮觀，不藉蘭亭詠。忽焉皓月吐，澄澄濯冰鏡。

冷水蓋道中

曲曲繞羊腸，窄狹不容馬。霏霏時雨過，泥濘深没踝。一步一顛躓，身輕如墮瓦。荆榛礙眼前，亂烟浮足下。幽谷不見底，時聞哀湍瀉。竄身虎豹窟，兩袖腥風惹。淒凉斷客魂，落落往來寡。恰有好峯巒，迎人露閒雅。淡碧雜深青，位置足嬌姹。天然入圖畫，筆不俔迂假。令我開心顔，苦吟費摹寫。

偶成 二首録一

蒼蒼嶺上松，閱盡繁華世。人生在宇宙，豈能常百歲。秉燭當夜遊，歌嘯自適意。不愁囊已空，但願酒長醉。有酒邀明月，有詩成妙諦。悠然自在身，脱却名與利。山水助清吟，禽魚添逸致。勝彼撫焦桐，天籟隨鼓吹。及時不行樂，堂堂白日去。世無曠達人，安有神仙事。

寄遠詞〔一〕

蕉窗護緑陰，艾蒳焚春晝。簾幙午風柔，裊裊香烟透。心字雖結成，何處緘紅豆。彼美憶西方，知否榛苓瘦。

【校記】

〔一〕『詞』，原作『祠』，據句意改。

遊春曲

東風吹緑平原草，弓鞋誰印雪泥早。笑逐鄰姬踏軟紅，人人共説遊春好。閒看落花罥珠絲，一雙蝴蝶争護持。似惜韶華容易老，紛紛裙屐知不知。

訪梅

雪聲瑟瑟穿窗緊，巡檐未見梅花影。試躡芒鞋踏瓊瑶，天風吹上寒香嶺。嶺峻山深難展步，撲面白雲迷古路。濛濛冷絮黏衣裳，不知春色在何處。偶逢樵子指仙鄉，高下寒泉瀉石梁。未到花前數百步，清芬早爲沁詩腸。迎人遠邇皆花氣，居然别自有天地。羅浮大庾近何如，縹緲渾疑此間是。欲問當年萼緑華，茫茫銀海但烟霞。師雄不作逋老死，空餘翠羽隨歸鴉。嫩蕊高枝正綿冪，莫向山頭吹鐵笛。留取清香更浹旬，携樽重與展良覿。

隘門關遇風

終日山行行未已，陡見一峯插地起。我馬虺隤我僕痡，此身疑在青霄裡。大聲忽挾怒濤來，恍若魚龍戰樹底。盪胸咫尺失層雲，越險幾難安素履。自笑蜉蝣寄兩大，三萬六千須臾耳。揮鞭底事學王陽，忍把孱軀去桑梓。

落梅曲

何處江樓橫玉笛，吹起東風太狼藉。花飛花落不上枝，又是成陰結子時。

晚過小河

竹箭中流急，蒼茫浪拍船。月光雙槳碎，蟹火一星圓。鷗醒沙邊夢，雲浮水底天。扁舟依岸泊，客路正綿綿。

吴家店

老叟扶筇出，歡然問客來。繩牀横落葉，甕牖篆枯苔。竈溼遲炊飯，宵寒耐舉杯。劇憐村店酒，酤我少新醅。

旅夜不寐

月光通户牖，宛與我相親。愁重詩難就，家遥夢未真。林深厖警賊，燈炧鼠欺人。欹枕渾無寐，村雞唱隔鄰。

賈家坡

旅食因人寄，生涯受墨磨。此行殊未已，來路悵如何。春冷鶯聲澀，雲昏雨意多。從誰銷別恨，細聽野人歌。

崎嶇山下路，曲折入平田。柳密村皆暗，花繁雨欲然。春流争絶澗，蜀鳥斷疎烟。鄉緒愁難盡，紛紛集馬前。

偏岩子道中

麥氣清于水，欹岩一徑斜。林深藏野屋，春盡剩溪花。策蹇如尋夢，看山似到家。牧童何處笛，隱約碧雲遮。

秋夜

幽齋殘暑退，一枕試新凉。冷逼詩思活，秋添睡味長。月陰蟲咒雨，人静鼠尋糧。晝角來何處，淒淒夜未央。

答楊雪齋見贈原韻

幽僻容身處，蓬門久不開。忽傳芳訊至，並説故人來。倒屣迎嘉客，呼童掃碧苔。風斜兼雨細，延佇好銜杯。

長夜書懷

一卷常將病眼磨，狂吟其奈夜長何。過來情事春風少，閲歷關河舊夢多。鮑老當場嗤舞袖，王郎斫地起高歌。黄花不放秋容淡，晚節憑誰認薜蘿。

秋懷

商飈蕭颯太無情，欲戰牢愁藉酒兵。負殼蟲勞甘重累，留皮豹死悵空名。長天秋瀉銀河影，遠塞霜沉鼓角聲。歎息東南開殺運，庸才幾輩誤蒼生。

新着吴綿恰勝秋，閒來何處不勾留。過多酒可傾三雅，得好詩能遣四愁。塞上老翁忘失馬，塵中俗子任呼牛。年年祇赴沙洲約，野老相邀狎白鷗。

昨宵微雨滌烟塵，也得蓬廬自在身。按劍有心甯作俠，讀書無術可醫貧。癖貪説鬼同蘇子，愚到憂天學杞人。落拓竟難成一事，頭銜只合署山民。

歷盡塵囂懶措辭，此中消息祇心知。命宫何日消磨蝎，文字無靈哭筮龜。底事戴逵偏愛死，斷無子固不能詩。年來自抱蒼生痛，忍看黄花放短籬。

四十

自墮塵根四十年，光陰疾似箭離弦。萬事但教行我法，一生從不受人憐。悔用聰明鑽故紙，消磨豪氣困青氊。百年身世都如此，但悟真空即是禪。

閒遣

綠滿窗前草色深，閉門塵市即山林。剛醒杜牧揚州夢，又抱成連海上琴。繞樹蟲聲供韻語，參天梧葉覆濃陰。就中好誦唐人句，一日安閒值萬金。

夜坐

蟲聲如雨月當欄，椀茗爐香夜未殘。回首不堪前事誤，問心差可後人看。痴情懺盡成仙易，傲骨生來入世難。散遣襟懷何處認，閒將歲月付漁竿。

感懷

華髮蕭蕭兩鬢生，蹉跎一事竟無成。書當病後忘尤速，夢好驚回記不清。照壁寒缸瞞月色，摩雲老樹助秋聲。引杯漫取吴鈎看，又惹光芒觸斗明。

贈黄菊齋

二十年來再見遲，嶺梅開到向南枝。澆除壘塊難憑酒，送盡光陰祇在詩。棋局未終空勝負，塵心不死總差池。與君各有升沉感，萬事誰爭造化奇。

漫興

緩步郊原近午暉，暮春天氣最依依。百花狼藉東風老，二麥青黄細雨肥。無限光陰愁裏過，多情蝴蝶夢中飛。等閒覔得銷除法，簾捲歸時待燕歸。

初夏

春歸客興尚纏綿，風日清和晝不眠。乳燕呢喃新雨後，雛鶯睍睆夕陽天。竟無紅友留香尉，那得黄金鑄浪仙，恰有忻懷堪自詡。牀頭病減覔醫錢。

斂心

斂心樓上鍊心難，檠短燈昏怯夜寒。雙鬢不知人易老，一年又見歲將殘。從來好事終成怨，何必多情盡取懽。幸有梅花餐未得，且留清白待人看。

偶成

馬磨牛衣困此身，茫茫世宙總前因。貧無衣缽傳兒輩，老有鬚眉對後人。好賦幽居招沈約，偶翻書札怨陳遵。多情還是窗前草，爲我年年一度新。

送春

報道東皇駕欲回，鐘聲待曉耳邊催。扶持花柳纔三月，祖餞郵亭遽一杯。暫别不知何處去，相逢又待隔年來。臨歧把贈無他物，衹好驪歌細剪裁。

漁翁

一竿垂極浦，幽絶少塵埃。不管風濤險，悠然自在眠。

五堆過渡

小艇輕于葉，春風一棹開。回頭看隔岸，林影過溪來。

春怨

獨坐倚熏籠，征夫信未通。争如桃杏好，又得笑春風。

即目

迢迢村路總難閒，十里東風破客顔。争似無心雲自好，日高猶自戀春山。

道中雜詠

菜花黄過舊泥垣，竹裡茅檐晝掩門。曝背老翁無箇事，閒編小罩護雞孫。

送别詞

碧桃花上鶯亂飛，碧桃花下牽郎衣。郎今欲去今且去，莫待花飛郎始歸。

秋日寄内

旅館孤燈夢不成，蕭然林薄起秋聲。阿儂不爲吟詩瘦，莫向西風恨遠行。

銅鼓潭偶成

一溪漲緑傍街流，山外□欄水外樓。底事春風也狂蕩，楊花飛上玉人頭。

山行

無數浮嵐合沓青，飛泉噴出帶龍腥。白雲一片迷荒徑，難覓松根斸茯苓。

尋幽直到翠微巔，畫裡林篏上晚烟。莫怪山靈還笑我，空留新景付吟箋。

述懷

消遣閒愁仗酒杯，茫茫塵刼費疑猜。焦桐不入中郎耳，一様都成爨下材。

秋懷

月轉松陰上畫欄〔一〕，夜深風露逼人寒。欲思凡骨乘時换，難覓芝樓九轉丹。

【校記】

〔一〕『畫』，原作『晝』，據句意改。

冉崇治詩

小酌偶成

白日不可留，青年去如瞥。舜華與大椿，修短同銷歇。吐納冀長生，金丹無真訣。况加膏火煎，自作徒爲孽。何若飲美酒，陶然足怡悦。俗子競錐刀，儒生争臺閣。鑽紙學蠹魚，日將混沌鑿。嫏嬛不可到，皓首仍匏落。十丈北邙土，埋殁誰清濁。獨醒讓劉伶，潛魚縱大壑。

涼風洞

二氣有吹吸〔一〕，人生孔竅同〔二〕。荆榛藏古洞，一徑峆岈通。天門比泆蕩，石骨森玲瓏。

到來日忽暝，六月生寒風。淒淒豎毛髮，隱隱防蛇蟲。開闢自何年，迷茫安可窮。坐愁失歸路，振袂辭鴻濛。羲馭正停午，炎赫仍藴隆。以此悟滄熱，循環相始終。安得過來人，消息參元工。

【校記】

〔一〕『吹』，《詩鈔》作『噓』。

〔二〕『生』，《詩鈔》作『身』，似更恰。

榮昌道中古榕

榮昌多古榕，道旁恣仰望。寒緑沁人心，拔地森雲漢。磐落不同根，杈枒皆石上。石不敵根堅，根到石盡讓。根雖比石瘦，石裂根能貫。拏攫擬虬龍，蟠互儼屏障。刼火不得燒，斧斤難爲斷。材大用無人，輪囷空老幹。不解造物意，摩挲起三嘆。

錦城聞杜鵑有感

蜀王宮殿皆塵土，猶記當時教歌舞。黄金散盡山等高，那知轉瞬愁無主。石鏡晶熒月不圓，歸龍歌冷來杜鵑。傳是帝子游魂化，年年啼破春江烟。春江水緑韡紋皺，血淚流空鵑應瘦。地下佳人聞不聞，客懷悵觸三更後。客懷底事多悵觸，故國鼉鼍聲斷續。城角徒留土一堆，是真是假從誰卜。

昇仙橋

神仙事，杳難求，人生修短不自由。蜉蝣尚不識天地，蟪蛄且不知春秋。百年亦衹須臾耳，有若雷光石火不可留。無如無知俗子輩，終日燒丹煉汞效其尤。朝纔訪大道，夕已歸山邱。君不見始皇欲求不死藥，滄溟直使徐市求。可惜五百童男女，一去東海不回頭。又不見漢武求仙仙更渺，欒大虚荒無遠謀。費盡黄金千萬鎰，神仙何曾下玉樓。此皆詭譎奚足信，不如司馬健筆一枝遒。西望長安道，來者何擾擾，去者何悠悠。丈夫有志不潦倒，會當五花馬，千金裘，結駟連騎任遨遊。題罷橋柱擲筆去，字字倒作偃波遒。果然駟馬歸來日，冠蓋軒赫鳴八騶。我來橋上一回首，壯年有志終當酬。無徒過此重感慨，落日蕭條漫惹愁。

九眼橋

九眼橋頭江水緑，驚湍下有元黿伏。緑毛碧眼態槃跚，其大盈丈不可卜。潛藏未識幾千秋，靈異迥殊凡介族。傳聞明季當末造，昂頭曾兆干戈出。豫防先事苦無人，獻賊遂教恣殄戮。一炬先悲龍種盡，滿城瓦礫堆胔肉。夜深碧血化寒燐，四野惟聞鬼暗哭。熙朝定鼎刼火銷，掃盡鯨鯢元氣復。休養經今二百年，神龜依舊藏洄洑。我來硯食寄蓉城，愛此山清水可掬。橋頭弔古重摩挲，恰有一言爲龜告。出洛流坤吐地符，出時但造蒼生福。

己巳除夕

竹爆如雷送除夕，流年更比電光疾。電光一瞥不可留，此刻寸陰抵寸璧。記得去年此夕時，一家團欒奉酒卮。妻烹伏雌子炊黍，高堂白髮歡怡怡。今年落拓客錦里，惆悵馬周羈逆旅。鳶肩火色無人知，一杯獨酌新豐市。挑燈起坐寂無聊，離腸輪轉心摇摇。六街絲竹聲未歇，新年早已來明朝。且理殘詩祭以酒，慰勞心血酹高厚。安得東風送詩來，吹散鄉愁開笑口。

冬日早起〔一〕

一枕華胥夢，驚寒不耐眠。月光猶在水，霜氣欲横天。虚白添詩趣〔二〕，空青入畫禪。梅花笑堪索，香雪撲吟肩。

【校記】

〔一〕『早起』，《詩鈔》作『起早』。

〔二〕『添』，《詩鈔》作『饒』。

臘日立春

預識東風面，頻添夜漏長。物交今日泰，花孕隔年香。燈火催人老，泉刀卒歲忙。輸他江上柳，洩漏早春光。

遊栖鶴菴明末東閣大學士文鉄菴留題處。

何年來野鶴，借此一枝栖。秋色生殘照，林陰覓舊題。僧從紅樹出，人與白雲齊。東閣留詩處，莓苔跡已迷。

秋望

莽莽乾坤濶，寒烟接大荒。孤軍屯野戍，一雁刷殘陽〔一〕。古木空山盡，愁雲戰壘忙。昂頭盼弧矢，何日掃天狼。

【校記】

〔一〕『殘陽』，《詩鈔》作『斜陽』。

由龔灘至羊角磧舟中雜詠六首録二

入峽無春夏，荒荒鬱莫開〔一〕。罡風吹鳥墮，箐雨破山來。怪石高猶凸〔二〕，僵松老不材。卧聽猿狖嘯，險阻費疑猜。

竹箭如流駛，飛行巨壑中〔三〕。鳥啼千嶂霧，人語四山風。涉險功名薄，當關氣概雄。天光通一線，露出夕陽紅〔四〕。

【校記】

〔一〕『荒荒鬱莫開』，《詩鈔》作『陰霾慘不開』。

〔二〕『高猶凸』，《詩鈔》作『危愁墜』。

〔三〕『巨』，《詩鈔》作『大』。

〔四〕『露出』，《詩鈔》作『時露』。

巷口鎮

遠水吞人面，江風雜市聲。片帆天外落，連日峽中行。艇小摇鄉夢，郵長算水程。此身真泛梗，那得定心旌。

臘月十三日抵涪州，換船至重慶，江中即目六首録二

縱目空江上，風霜客路多。湅雲生浦溆，落日淡關河。鳥噤先偎樹，魚寒不上波。羡他袁處士，高卧省蹉跎。

鑿險民多悍，憑虚佛亦靈。塔依飛閣白，山認隔州青。丹橘明村嶂，朱霞護驛亭。不堪孤艇外，落日又前汀。

曉發渝州

柝警霜團屋，天寒月滿城。馬馱殘夢穩，犬吠早人行。往事隨時憶〔一〕，鄉愁逐日生。壯遊何處好〔二〕，蕭瑟若爲情。

【校記】

〔一〕『往事隨時憶』，《詩鈔》作『壯志何時慰』。

〔二〕『壯遊』，《詩鈔》作『浪遊』。

南津驛

市小人烟簇，行行且駐鞭。山明螺髻秀，江折蚌珠圓。信杳南征雁，愁聽北地鵑。故鄉一回首，淚灑夕陽邊。

錦江閒眺

野濶疑無岸，長空澹夕暉。風高帆正飽，秋老水猶肥。灝氣迷人眼，江光上客衣。明年重理棹，畫裡共春歸。

江安縣

一碧淡無痕，山村接水村。城依危石峻，江雜濁流渾。攔税船多集，巡鹽吏亦尊。三灘灘勢迅，瞥眼去如奔。

春日述懷

斫地悲歌氣未銷，英雄不肯讀《離騷》。途窮那管旁人傲，門掩但防俗客敲。有限時光容我嬾，無多塊壘倩誰澆。頻年自笑疎狂甚，鐵板銅琶破寂寥。

宿黄臘池

大鳥三年倦甫還，閒雲逐逐又離山。人逢臘尾難爲客，鬢到中年半已斑。自歎萍蓬隨聚散，那能猿鶴共蕭閒。隔林凍雀如相識，見我重來有笑顔。

彭水道中

一枝柔艣下驚湍，鎮日行歌《蜀道難》。半世關山勞庾信，幾人風雪卧袁安。雲摩絶壁天光窄，城傍荒江水氣寒。見説緑陰軒好在，遺蹤咫尺欠盤桓。

永川臘日

旅懷愁緒積吟箋，臘日題詩倍惘然。牢落市廛悲古縣，寂寥燈火逼殘年。三巴柳色迎春早，萬里梅花入夢先。不識功名是何物，賺人頻走蜀中天。

榮昌曉發

又向長途策曉鞭，蟾光孤負昨宵圓。晨雞叫破鄉關夢，玉鏡猶懸蜀國天。作客每先僮僕起，勞人總爲利名牽。多情却喜村厖甚，侵早迎人古道邊。

碧雞坊成都古蹟八詠録一。

青蛉遥望地荒凉，勝蹟遺留第四坊。講德大夫新駐節，雄心天子遠開疆。祠雞早已銷陳寶，走馬人猶弔海棠。此去草堂知不遠，西郊曾見少陵忙。

遊昭覺寺

東風漸綹艷陽晨，冠蓋如雲雜水濱。趺坐老僧偏傲客，到門古柏解迎人。溪聲劇似廣長舌，蓮影何如自在身。我愛林泉無限好，敢將慧業証前因。

次謝來西仿張船山《觀我詩》原韻四首録一

混沌從來産異才，茫茫今古費疑猜。浪傳黄土摶人出，屢見紅羊造刼來。幾輩河山鍾灝氣，

漫同草木寄根荄。是誰錬就陰陽炭，終古爐頭火未灰。生

再次《觀物詩》韻四首録一

一生都在有情天，終日歌臺舞榭牽。富貴到頭成幻夢，韶華過眼等雲烟。修來艷福三生果，老入花叢再世緣。忘却東風無限恨，年年沉醉上林邊。蝶

次友人客中送春元韻

芳原緩緩著吟鞭，共惜繁華過眼緣。蝴蝶夢回金粉隊，鷓鴣啼破碧楊烟。殘紅滿地剛三月，嫩緑成陰又一年。報道東皇歸去早，祖郊誰挂杖頭錢。

怕聽驪歌唱渭城，留春無計任春行。一天芳草縈離緒，十里飛花繞去旌。是處青山啼杜宇，昨宵殘月怨流鶯。不知南浦情波急，送到長亭第幾程。

《蒔花守拙圖》爲謝來西題

森森喬木盡争榮，都是東山結搆成。株守林泉忘歲月，拙藏詩酒薄公卿。流年已老司香尉，

展畫渾驚太瘦生。此日好傾彭澤酒，東籬坐對比淵明。

九日偕秦馨山、毛艾亭、蔣雲林、趙竹嶼、張少安諸公出成都北門登高，次馨山韻四首録二

登臨好景讓秋光，争怪騷人引興長。不盡吟懷同九月，無邊落木正重陽。極天蕭瑟金風瘦，滿目峥嶸玉壘蒼〔一〕。偉節況留嚴節度，時平得醉菊花觴。

卓犖風標羡少游，韻囊名士亦清修。偕來錦里登高處，共據蠶叢最上頭。酬唱一尊桑落酒，評量千古帝王州。明年此會知誰健，且賦茱萸紀勝遊。

【校記】

〔一〕『目』，原作『日』，據句意改。

眉州懷蘇文忠公

隱隱青蒼竹樹中，江城半角現玲瓏。人如蘇子纔千古，詩到眉山不數公。紗縠祇今留俎豆，蟇頤何處問英雄。祠前亟想溪毛薦，難泊寒蘆一席風。

渝州

巴渝歌舞善徘徊，西漢曾傳樂府開。舊俗久隨滄海變，更無人唱竹枝來。

薛濤井

詞華一代壓名流，管領春風數十秋。底事憐才韋節度，忍教流落教坊頭。
一泓井水緑沄沄，留得情波味自芬。最好畫圖春二月，桃花何處校書墳。

題余子恬明府澹園十六絶 録十二

半爲仙吏半山人，宦海能抽物外身。咬得菜根隨處好，何須鄉味定思蓴。
閉門學劚故侯瓜，廉吏兒孫儉不奢。共羨長官清似水，閒留隙地足桑麻。右澹園
流水三分竹二分，四圍緑不漏斜曛。清涼宛坐鮫人室，半是波光半是雲。
玻璃四面絶纖塵，寒緑黏天色不皴。珍重涼陰須護惜，好留清景待詩人。右緑雲山館

主人好客比陳遵，樓榭經營屋斬新。天氣雨餘清入畫，縱無叢桂也留人。右晚雨留人之室

繞窗五色煥雙眸，一雨衙齋不待秋。消受晚凉無限福，往來何待竹君留。右假山

雲根透剔亦玲瓏，平地成從一簣中。莫道罨存山意思，看他人巧錯天工。右五柳舫

天然畫舫小經營，花自扶蘸水自瀠。想見當年强項令，門無楊柳也風清。

結搆居然晋隱淪，一邱一壑總天真。草堂睡醒遊仙夢，應號羲皇以上人。右索詩廊

長廊闢處萃風騷，士女遊觀不待招。到此無詩難免俗，隔林猿鳥亦相嘲。

一亭一榭逗清思，想見先生巧索詩。我亦當時驢背客，豪吟不減灞橋時。右假山

盤古開天天不死，媧皇煉石石猶頑。自從雕繪誇靈妙，不看真山看假山。

酉陽田氏詩

〔清〕田世醇　田經畬　田荆芳　撰

丁志軍　整理

叙録

田世醇，字旦初，號一齋，清代酉陽州人，恩貢生，土家族詩人，約生於乾隆五十五年（一七九〇）[一]，嘉慶十三年（一八〇八）入泮，道光十六年（一八三六）恩貢生，同治七年（一八六八）受邀重遊泮水，卒年未詳。田世醇一生往還於川黔、湘鄂之間，以充塾師授徒爲業。道光間曾自編《卧雲小草》四卷、《制藝》四卷，廣東陽春人羅升棓任酉陽州知州時，特爲作序，刊印行世。晚年又有詩集全編。據其弟子田經畬記述，里中文人刊行别集，即始於田世醇。田世醇少工制藝，中年時始專注於詩歌創作，有高曠之資，又得江山之助，因而其詩歌落筆超然拔俗，被馮世瀛譽爲『今人中之高適』。田世醇現存詩作中，無論是詠史懷古、觀光紀

[一] 田世醇有《自壽》詩，前有小序云：『己酉秋，孤窗獨坐，心緒無聊，回憶六十光陰，虛同石火，竟無善狀可名。』己酉即道光二十九年（一八四九），由此可推知，田世醇生於乾隆五十五年（一七九〇）。

游，還是根觸自遣，多能做到性情獨運，妙句自來。他曾自叙其詩乃『言吾之所欲言』，羅升梧爲其《卧雲小草》所作之《序》，亦將其詩概括爲『以抒寫性情爲主』，結合田世醇的創作實踐，以及對袁枚詩的極度推崇，知其所言非虛。田世醇的詩集，今未見傳本。馮世瀛編輯《二酉英華》時，選録田世醇詩七十八題，計二百一十七首；孫桐生所編《國朝全蜀詩鈔》選二十五首，徐世昌所編《晚晴簃詩匯》選二首。

田經畬，字硯秋，生卒年未詳，清代酉陽州人，歲貢生。田經畬少時患有足疾，遊畔後遂不復謀求功名，而是選擇里居以充塾師爲業，同時閉門讀書、著述。田經畬擅長駢文創作，其詩歌則以清俊爲尚，受袁枚『性靈説』的影響較大，大約與其業師田世醇推崇袁枚的詩學觀念有關。田經畬生前已編有詩集，據其在《次韻熊升之枉過，兼寄其兄謙之》一詩中的自注，熊升之曾爲其校閲詩集，今未見著録，更無傳本。又據《二酉英華》記載，田經畬歿後數年，其子田梨村將田經畬詩稿盡數付與馮世瀛，託馮代爲删定，馮世瀛遂從中選録六十五題、一百八十五首，梓入《二酉英華》。

田荆芳，字怡齋，酉陽州秀山縣人，廪生，約生於一八二〇年前後，卒年未詳。[二]咸豐九年（一八四〇）以平貓貓山之亂有功，保舉候選訓導，賞戴藍翎。光緒二十八年（一九〇二）尚在世，賞舉人副榜。據馮世瀛《二酉英華》載，田荆芳少時倜儻有大志，兼通武略。居鄉教授，教弟子以武不以文，每届院試，門下獲雋之多，專門的教習家亦不能與之争勝。田荆芳率衆參與猫猫山之役時，冒矢石先登，數被重傷，其氣不少挫，最終生擒首領郎官等人。田荆芳文武兼擅，其詩標舉性靈，極少用典，明白如話，而又渾然天成，自成一格。同治十一年（一八七二），田荆芳詩集由其友陳修業寄與馮世瀛，馮世瀛選録三十九題、六十五首，梓入《二酉英華》，論曰：『其以仕進抑塞，故藉吟詠自娱，而磊落骯髒之意，亦時流露於楮墨間，讀其詩，可以知其所抱負矣。』田荆芳詩集今未見傳本。

此次整理的《酉陽田氏詩》，即以馮世瀛編《二酉英華》所録三人詩作爲底本。《田世醇詩

[二] 田荆芳有《五十初度遣懷》，《二酉英華》編此詩於同治七年（一八六八）後、同治十年（一八七一）前，可推知田荆芳生於一八一九年至一八二一年間。四川總督岑春煊有《光緒二十八年四川恩正並科鄉試年老未中士子清單摺》，此摺意在上奏當年鄉試未中式之年老士子，田荆芳等合例者可賞給舉人副榜。摺稱：『查有秀山等廳縣廪生、候選訓導田荆芳等十一人，年歲均在八十以上，入學均在三科以前，俱各三場完竣，未經取中，調閲原卷，文理均算通明。』可知田荆芳於本年（一九〇二）尚在世，且已年逾八十，與前所推定其生於一八二〇年前後的結論相合。

集》計得七十八題、二百一十七首；《田經畬詩集》計得六十五題、一百八十五首；《田荆芳詩集》計得三十九題、六十五首。

田世醇詩

讀杜詩

天海不可名，絶節縱高唱。横行萬卷中，獨立千秋上。法乳被羣工，所驚惟特刱。争怪摩壘人，一齊放兵仗。

讀史雜詠

豢龍損其威，養虎奪其猛。嗟彼奔競人，濡跡附權倖。雖有文藻才，觸忌不敢騁。雖有譎諫心，終爲勢所梗。甚或蘭當門，不得保首領。名節行已裂，富貴焉能永。何如恬退流，決幾在俄頃。東海隱管甯，烟霞占妙境。同行有邴原，高名亞箕潁。寄語熱中客，榮辱宜早省。

張綱守廣陵，蛾賊逼危蹙。虞詡牧朝歌，劇盗紛馳逐〔一〕。梁鄧忌兩賢，假手肆屠戮。豈知死地中〔二〕，暗有生機伏。盤錯别利器，事功成轉速〔三〕。才大險爲夷〔四〕，命通禍亦福〔五〕。人生各有天，趨避何煩卜。嗤彼忮險流〔六〕，徒將機械蓄。

申屠辱鄧通，漢文使之然。廣平鄙毛仲，唐皇無懵焉。能伸直臣氣，端由兩君賢。降至宋齊間〔七〕，此風猶未湮。王球與江斅，或舉扇自全。或移牀遠客，不結要人緣。豈知當宁意，更在球斅前〔八〕。用以示風勵，臣節乃彌堅。嗚呼四天子，鼓舞有微權。流品區以别，勝事至今傳〔九〕。

爲將多不仁，立法假至親。竇乾與劉昌，各殺其孤甥。苗道與曲端，殺叔及弟昆。不殺爲廢法，殺之爲賊恩。其失在於用，不在殺之寃。狡哉杜懷恭，聞命先避奔。諸賢使見此，首不懸軍門。忍心無賴賊，徒以軍法論。枉殺以立威，禍必延子孫。

德裕薦敏中，不用丁柔立。敏中詰裕非，丁乃訟之力。李昉厚張洎〔十〕，居常薄張佖〔十一〕。洎不爲昉地，佖時詣昉室。蓋其人君子，好惡必以直。不緣己恩怨，淆人事虚實。其人苟小人，心懷多叵測。祇伺人盛衰，依違無定律。公正與詭隨，兩心常自匿。不當有事時，厚薄誰能悉。

所以古大臣，廷交須縝密。背公引用私，鮮不自詒戚。及當悔悟後，救敗已無及。

張武受人賂，孝文賜金錢。順德受人賂，文皇賜亦然。此以賞爲罰，用情毋乃偏〔十二〕。朝廷有舊典〔十三〕，黜陟必相權。議親罪可減，議功過可捐。若徒以術市，轉多僥倖緣。惡固蒙賞矣，善豈可罰焉。用術勢必窮，用典法乃圓〔十四〕。兩君偶爲之〔十五〕，失中未足沿〔十六〕。

【校記】

〔一〕『馳逐』，《詩鈔》作『角逐』。

〔二〕『豈知死地中』，《詩鈔》作『豈料死絶地』。

〔三〕『事功成轉速』，《詩鈔》作『時危功轉速』。

〔四〕『才大』，《詩鈔》作『心平』。

〔五〕『通』，《詩鈔》作『在』。

〔六〕『嗤彼忮險流』，《詩鈔》作『笑彼忮害徒』。

〔七〕『至』，《詩鈔》作『及』。

〔八〕『前』，《詩鈔》作『先』。

〔九〕『勝事至今傳』，《詩鈔》作『佳話千秋傳』。

〔十〕『洎』，原作『泊』，據詩意改。

〔十一〕『佖』，原作『泌』，據詩意改。

〔十二〕『毋乃』，《詩鈔》作『無乃』。

〔十三〕『舊典』，《詩鈔》作『軌物』。

〔十四〕『用典法乃圓』，《詩鈔》作『用法國乃全』。

〔十五〕『兩君偶爲之』，《詩鈔》作『矯枉失其中』。

〔十六〕『失中未足沿』，《詩鈔》作『私心何足沿』。

登天龍山

海底失靈鼇，神山忽僵仆。一峯飛出雲，漫向塵寰赴。亘綿萬億程，到此陡然住。鱗爪蟠狰獰，齒牙恣鬱怒。突兀絶攀躋，往還祇烏兔。古刹結龍脊，幽探生嚮慕。選勝攜朋來，路與遊人晤。道我向前山，崎嶇恐難步。我謂子無然，坂折有人渡。邱壑在吾胸，豈畏行多露。檢點頭上笠，剡剡便起屨。蹩躠到山腰，恠石莽回互。仰視千仞岩，光明無纖霧。俯視三家村，昏昧如欲暮。一俯一仰餘，頗亦生疑懼。同儕膽更怯，面色等泥塑。强登數百階，嵌空一洞遇。小憩得片時，喘息汗如注。蠶叢欵欵入，心旌畧畧固。濤沸澗底松，帽礙雲間樹。曲折龍頷近，昂頭復無路。嶺薄削於刀，岩懸白似布。寒氣逼襟裾，晴天失温煦。趑趄不敢進，踧踖幾靡措。

捫葛學猿援，投隙師蟻附。手疲足倍軟，目眩遑他顧。僥倖天門登，免誚蒼龍怖。汲引燦金繩，莊嚴瞻寶璐。仿佛非我心，看山乃吾素。世界渺大千，兹遊極清趣。惜乏謝氏才，寫出驚人句。

宿沿河司

隔岸富園林，人家多近水。夕陽在遠山，炊烟忽四起。繁囂息近聽，暝景斂遐視。漁火亂荒矼，疎星浴江底。殘柝已宵沉，書聲猶在耳。榜人爲我言，此是親仁里。衣冠多顯姓〔一〕，通籍盛青紫〔二〕。由來山水窟〔三〕，過户深仰止。遲明泛舟行〔四〕，回首猶未已〔五〕。

【校記】

〔一〕『顯』，《詩鈔》作『著』。

〔二〕『通籍』，《詩鈔》作『縹緗』。

〔三〕『山水窟』，《詩鈔》作『名勝地』。

〔四〕『遲明泛舟行』，《詩鈔》作『斜陽下喬木』。

〔五〕『回首猶未已』，《詩鈔》作『溯洄何能已』。

荆卿

六國非春秋，其勢顯然耳。當時惟合從，聊可濟傾否。合從既不成，萬無圖全理。矧此區區燕，孤危何所恃。與其坐待亡，刺之猶賢已。畏首復畏尾，其身能餘幾。計真無復之，心更不能止。萬死苟一生，勝加遺一矢。惟秦惡未盈，賈人子不死。此實有天意，非關冒不韙。後來博浪椎，迍邅亦復爾。腐儒昧事勢，徒以成敗訾。試問五國亡，豈亦荆卿使。動曰僥倖謀，自强不在此。試問當此時，强從何事起。數定理難移，勢成謀轉佹。凡兹一目論，都自書盗始。有客燕臺來，憑弔過易水。見説刺秦政，其髪猶上指。匕首雖無功，祖龍魄已褫。千載快心事，我聞尚拊髀。吁嗟白衣冠，咄咄好男子。嗚呼好男子，勿徒要聶比。

何易于

易于一吏耳，敢焚天子詔。較之文靖公，夫豈更輕躁。以身救萬民，雖死亦含笑。况易危爲安，水火無妨蹈。所以古賢臣，事機權其要。苟獲轉敗功，制勅亦可矯。卓哉虞允文，落落人中表。督戰采石磯，不須廟堂告。存亾呼吸時，此膽那容少。遥遥史册披，相映生光耀。

鹽井坡

一望皆高山，懸絶太無理。巖多樹不生，土薄禾欲死。上拂半空雲，雲痴不輕徙。下臨萬丈潭，潭深不見底。鞭揮鳶跕跕，輭挂石齒齒。路窄苔更滑，梯空橋欲圮。愁支三尺筇，怕垂二分趾。蠖屈過崖腰，蟻磨轉山嘴。心悚幾銷魂，眼花如見鬼。傍晚得平途，回顧纇猶泚。

龔灘

羣山莽莽來，相送一水緑。突兀勢難羈，到此忽一束。大石砥中流，水怒石不服。噀濆作回波，高簸三重屋。萬古鬥轟雷，助以蛟龍毒。人語不聞聲，上下阻艫舳。百貨擁如山，起運轉從陸。估客及擔夫，往來紛徵逐。列肆幾百家，取求得所欲。壟斷歎天生，一灘生計足。

江口謁長孫太尉墳感賦

草樹荒涼蕩夕曛，重山叠水堆愁雲。居人指點白楊樹，中有長孫無忌墳。太尉功名齊房杜，左右文皇資夾輔。馬鄧子姓氣如虹，女爲皇后男尚主。秘記那知讖已成，青宫底事袒彌甥。官家不念天垂象，從此昭陽禍水生。宫隣金虎遭讒妬，雉奴甘被牝雞誤。可憐人雉出漢家，此僚一撲韓來戍。吁嗟乎！金翅飛來一瞥纔，小龍食盡無遺孩。剪除異己先宗祐，梁竇區區何足哀。崑岡烈焰難收拾，元舅爲謀徒自及。早信生狼恐如羊，當初悔不吴王立。行人過此弔荒阡，李唐陳蹟杳如烟。陰疑陽戰乾坤毁，不堪重憶永徽年。

塗山懷古

我聞大禹錫元圭，萬國車書集會稽。可知塗山隸南服，未嘗此地來羈栖。得毋金丸孕石紐，其地正屬龍安西。當時八載勤荒度，三過其門應在斯。此語雖然似附會，考之地志無可疑。大抵聖人本奇特，所過山川猶生色。微禹後世其魚乎，過河洛尚懷明德。況思刊奠破鴻蒙，泥楯山檦立殊功。鑿空且將靈蹟認，况有塗山二字同。諸馮舜發跡，岐山文降生。偶過畢郢鳴條處，兩地孤據紛縱横。吁嗟乎！聖人之去世已久，聖人之化無不有。茫茫人代孰可憑，未必他是此獨否。君不見西川彰明謫仙宅，奕奕祠堂留顯蹟。爲他濟南一酒樓，山東人尚争李白。

渝城弔三忠作

甲申之年季夏月，日月無光天雨血。全川共詫天鼓鳴，欃槍倒指渝州城。維時妖氣漫西北，有詔師臣去討賊。閣都楊嗣昌。惆悵虛詼誤國謀，委賊於蜀天爲愁。藩籬不守守門户，撫臣邵捷春甘被師臣誤。從此扼險無一夫，賊遂蜂擁入夔巫。烽煙漸逼涪陵路，城中日驚三五度。端王藩邸棄漢中，端王名常浩，神宗第五子。間關曾此起行宫。一時軍容方草創，全仗諸臣嚴保障。誰其守者不顧身，卸事撫軍陳平人。巡撫陳士奇，字平人，時卸事居重慶。緣劾候代不忍去，拚將一死孤城據。光弼靴刀南八指，同此心者三人耳。太守誰，王質行，知府王行儉，字質行。感陳之義誓不生。縣令誰，王新建，知縣王錫，新建縣人。激昂慷慨酬素願。近守浮圖關，遠扼銅鑼峽。身先士卒同苦甘，晝夜登陴不解甲。賊聞暗地走江津，順流直下薄城闉。相持三日天光暝，城上城下不相見。似天着意不渝憐，俾賊爲計得轉旋。百千火具加藥桶，以礮穴城城立洞。斯時完繕力不及，斯時巷戰勢難敵。我軍矢集如蝟毛，馬蹶君臣齊被執。斷頭將軍不肯降，賊怒縛之演武堂。可憐龍種叫大荒，披髮先去見高皇。王好佛死時，天無雲而雷，有白光上衝，人以爲兵解。既鑿睢陽齒，又割常山舌。將此蹇蹇躬，憑渠寸寸磔。惟曰死者官吏民，自王以下顧及陳。巡道陳纁、川南道陳白羽、指揮使顧景。其餘殺之不勝殺，長繩邀之圜百匝。賊刀一揮叱使退，三萬餘人都無臂。城中官軍尚有三萬七千，賊令各砍一手，縱之使去。忽然雷雹風雨黑，凶徒相顧面無色。賊怒駕礮擊向天，天亦怕賊爲霽顏。霎時雲雨寂無影，放出日輪仍炯炯。吁嗟乎！從古兵刼蜀最多，鄢藍藺播皆風波。縱然黔首罹喪亂，肝腦塗地無此慘。豈真上帝醉醺醺，斬刈任盡牛羊羣。一自重城殲一鼓，蜀中遂無乾淨土。我來訪古弔忠魂，猶見當年碧血痕。賴有文人爲作傳，簌簌英風來紙面。酆都林文俊爲作《三忠傳》。讀之未竟眼欲枯，起對蒼天三長呼。

十國世家小樂府

吴

英雄卅六敢跳梁，黑雲都竟霸維揚。盜亦有道兼有寵，君吴王，臣齊王。白沙改作迎鑾鎮，徐家父子執朝命。一生智計爲他人，前楊姓，後李姓。

南唐

天生一目重瞳子，文翰風流洵無比。衹差一事能爲君，五鬼同朝難未已。傷心怕聽檀來歌，半壁河山割去多。小朝違命已蹉跎，赤真人來將奈何。

前蜀

五都隨，十軍死，王八作賊爲天子。崛强不臣梁朱三，愧煞羣雄賴有此。甘州曲，老人屯，青城一狩哀王孫。嘉王酒悲今始驗，收汝遺骸三趙村。

後蜀

是何天子風流伯，寶馬毬場事弋獵。蜀分熒惑犯積尸，東宫早罹黄楊厄。三萬雕面惡少兒，付之廉使同一擲。銜璧不須歎無歸，汴京早築降王室。

南漢

玉殿起，南宫成，刀山劒樹何嚴森。遠游冠，紫霞帔，菌芝羊珠皆符瑞。樊巫如夔魍，瓊仙尤搶攘。不爲南海王，去作降王長。講武池頭奉朝請，卮酒願乞須臾命。

楚

武安營氣鬱葱佳，牂牁象郡執璠來。食雞鈍漢非賢嗣，銅柱功名安在哉。會春園桷摧，嘉宴堂門閉。九龍殿上羣陰噎，子孫去作千牛衛。

吴越

吴越三千弩，金湯十四州。羅平妖鳥盡，衣錦還鄉秋。鐵券書，當時賜，金塗塔，後人收。石鏡衣冠不復見，百年歌唱霸圖休。惟有錢塘上，至今水東流。

閩

白馬三郎何俊爽，德政尚記甘棠港。可憐李氏三清臺，紛紛巫蠱寶皇來。九龍帳裡妖虹侵，君臣牛飲惟何甚。國除莫怨富沙王，當年騎馬早成讖。

荆南

遠奉南塘牋，近上朱梁璽。異哉南平王，朝秦暮楚何時已。掠鄰財，邀貢使，苟得竟同無賴子。僥倖五十七年延國祚，子孫猶爲宋節度。

北漢

前晋石，後漢劉。稱侄爲已鄙，稱男更可羞，是何天子何諸侯。養子繼，真人來，開爾一條生路哉。彭城晋爵今安在，晋陽山色空崔巍。

書箱峽

絶壁嶙嶒如積鐵，谽谺洞腹何時裂。中藏脈望幾千年，朱漆一棺横石穴。相傳中有老龍威，好事曾支百丈梯。未及到門雷雨作，精魂幾逐殘霞飛。吁嗟乎！紅板橋頭跡未朽，兵書匣尚傳人口。洞天福地非寓言，宛委嫏嬛處處有。是妖是魅不能爲，非神非仙吾安知。世無步虚着翅客，昂頭終古費循思。

宋節母黄孺人撫孤教子行

黄鶴啞啞鳴夜午，青燈熒熒伴機杼。貧家作計百憂並，一燈教子娘心苦。三年就傳學未成，兒欲改圖娘不許。兒時逡巡母怒嗔，曰汝來前予告汝。黄金遺汝有盡時，争似詩書耀宗祖。汝父前光賴汝迪，汝弟黄口須汝撫。千鈞重負家督承，弓冶箕裘當力努。持門作健幾經年，蓼辛茶苦耐寒暑。慈竹風欹撼肅霜，卷施心枯泣春雨。吁嗟乎！精衛銜木海能填，媧皇煉石天可補。寸草常懷愛日心，慈雲忽隕冬青樹。安得母在母常瞋，菽水逮存勝華膴。五板船頭宋住地名江水寒，懷清臺畔築抔土。桓車萊畚昔無雙，陶徽歐範今重覯。黄家女媛宋霜雛，一家慈孝寡儔侶。苦節甘臨幸有徽，芹香兒已邀天祐。田子珥筆紀芳徽，道光卅年月夏五。

清溪寺

繚繞白雲泉，修篁不計年。幾人能免俗，此地久通禪〔一〕。鶴老依松憩〔二〕，僧閒抱月眠。好游方丈内〔三〕，茶鼎自烹煎〔四〕。

【校記】

〔一〕『通』，《詩鈔》作『棲』。

〔二〕『憩』，《詩鈔》作『古』。

〔三〕『好游方丈内』，《詩鈔》作『塵心消已盡』。

〔四〕『茶鼎自烹煎』，《詩鈔》作『萬景足陶然』。

金龍寺即事

青嶂列屏風，光明宇正中。山懸疑地盡，雲近訝天通。傍嶺松千尺，當門水一弓。客來携杖立〔一〕，眼界四圍空〔二〕。

木末起清飈，禪音破寂寥。鬼星低谷口，蛾月挂山腰。剪燭看新焰〔三〕，開門聽晚潮。子規聲喚處〔四〕，頓使俗塵消〔五〕。

【校記】

〔一〕『客來携杖立』，《詩鈔》作『登臨窮遠目』。

〔二〕『眼界四圍空』，《詩鈔》作『萬象亦何空』。

〔三〕『剪燭看新焰』，《詩鈔》作『汲水嘗新茗』。

〔四〕『聲喚處』，《詩鈔》作『啼正急』。

〔五〕『頓使俗塵消』，《詩鈔》作『莫使客魂消』。

哭田五繼齋

佳木支崇構，摧殘數亦奇。渠心原不死，天道竟難知。入世行堪質，無名病可疑。吾宗香一辨，此後有誰司。

未了鴻逵願，扶摇倦尚飛。幾人推弗朽，獨我恨無依。蘭氣香猶在，荆枝瓣半非。最憐椿樹老，極目斷斜暉。

文章春夏氣，身世雪霜姿。芻劍人來掛，塤篪地下吹。名高天本忌，數定理難移。悽惻成連曲，長歌賦已而。

哲人今已杳，大雅倩誰扶。衣鉢楊游在，風神水月俱。令名留衆口，遺墨付諸孤。他日黄罏下，知君念我無。

三月二十七日遊鐵鼓溪，其地崇山絶澗，古樹槎枒，虧蔽天日，飛湍瀑布，侵人毛髮，凜然不可久留，歸而成詠〔一〕

人烟不到處，六月生寒風。白日死崖上，青天落井中。荒苔侵履屐〔二〕，老樹走蛇蟲〔三〕。小住心魂蕩〔四〕，寒藿倩短筇〔五〕。

一咳羣洪應，悄然不敢聽〔六〕。水衝磯石怒〔七〕，山雜野狐腥。峭極疑無理〔八〕，幽深懼有靈〔九〕。温犀如可照，幻怪自呈形〔十〕。

不知幽絶處，一步一魂消。古木争天出，飛濤挾雨驕。山昏生魍魎〔十一〕，谷甕失昏朝。拾翠樵心急，烟霞滿擔挑。

嶂連桐梓蓋，到此陡崚峋。怪石疑蹲虎，饑禽欲攫人。浮空青木杪，匝地紫茸茵。不信神仙幻，攀援氣益振。

【校記】

〔一〕《詩鈔》題作《游鐵鼓溪》。

〔二〕『侵履屐』，《詩鈔》作『沾屐齒』。

〔三〕『走』，《詩鈔》作『罥』。

〔四〕『蕩』，《詩鈔》作『懾』。

〔五〕『寒蘿倩短筇』，《詩鈔》作『扶攜藉短筇』。

〔六〕『不敢聽』，《詩鈔》作『息眾聽』。

〔七〕『水衝磯石怒』，《詩鈔》作『霧籠神豹窟』。

〔八〕『極』，《詩鈔》作『絶』。

〔九〕『深』，《詩鈔》作『陰』。

〔十〕『幻』，《詩鈔》作『萬』。

〔十二〕『魍魎』，原作『魎魎』，據詩義改。

佛山興隆寺題壁

兩脚踏芙蓉，飛雲襯短笻〔一〕。危樓蟠古木〔二〕，絶壁起崇墉〔三〕。地軸空三面，天龍竪一峰。平生多俗癖〔四〕，來聽五更鐘〔五〕。

秋水洗雙瞳，乾坤一望中。不來高處立〔六〕，那識世間空〔七〕。枯澗沙痕白，危崖木葉紅。抛笻頻索句〔八〕，昂首問蒼穹。

楓柏影横斜，凭欄醉晚霞。烟寒山萬仞，樹隱路三叉。玉宇飛瓊閣，金雞狎暮鴉。夜來清磬徹，彷佛會龍華。

混沌竅誰鑿，擎天柱共推。靈源通海嶠，峭壁儼邛崍。秀水雙溪合，奇峰八面開。八面，山名。笑予遲羽化，已策六鼇回。

【校記】

〔一〕『襯』，《詩鈔》作『上』。

〔二〕『古木』，《詩鈔》作『石磴』。
〔三〕『起崇墉』，《詩鈔》作『吼長松』。。
〔四〕『平生多俗癖』，《詩鈔》作『禪機清不昧』。
〔五〕『來聽』，《詩鈔》作『惟在』。
〔六〕『高處立』，《詩鈔》作『三寶地』。
〔七〕『世間』，《詩鈔》作『萬緣』。
〔八〕『抛笻頻索句』，《詩鈔》作『支笻頻覓句』。

贈晏薇垣湖北人，時避禍來酉，寓王竹軒家。

世路欹斜甚，英雄喚奈何。雲開終見日，風定自回波。美嬪多謠諑，名流類坎坷。主人劇豪氣，莫賦式微歌。

鄭邑逢嘉客，傾襟一見邊。虞卿辭趙後，范叔入秦年。投足寧無地，捫心自有天。月明江上望，穩渡釣魚船。

春晴

一樣春天景，晴偏較雨殊。雲開花影見，風定草聲無。檐宇低飛鵲，溪潭亂浴鳧。開窗冰硯滌，洗筆最清娛。

玉屏縣

昔懷仁壽域，今到化城中。春色蓬蓬遠，書聲處處同。衣冠餘舊姓，唐魏剩遺風。客醉梅亭酒，花探玉一叢。

銅崖

一柱如凝鐵，雙分水注東。孤危真特立，依傍竟全空。結體疑浮玉，成山合號銅。夜來憑弔處，星斗射魚龍。

壬辰送馮壺川計偕北上

筆撼千秋易，途行萬里難。去年登佛籍，此日赴春官。山水開生面，文章壯大觀。看看花市近，指日遍長安。

富貴誰來逼，憑依我自爲。孤峰原絶傍，駿足本無羈。海日升天候，雲鴻健翮時。故人何物贈，破例爲吟詩。

幾年工養晦，一釣起長鯨。玉液看淘骨，金鎞應刮睛。丹惟燒鼎鼐，書不上公卿。莫再歌長鋏，承平待汝賡。

書生能本色，國士亦恢奇。勝待龍門引，名非狗監知。襟懷存古道，花樣問時宜。屈指邯鄲驛，黃粱入夢思。

便擬鵬摶去，休驚馬立驕。驊騮饒北地，金粉萃南朝。塵海舟能渡，鴻毛跡未消。茲遊真壯絶，逸興共飄飄。

秋懷難耐我，春氣已輸君。車笠他年異，雲泥此日分。祖鞭看影重，江筆羡馨聞。好去承衣鉢，登庸並策勳。

山中五律四首〔一〕

地户何年闢，靈奇似鬼工。松根争石罅〔二〕，竹杪補天空〔三〕。絶壁千重霧，危樓四面風。林端偷睨處〔四〕，心蕩轉忡忡〔五〕。

石棧通幽處〔六〕，諸天梵唄聞。倒生羣壑樹，高接半空雲〔七〕。遠岫兒孫立〔八〕，前溪涇渭分。何年山髓溢，劈破倩神斤。

隻眼窺天末，人家瓦屋低。山高真月小，水遠半烟迷。手訝星辰接，心防樹木擠。無名花發處，一路晚鶯啼。

一氣氤氳鼓，炎涼各盾矛。有風偏失夏，得雨便成秋。地僻花遲發，林深鳥亂投。紅塵飛不到，小憩足忘憂。

【校記】

〔一〕《詩鈔》題作《山中》。

〔二〕『松根争石罅』，《詩鈔》作『松筋蟠石罅』。

〔三〕『杪』，《詩鈔》作『箐』。

〔四〕『林端偷睨處』，《詩鈔》作『懸崖窺正黑』。

〔五〕『心蕩轉忡忡』，《詩鈔》作『虚魄尚忡忡』。

〔六〕『幽』，《詩鈔》作『靈』。

〔七〕『接』，《詩鈔》作『截』。

〔八〕『遠』，《詩鈔》作『羣』。

大白巖

峭壁如凝雪，山靈舊有姿。鬼車常血路，木客慣吟詩。旭日迎偏早，春花放獨遲。一泉寒到骨，湧似白雲垂。

二峯關

路闢蠶叢險，崖危虎豹蹲。馬行黃葉磴，人入白雲屯。瑣碎嵐光合，荒寒野色分。下山猶十里，何處覓芳尊。

豬頭箐

躡屐千峰上，林巒古黛皴。陰崖狐拜月，密箐虎窺人。日落春寒驟，天低草色湮。征車停不得，瘴氣逼遊塵。

天馬山紀遊同履雲上人作

陡壁多盤曲，飛空一線牽。懸身千丈外，垂趾二分前。匍匐笻疑滑，蹣跚屐不前。三条逾五十，險絶妙難傳。

小憩山門外，抬頭見女冠。權爲遊客易，代作主人難。宛轉謀茶具，殷勤勸客餐。憐才逾格外，相對有餘歡。

三更幽夢破，夜雨忽瀟瀟。雷劈陰崖動，風摇古木號。嫩寒生枕簟，殘響徹堂坳。意外逢佳客，謂龍邑羅芹崖。歸途興益饒。

春草

燒痕隱隱漸高低，緑近窗前眼欲迷。望遠愁生南浦外，尋詩夢入小堂西。拂來春雨勾同圻，長到薰風甲始齊。金埒一鞭花正綺，夕陽客去馬頻嘶。

天涯幾處怨王孫，忽漫相逢見泪痕。仲蔚廬前烟羃䍥，明妃塚畔月黄昏。燒回塞外春無主，春到江南緑有村。最是送人添别恨，裙腰對酒劇消魂。

春柳

一枝纔折隴雲香，又見垂條緑幾行。嫵媚偷呈名士態，風流占盡美人粧。夕陽風笛牽情遠，故國亭池引興長。别有離愁難自縮，閲人來去總蒼茫。

照臨池月眼微波，似有閒情戀客過。善舞不妨風雨妬，工愁常怪别離多。丰神似爾真清絶，感激憑人唤奈何。看到長條攀折處，芳原唱徧踏春歌。

登八面山絶頂

奇峯百疊與雲浮，直向青冥犯斗牛。楚蜀混茫分兩界，乾坤空濶豁雙眸。荒原隱隱埋殘碣，黄葉蕭蕭下病楸。情思别來如出夢，夕陽無奈落山頭。

遣懷

未飽侏儒一粒珠，窮酸那惜鬼揶揄〔一〕。慚輸洛下雞中鶴，慣學齊王殿底竽。入世無能終是福，勞心易老莫如愚。愁看鬢上星星色，何日扁舟泛五湖。

一編金石醉年年，偷得閒身便欲眠。才子一生多愛酒，痴人到老衹言錢。歡場易躓行難再，好夢驚回記不全。近日學來會定法，虚中懶結利名緣。

平心應物總如春，明月梅花伴此身。也識揮毫須有我，其能破卷果如人。賈仙無賴因詩瘦，阮氏多情爲酒貧。莫惜古賢多落拓，謀生不慣亦前因。

老來兒女最關愁，有命何須苦爲謀。不受羈惟天上馬，畢生閒愛水中鷗。百年易盡君須惜，一事稍安我便休。弗信但教看造化，花開花落又從頭。

【校記】

〔一〕『惜』，疑當作『怕』。

清明雙龍寺題壁

一笑人間老餓夫，凭高四望起長吁。虛生苦被多情累，抵死難醫癖好孤。碌碌依人才漸盡，昏昏過日景全徂。安心且乞如來法，給我光明大寶珠。

十年不叩古禪扃，歎息華嚴跡已陳。屋漏月來燈避影，垣頹風入地無塵。難堪此度閒遊客，轉憶當年施佈人。安得虛空輪刼過，金剛不壞又重新。

一曲長歌對酒尊，當年遺墨已無痕。山慳遊屐林泉俗，寺有題詩殿壁尊。絶頂松杉環户牖，下方雞犬沸朝昏。禪機未必真寥寂，衰旺人間漫比倫。

野花開徧冷禪關，三月清明足仰攀。我豈淄流真好佛，人非達者不遊山。荒荒隔嶺雲成縷，渺渺當門水疊灣。衲子窺燈頻入定，好無貽笑石頭頑。

悵觸

莽莽乾坤恨不窮，誰從浩刼闢鴻濛。千秋興廢存疑史，萬里河山屬寓公。摶土何人爲鑿竅，射天無力漫彎弓。風流淘盡長江水〔一〕，鑄錯由來一夢中。

一墮塵根便不聊，百年精氣坐虛消。荆榛刺眼煩鎚刮，礧塊填胸仗酒澆。半世米囊希曼倩，幾人丹竈誤王喬。何當更踐遊仙約，夢到鈞天奏《六么》。

過眼榮枯半子虛，陳陳蠟味嬾含咀。相看驥尾同時逐，恐畫蛾眉竟不如。漆室一燈光照處，雄雞三唱夢回初。冰心了了知誰似，手把梅花帶月鋤。

無端身世等浮漚，宋楮齊竽事可羞。冷眼看殘衰季樂，閒心翻爲古人愁。病來性癖休巢鳥，老去人嗤上水舟。我欲江干權小立，一竿穩繫釣魚鈎。

三千丈髮皓于霜，一墮愁城路杳茫。命共長鑱携白柄，身臨磨蝎苦黄楊。縱然書是醫庸散，可奈金非却老方。今古何人非鹿夢，支離枉用斥蒙莊。

【校記】

〔一〕『風流淘盡長江水』，《詩鈔》作『長江淘盡千年恨』。

輓馮京菴

風寒五月失炎曦，愁聽山陽玉笛吹。文字竟遭神鬼忌，心情難望帝天知。二千里外歸魂日，五十餘年入夢時。我亦塵勞多潦倒，那堪和淚寫哀詩。

脩文厎事倩名流，奪我人間大筆頭。坎壈一生才作祟，滄桑幾度命爲讎。仙靈已自還香案，旅魄應難忘首邱。未識塵途諸著述，滿腔心血待誰收。

姓名共擬耀丹霄，慷慨元龍氣自豪。足下風雲偏不起，胸中磈礧幾時消。人將度曲悲中散，我欲吟詩續《大招》。安得返魂香一粒，上天竟把玉樓燒。

競爽羣誇弟與兄，一門阿大盡奇英。文能壽世身長在，子可承家代有名。似我惟應祈速死，如君原不愧虚生。卅年風雨關懷甚，何日生芻展寸忱。

書陳立山《北征詩》後

情波萬種湧如濤，選勝登塲興益豪。老眼開時塵壒洗，孤懷愜處水雲遭。人遊燕薊空凡馬，句入湘湖有變騷。恨不向平婚嫁畢，與君萬里共翔翱。

凭高一覽帝王州，二百詩篇紀勝遊。到處陳蕃争下榻，幾曾王粲賦登樓。大江東去留鴻爪，秋色西來拂馬頭。壓擔奚囊真壯絶，兹生端不羨封侯。

無聊

醫人貧賤誤刀圭，悔把娜嬛卷久攜。一瞬光陰同石火，側身天地似醯雞。肉生髀裡閒偏好，甕踏牀頭夢已迷。投老輸他刀筆吏，大宛東畔夜郎西。

牛衣馬磨亦前因，饑走何曾礙谷神。不會送窮非暱鬼，未能免俗且同人。東塗西抹書中蠹，北馬南船夢裡身。五角六張渾見慣，那知身世有荆榛。

還丹惟冀杖天教，置我孤危百尺稍。睥睨敢無餘子在，夢魂時與古人交。擬從梵殿叅禪偈，嬾向元亭學解嘲。爲謝時流休索唱，年來無復事推敲。

彈局呼盧一例除，躭閒惟課壁間書。雅無錢癖王夷甫，生有情痴馬相如。北里笙歌名士酒，隍中蕉鹿濮濠魚。琴材漫擬焦桐好，惆悵朝來髮滿梳。

文家落筆妙叅元，不到鄉嬛便不仙。草現黃金身丈六，樓成碧漢界三千。須彌納芥渾閒事，蠻觸爭雄亦偶然。我欲通天臺上表，看他脈望幾時圓。

蹉跎

蹉跎容易感秋風，飄泊誰憐出塞鴻。天本有心齊物我，人偏無藥療痴聾。鑽窮故紙頭成雪，坐對寒燈眼不紅。嘆息聰明原自誤，敢將得失怨蒼穹。

倩人説鬼學東坡，春去春來笑夢婆〔一〕。天上浮雲供醉眼，人間往事入悲歌。困窮不死將安可，老大無成喚奈何。四十六年甘坐廢，那堪銅狄更摩挲。

【校記】

〔一〕『春來』，《詩鈔》作『秋來』。

錦城春日漫興

一年佳會趁春明，錦里風光百戲呈。柳絮飄如游蕩子，桃花紅得可憐生。鈿車寶幄毬場馬，斗酒雙柑陌上鶯。我欲荒原搜古碣，鼈靈塚上草縱横。

沸耳笙歌鎮日譁，遨頭争鬥七香車。春風送客來花徑，夜月隨人到酒家。剩墨殘脂司馬宅，淡雲微雨浣溪紗。回思此樂如天上，欲夢華胥願已奢。

晴日登武擔望見雪山

一白空濛界百蠻，望窮飛鳥廢躋攀。積陰天上疑無日，不夜人間覺有山。便擬心遊瑶島外，有誰身到玉樓前。豐年瑞景何年闕，盤古摶成大小鬟。

惠陵

崎嶇末造振炎氛，天下英雄説使君。共擬河山還一統，誰知天意竟三分。朝中輔弼饒伊傅，池上蛟龍乏雨雲。欲剪溪毛抒下悃，永安宫殿已斜曛。

薛濤井

錦江城外校書娘，芳草年年弔夕陽。山遠尚横眉黛色，水流仍帶墨花香。自憐慧舌同鸚鵡，共説文章似鳳凰。自古才名傳後世，青衿原不敵紅粧。

武侯祠

靈祠肅肅尚英風，半壁西南勵匪躬。知己一生惟仲達，高名千古説隆中。最難魚水聲相應，其奈金刀數已終。三代而還論將相，有誰出處渭莘同。

喜雪

紛如柳絮撲江村，頭腦冬烘欲閉門。銀海頓成花世界，冰壺合貯玉精神。映來顧兔無塵跡，照到陽烏有泪痕。若箇銀毫争白戰，旗亭畫壁酒盈尊。

萬頃樓臺逼玉京，琉璃世界極晶瑩。豪家席上歌猶沸，高士廬中夢不驚。我自清寒甘冷落，誰從色相認聰明。要知風骨競凌甚，嘗共梅花嚼一生。

君山

青螺一點似蓬壺，憑弔湘娥蹟有無。莽莽蘆汀雲夢澤，濛濛煙雨洞庭湖。風吹翠篠鐘聲動，日落寒沙雁影孤。獨向僧寮醫渴病，口含香茗幾躊躇。

黄鶴樓

誰家玉笛倚高城，吹落梅花百感生。天遠望窮孤鶴影，風流淘盡大江聲。英雄割據都陳蹟，人事滄桑幾代更。惟有晴川樓上月，年年相對碧波明。

落花

廿四風過話別離，天涯花事就閒時。六朝金粉歸何處，幾日園亭恨不支。對酒憐渠開太早，尋幽柬客到嫌遲。傷心例有驚蝴蝶，豈獨人間杜牧之。

遮留何處問殘魂，金谷臺空月又昏。多少美人偏不壽，思量青帝總無恩。風吹院落猶香氣，雨濕闌干尚淚痕。底事臨歧慳一語，者番來去竟難論。

幾生修得到花開，不合塵緣念就灰。三徑草荒蝴蝶夢，六宫人去杜鵑哀。早知處士旛難護，何苦君王鼓競催。此别經年纔一會，餞春客易感深盃。

讀《劍南詩鈔》

垂老湖山理釣絲，一官潦倒自嘲嗤。縱情未減陶元亮，愛國原同杜拾遺。南渡而還真健者，西崑以後有雄師。李唐趙宋元明外，誰是平生萬首詩。

書楊夫人寄升菴詩後

一紙辛勤錦字詩，金雞何日下南夷。心傷馬角三更夢，腸斷烏頭六詔時。忠孝苦衷君自抱，春秋大義妾能知。可憐藁葬窮泉日，猶保孤臣死後尸。

初夏同鄭、虞兩學究遊二酉洞

名流從古愛烟巒，有約同儕縱大觀。萬卷披殘虞秘監，千言立就鄭都官。翠屏秀絶天風拂，玉柱峰高地軸安。洵是山靈鍾毓盛，年年秋好待鵬摶。

名巒作鎮當英華，二酉編成集共詩。嵩嶽分靈成蘚字，天台挹秀綴桃花。雲開我欲師韓子，帽落人誰嗣孟嘉。卅六洞天今復七，陰巖長此護烟霞。

過陬溪楊閣部荒祠

思陵國計誤平章，歸獄難寬閣部堂〔一〕。忍使孫盧由我死，可憐襄貴殉城亡。謀人社稷談何易，馭將偏枯氣已傷。一事追維今尚痛，藩籬撤盡蜀疆埸。

【校記】

〔一〕『寬』，疑當作『覓』。

東湖阻雨

楚天春盡雨淒淒，多少行程滯馬蹄。青草湖邊蘆荻暗，黄陵廟下鷓鴣啼。驚寒雁陣隨雲没，唱晚漁舟泊岸齊。願借馬當風力便，一帆高掛到吴西。

晚登岳陽樓

飛甍縹緲屹城隈，客子登臨倦眼開。動地魚龍掀浪出，遠天星斗偪人來。依稀仙侶吟魂集，彷彿湘靈鼓瑟纔。俯仰幾忘塵世仄，胸吞雲夢御風回。

讀史雜詠

與人家國要沉思，法令頻更舉世疑。馳驟不休顛覆及，笑談未已譴阿隨。心緣峭刻無生理，學誤申韓是禍基。東市衣冠埋碧草，漫將讒搆怨袁絲。鼂錯

考功課吏法難成，涌水災流日夜聲。眼底奸回無石顯，掌中推驗付姚平。盈虛理妙慚深識，禍福機微忌太明。獨恨占爻觀象候，不將消息問焦生。京房

髫年𨹧奏逞華詞，争羡名齊大小兒。楊氏果佳無我相，孔家禽好解人頤。才生亂世鋒須斂，忌觸權門禍已隨。此去迎神江上路，不堪重憶孝娥碑。楊德祖

闇君賊后亂如茵，典午雄圖氣不振。薦士枉聞裴子頠，稱兵無狀趙王倫。書成博物空留姓，星隕中臺竟殺身。誰識銅駝宫外路，有人早歎莽荊榛。張茂先

可識山公月旦不，甯馨人物永嘉尤。登朝計早營三窟，玩世情空隘九州。名教中原多樂地，清談外豈有鴻猷。淒凉野館排墻處，無復行人弔古愁。王夷甫

聰明太甚轉成惛，術數何曾照覆盆。作達終輸顔太僕，沉機獨讓管平原。錢塘王氣徒占驗，典午年圖漫考論。命共凶頑同一擲，金山零落斷碑昏。郭景純

鑿石通林爲底忙，永嘉遊跡太荒唐。已殊陶令辭彭澤，竟託韓亡學子房。蓮社風流嗟寂寞，石門池館最蒼涼。鸞凰鎩羽終成讖，争及蘇門一嘯長。謝靈運

史册空存後漢編，雄才漫冀死灰燃。宫詹散秩渾難耐，令僕崇階恨不遷。搆禍詎同嵇叔夜，始謀貽誤孔熙先。何堪西市重回首，慟殺萱幃白髮年。范蔚宗

端午前二日經水田壩昔年讀書處

五十餘年刼後身，重來無恙拂車塵。田禾土段風猶古，水店山橋跡已陳。訪舊都如前代客，問名多是後生人。徘徊當日居停處，一度追維一愴神。

讀六朝史

東吴

東南雄勝扼中原，大帝三分鼎足尊。不分英雄甘屈節，何當婚媾有違言。石城天塹憑先緒，

紫蓋黄旗誤後昆。早識長江沉鐵鎖，荆襄應悔肆鯨吞。

東晉

南來五馬一爲龍，典午皇圖日再中。宰相風流人物盛，可兒跋扈廟堂空。百年鐘簴沉伊洛，半壁山河耐始終。不分五胡雲擾後，長星又照翠微宫。

劉宋

慨息元嘉治不終，參商六葉競彎弓。黑衣充位長城壞，白面臨戎燕壘空。骨肉翦除餘蜾蠃，丹青土木赫簾櫳。可憐末造安成邸，又踵零陵出故宫。

南齊

得國何須一旅師，永明而後漸衰微。十王推刃洪枝落，六貴同朝大亂滋。芳樂苑成蓮步屧，巴陵邸廢酒傾卮。皇孫至竟無餘種，手挈璇圖付阿誰。

南梁

鍾山匹馬望蕭梁，暮雨臺城殿閣凉。淮堰初成同泰作，長鯨一肆短狐張。捨身佞佛曾何補，摶麵爲牲定不祥。可惜金甌全破碎，子孫窮蹙走荆襄。

南陳

望仙樓上夜吹簫，學士聯吟晚復朝。玉樹歌殘王氣盡，景陽鐘罷客魂消。投箋階石風殊邈，橫錦雲龍事已遥。莫便興亡傷往迹，黄塵皂莢已成謡。

讀《十六國春秋》

前趙

無端風雨暗平陽，鬼哭宫中夜氣涼。天降垂龍成臭腐，地生人樹極昂藏。威行左國鋒何鋭，夢入遮須運不昌。地下愍懷應瞑目，呼韓邪竟就淪亡。

後趙

趙王趙帝起邯鄲，九錫何須拜大官。逐鹿中原輸漢祖，欺人孤寡笑曹瞞。中山惘惘妖氛惡，大雅愔愔繼嗣單。翁仲九原埋碧草，靈風臺畔日光寒。

前秦

青氏餘業替西羌，白虎黄龍竟不祥。草付讖成雄烈競，蚩尤旗兆叛酋張。飄零霸氣沉三輔，寂寞空山恨五將。莫更投鞭矜獨斷，淮淝經過水猶涼。

後秦

戎夏咸歸一旅師，護羌校尉起家時。龍驤幾見單于大，羅什空談佛法慈。天水鼓鳴妖漸作，秦州地震祚終衰。長安可惜興王宅，輸與何人闢丕基。

西秦

嵻郎山下築金湯，轉眼經年部落强。一叛苻秦兼隴右，再擒傉利并南涼。未聞經國餘長策，枉爲開疆震朔方。太息承宏風不競，宛川城郭最蒼涼。

前涼

平西覇業匹羣雄，累葉涼州拜上公。國有春秋存信史，代爲屏翰守孤忠。郡泥出火愁淫雨，銅佛生毛怕亂風。惆悵卧龍坡下路，千年蔓草没臺宫。

後涼

英烈重瞳著酒泉，姑臧城下草如烟。葡萄西域銜盃日，麟鳳東壇紀瑞年。三輔聲援宗始建，二涼逼近國終遷。諸昆魚肉貽謀替，千載高陵泣杜鵑。

西涼

涼公家世起燉煌，六郡人歸覇業昌。題徧聖明垂鑒戒，將傳忠孝入文章。雲横張掖雄圖拓，日落伊吾故國荒。至竟山河頻易姓，令名猶著靜恭堂。

北涼

氏池一奮虜酋空，獵史談經事業雄。得助多從粱武衛，取殘端自段康公。時來起殿圖先聖，運替投書見老翁。七級浮屠難救敗，卅年命數倏如風。

南涼

鮮卑餘烈震氐羌，車騎將軍部最强。僞命暫承廣武伯，雄聲時進左賢王。北鄰蒙遜鳩堪集，南逼乾歸蘁有芒。不應狡焉思闢土，稱戈弋弗趣危亡。

前燕

棘北龍城擁絳旄，鮮卑遺業尚稱豪。丹書鐵券賢王節，陘上枋頭大將韜。太傅工讒神降鄴，吴王亡命社謀曹。常山圭璧終何在，望古徒令首重搔。

後燕

恢復雄稱阿六敦，何當反噬背苻秦。登山射鹿無賢嗣，夢月爲龍有篡臣。拓跋師來風捲籜，逍遥宫建酒生鱗。永康光始須臾事，客過中山淚滿巾。

南燕

將軍安北進梁公，再造艱難起鄴中。日角相王堪繼霸，金刀還叔又稱雄。堅冰早判黎陽水，沃壤先傳廣固風。不分季奴真不死，淮泗一渡鮮卑空。

北燕

異姓俄膺勸進牋，國仍舊制倣齊田。絶無遠畧稱殊號，獨有陰謀竊大權。女化男身滋内變，鼠銜尾渡兆民遷。一傳骨肉同灰燼，秋草龍城蕩晚烟。

蜀

宕渠開國古賨城，竄入蠶叢部更横。六郡流亡酋殺吏，前軍英武弟承兄。戈操同室親先盡，歲在元宫讖早成。偏霸一隅終殄滅，知機枉用范長生。

夏

督攝河西氣益勍，匈奴重見單于横。三郊五部承秦制，易姓稱天紹夏聲。恩背高平人解體，賊圍安定卒翻城。版圖唾手移元魏，枉築天臺望上京。

讀《明史》

皇覺歸來亦式微，起家誰似此龍飛。重開日月新宸極，一洗腥羶煥帝畿。宦寺不教披素簡，降王肯使辱青衣。如何烹狗災魚外，又有文人罹殺機。

幾曾尾大兆藩封，剪落洪枝太不公。準擬淮南甘授首，誰知濟北竟彎弓。頻拚孤注辜誰瀆，一着危棋内已訌。何物書生蒙大難，始謀貽恨角門東。

千屯礮炬薄金閶，元武門前血濺裳。三監可能欺孺子，九原何以見先王。祇期葛藟根同庇，豈料椒聊蘖兆殃。獨恨誅鋤連族屬，抄將瓜蔓不留良。

無愁天子竟蒙塵，宗社含羞社稷輕。返國不酬姬叔武，論功偏黜吕飴甥。一腔血染刀頭迹，半夜鐘聞殿裡聲。僥倖奪門誇此舉，不知此舉竟何名。

豹房躭樂未應閒，宵旰遑知濟國艱。宫市皇莊村豎賈，乃兄阿弟義兒班。蒐軍大内晨披甲，駐蹕窮邊夜度關。微服幸無魚服困，一時扈從得生還。

明堂禮秩定高遷，閹焰纔除又相權。臣子心幾同鬼蜮，君王事變入神仙。紛紛符瑞窮千里，莽莽蟲沙鬧九邊。嘆息深居徒守府，朝樞慘甚落中涓。
誰把災妖達帝聽，卅年章疏竟留中。山川已洩金銀氣，臺閣徒聞水火訌。徵税吏來雞犬盡，掛冠人去部曹空。八憂五漸三無集，痛甚顛危養劇癰。
東林而後重崑宣，黨議方成禍蔓延。端禮門鐫名玷石，同文獄定血污箋。可憐黑刼紅羊日，又見清流白馬年。閲徧淫詞兼要典，始知逆畯罪通天。
是誰撞壞好家居，末造難回去日車。幾箇麻衣同殉主，一行血詔獨塹渠。殺機起陸人民燼，虐燄薰天社稷墟。共是國王多死節，匡山遥望重欷歔。
半壁殘陽唤奈何，揚州開府淚痕多。小朝罔念金甌缺，深院猶聞玉樹歌。四鎮蟲沙多反覆，五王龍種竟蹉跎。傷心逆案論才定，不分僉壬又倒戈。

窗前牡丹盛開，和同人作二首

香色叢中第一春，繁華閲盡幾多人。欲吟艷冶愁難肖，即畫胭脂恐未真。廢院何人誇種植，豪家有此更精神。憐渠笑靨渾如醉，相對傳觥不厭貧。

怪來蜂蝶醉翩翩，解語如渠劇可憐。洗盡寒酸無點俗，生來富貴有餘妍。羣芳低首爲臣僕，豪右關心集管弦。笑我薰香難忍俊，也隨多士拂雲箋。

自壽〔一〕

己酉秋，孤窗獨坐，心緒無聊，回憶六十光陰，虚同石火，竟無善狀可名，他日奄然待盡，與草木同腐，思之黯然。爰擬遣懷自壽詩十章，奉質良朋，倘蒙矜諒，賜之教言，則感激之私，當更逾於三生之幸云爾。

愁看鬅嶓類短蓬，揮戈難挽夕陽紅。讀書識字毫無補，學佛求仙總是空。自分宜爲都散漢，任人呼作信天翁。眼前頓悟閒年月，開徧桃花柳又風。

茫茫黑刼苦輪流，一墮人間恨未休。漫説攀龍爲幻想，即論騎鶴亦狂謀〔二〕。半生已過誰青眼，百事無成竟白頭。惟應時花芳草外〔三〕，朝朝江上狎閒鷗。

濫竽屢見鬼揶揄，措大生涯計本迂。急難有心寗作俠，救貧無術恥爲儒。能容我傲誰豪士，不受人憐自丈夫。閲盡酸鹹安結習，蒼天未必殺狂奴。

守株待兔恨徒勞，潦倒何堪首重搔。忘我形骸聊作達，驕人貧賤誤稱高。謗諛兩聽如長醉，倚傍全空任迭遭。自笑此心同井水，不知塵世有波濤。

榮枯嚼蠟總陳陳，何處能容自在身。至死心難抛筆墨〔四〕，平生氣不識金銀〔五〕。祇愁退鷁風難藉，誰信痴龍性未馴〔六〕。閒讀枯魚窮鳥賦〔七〕，靈犀一點妙生春。

妙年意氣頗雄恢，名利場中往復迴。祇道文章能傲命，那知造物忌生才。犀堪燭怪愁爲祟，象可焚身怕近災。苦恨年年風雨裡，爲他人作嫁衣來。

人過中年百感縈〔八〕，最難遣處是多情。興亡有例悲同盡〔九〕，施報無憑恨轉生。忍住一貧天海濶，掃除煩惱夢魂清〔十〕。羨他入定參禪客〔十一〕，四大全空了不驚。

幾曾金石嘆銷磨，容易交情矢靡他。世上好人原不少，心中知己總無多。逋翁家世餘梅鶴，仲蔚生涯賸薜蘿。惆悵蓬廬風日冷，有誰來和郢中歌。

經年寒燠閉柴門，孤憤填胸孰可論。作句未能還學唱，生兒不肖又看孫。風花易逝閒尋樂，歲月無多怕受恩。祇合酒鑪茶竈畔，彈蕉説鬼過朝昏。

邇來蹤跡等漁樵，惟仗閒情破寂寥。宜酒宜詩從淡取，好山好水付輕描。胸懷朗月無煩借，袖有清風不待招。老去歌喉猶宛轉，逢場竿木任逍遥。

【校記】

〔一〕《詩鈔》題作《六十自壽》。

〔二〕『即論騎鶴亦狂謀』，《詩鈔》作『果能騎鶴亦豪遊』。

〔三〕『惟應時花芳草外』，《詩鈔》作『擬託天隨爲伴侣』。

〔四〕『至死心難抛筆墨』，《詩鈔》作『九死問誰忘富貴』。

〔五〕『平生氣不』，《詩鈔》作『一生從不』。

〔六〕『誰』，《詩鈔》作『始』。

〔七〕『閒讀』，《詩鈔》作『讀到』。

〔八〕『人』，《詩鈔》作『纔』。

〔九〕『悲』，《詩鈔》作『身』。

〔十〕『掃除煩惱』，《詩鈔》作『消除萬念』。

〔十二〕『条』，《詩鈔》作『安』。

梅花

孤芳獨抱冷雲頭，明月相思入小樓。鎮日含情如欲語，一枝臨水更添幽。春回庾嶺誰先覺，夢醒羅浮客正愁。清到心脾香到骨，問君曾費幾生修。

莫厭人間冷淡粧，相期同調有松篁。生來倔强能遺世，韻極清寒不廢香。東閣南枝春爛漫，小橋流水月昏黄。休疑作賦成孤賞，宰相由來是石腸。

幾回索笑徧茅檐，賞汝尊前莫我嫌。落處應無茵溷慮，瘦來祇許雪花添。淡中設色寒偏好，静裡傳神夢亦甜。自是方嚴人見憚，一生不受蝶蜂黏。

何人玉笛徹江城，吹出寒香趁晚晴。幾處月明珠錯落，萬重霜重鐵支撑。吟詩未易傳標格，作畫真難寫性情。願種西谿三百樹，高枝相對論平生。

排悶

窮年醮墨爲誰忙，髮短心休望更長。山水移人争得得，詩書送日去堂堂。濫竽恥飽王門腹，畫餅難充上客腸。傀儡餘生何日盡，一番棖觸一神傷。

自訟

窮愁何事共沉吟，每到篇成感不禁。蠟嚼舌端無外味，琴彈指下尠餘音。雕文浪比花爲骨，鍊汞終輸鐵化金。擬學鴛鴦糸繡譜，老來何處乞鍼神。

詞壇敢詡竪旌旄，衹好隨營作馬曹。畫虎不成空弄筆，屠龍無用悔操刀。自甘此日門題鳳，合讓他人僕命騷。惆悵盈頭雙鬢白，蹔鉛虚負卅年勞。

讀書無藥療貪痴，學海茫茫渡幾時。貧病久經龍出骨，顛狂敢冀豹留皮。徒諧競病靈猶澁，即解尖叉悟已遲。自笑唐花非謝草，春來放得許多枝。

未解傷春便學謳，平生無賴被詩囚。廣陵曲遜嵇中散，陌上歌同馬子侯。千丈隄難摧螞蟻，十圍樹笑撼蜉蝣。從今斂却頹唐手，不是當年下水舟。

七十自嘲

光陰忽又古稀辰，惆悵災餘刼後身。命賤何勞推甲子，才疏枉説降庚寅。讀書送日成風漢，問舍求田亦幸民。更到百年仍故我〔一〕，可憐無補最傷神。

幾曾服食揀丹沙〔二〕，徹骨窮來健轉加。掃地自甘身作僕，打包嘗借寺爲家〔三〕。禮疏怕晤方三拜，才退羞談温八叉。醉裡渾忘雙鬢白，尚隨年少按紅牙〔四〕。

因人常被鬼揶揄，逐臭真同海上夫。篋裡有詩慙少作，鐺中無米爲饑驅。文嗤子羽頭相責，身類城烏尾畢逋。始悟英雄多活路，蕭郎三十恥爲儒。

一編金石互研摩，忽忽年華次第過〔五〕。平子四愁消已久，啓期三樂幸云多。千金散盡惟餘我，百事無成且任他。抵死羣兒争鶩食〔六〕，信天翁任醉顔酡〔七〕。

【校記】

〔一〕『更』，《詩鈔》作『便』。

〔二〕『揀』，《詩鈔》作『鍊』，似更洽。

〔三〕『嘗』，《詩鈔》作『常』。

〔四〕『尚』，《詩鈔》作『强』。

〔五〕『年華次第過』，《詩鈔》作『年光鏡裏過』。

〔六〕『抵死羣兒争鶩食』，《詩鈔》作『欲結信天翁爲侶』。

〔七〕『信天翁任醉顔酡』，《詩鈔》作『滄江深處著漁蓑』。

謝同學公舉重遊泮水

僕以嘉慶戊辰入泮，今屆同治七年戊辰，回憶六十年來，學問、功名毫無寸進，人曰人瑞，僕曰贅疣，泮水重游，適增慚恧，因擬四詩，敬謝同學。

泮遊難遇再逢年，老被人嫌亦可憐。避舍殘軍休較獵，退堂老衲怕談禪。功無一就慙先達，志在千秋託後賢。六十光陰甘坐廢，那堪重着祖生鞭。

行年八秩尚泥塗，枉負昂藏七尺軀。奮翅自慚爲退鷁，連鑣浪擬匹名駒。敢當後輩推前輩，未必今吾勝故吾。不是辭榮甘避熱，宫花羞上白頭顱。

生憎一飯矢三遺，老未成精死亦宜。傀儡登場嫌自炫，葫蘆依樣惹人嗤。雞皮臉皺顔徒厚，蝦米鬚冰涅不緇。寄語青雲年少客，恥來陪賦泮宫詩。

廿年黌序濫蜚聲，潦倒名場一老傖。同學蘇張皆顯達，竝時瑜亮亦飛鳴。讀書坐嬾非關命，没世無稱愧此生。君是梗枬我樗散，捫懷早已定枯榮。

編詩自嘲

雞毛禿盡塚成邱，百首窮年苦校讐〔一〕。鍊汞何曾經九轉，脱胎難免犯三偷。編成尚恐楊衡見，勘定先防沈約羞。徒笑千金誇敝帚，浪言持此傲封侯。家硯秋曾題拙集後，有『傳人持此足，何事覓封侯』之句。

【校記】

〔一〕『百』，疑當作『白』。

讀范浹平反子雲一記書後

麟編漫託紫陽翁，名士相輕論不公。莽大夫成三字獄，誤他多少應聲蟲。

三世爲郎嬾策勳，窮年卧閣理元文。美新一頌從何起，忘却當年兩子雲。

重過金龍山寺

依舊靈山頂上來，芒鞋踏徧古莓苔。禪牀破衲分明在，零落當年老辨才〔一〕。

【校記】

〔一〕『辨』，疑當作『辯』。

讀倉山集有懷隨園

龍馬風姿海鶴身，金剛不老是前因。縱横誰似淩雲筆，李杜蘇韓後一人。

曾從海上釣金鰲，官燭燒殘月殿高。不爲板輿親供奉，沭陽肯試割雞刀〔二〕。

平生遇合尹文端，感激嘗懷一片丹。要識當空卿月好，報恩原不在居官。

肯把風懷讓樂天，清涼池畔采紅蓮。捲簾坐等西窗月，映得花枝最好眠。

纔折桃枝又柳枝，人生行樂少年時。忙他一管生花筆，半畫湖山半畫眉。

桃李倉山首自栽，東南詩社隱樓臺。最憐刺繡金閨客，都向隨園問字來。

不爲尋春不出門，烟花觸目易消魂。湖山勝概留人處，常有仙凫舊爪痕。

也識儒林道學名，恐防脈望誤三生。任他絶世真才子，不及隨園一種情。

【校記】

〔一〕『沭』，原作『沐』，據句意改。

題畫二首

垂釣歸來月上灘，歌聲入破水生瀾。傍人不識漁翁樂，一尾修鱗勝得官。漁翁得鱖圖

桃花林内隱漁舟，水色山光翠欲流。舊日桃源無覓處，夕陽芳草使人愁。桃源問津圖

讀史雜詩録四首

兩雄相厄不俱生，志大才疎亦可人。殺我安知非畏我，由來龍性最難平。孔北海

鸚鵡能言釁早成，亂朝才士悔天生。粗獰江夏何須責，撃鼓聲中有死聲。禰正平

潞澤收功比淮蔡，會昌相業似元和。如何拄地擎天手，老向蠻烟瘴雨過。李贊皇

章獻臨朝據要津，桑榆晚蓋亦能臣。罷官低首元規疏，十載遲聞恨轉頻。吕許公

明溪里魯東山徵生輓詩，勉賦答之

輪回莫便乞天臺，我亦從前死過來。爲報仙龕猶未築，鬼門關豈肯輕開。
似苦黄粱夢太長，紅塵不愛愛仙鄉。豈知一點思歸淚，變作盧循續命湯。
何須飛舄慕王喬，除却樊籠念已超。我輩痴情天怕管，巫陽未必遽相招。
碧虚無級最高寒，説到飛昇換骨難。等我百年塵限滿，與君同赴大槐安。

春日漫興

風吹暖律雨如膏，嫩緑嬌紅着意描。一刻千金渾不貴，春光的是可憐宵。
晴鳩穀穀燕喃喃，如此烟光定不凡。千里艶遊難遽述，累人無計辦春衫。
曾探春色上遥山，古木崇岡幾叠灣。記得雲中雞犬出，有人家住翠微間。

陳斐然隱於漁者，不知其能詩也，偶於席上誦其生日口占四絶，度越時流，喜而有贈

別有襟懷繫釣筒，一竿拂拭藐龍宮。閒來偶試生花筆，多少詩人拜下風。

國有顏回我不知，空來江上訪遺詩。從今斂却撚髭手，要向高人覓釣絲。

白桃花

淡掃蛾眉絶點瑕，盈盈月影上窗紗。上清也愛風流種，索到瑶池阿母家。

小草編成，自題誌愧

胸有千秋下筆初，家家鶴膝户屋渠。元文覆醬知多少，惆悵災梨禍棗餘。

無佛稱尊漫自矜，人生何事最堪憑。禪家縱有生天偈，已落旁門第二乘。

爲貪卷帙事雕鎪，斷紙殘縑一例收。任極編摩千氣力，披沙揀得寸金不。

老去心花始漸開，力追翻恨鬢毛催。思量此願何時了，轉冀輪迴我再來。

附録

田旦初明經《卧雲小草》序

清・羅升梧

詩以通性情者也，三百篇尚矣。漢魏以降，作者代興，其間上下千古，縱横六合，驚才絶豔，無窮出新，極盡詩之能事，要皆抒寫其性情而已。故嘗論之，兩漢人心近古，詩情樸茂；魏晉風氣稍薄，詩亦浮靡；唐以詩取士，人競才華，詩亦争奇鬥巧，詞摯而情不真，獨杜工部、李謫仙感憤時事，一往情深，其詩惻惻動人；宋詩詞旨清要，情根於理；元明以來，徒工聲韻，其於真性情遠矣。惟其本於性情也，故豪邁者高華，哀思者幽怨，耽情山水者纖微淡遠，感懷君國者慷慨激昂，發於情之不禁，動於性之自然，在作者不知其所以然也。今人論詩，動曰追蹤漢魏，摹仿李杜，詎知詩以言情，情之至者，千載下讀之，猶渢渢移人，若强己之性靈，以求合於古人之格調，豈有當於詩之旨哉？

田君之詩，以抒寫性情爲主，其自叙曰『不過言吾之所欲言』，有味哉，得作詩之旨矣！集中詠史懷古，以及贈輓諸篇，皆情之至者也。予固不工詩，然竊謂詩三百篇，無非緣情而作，則所以論詩者在此矣，何必規規于漢于唐于李于杜而始以爲詩邪？敢質之田君，其亦以予言爲然乎？果也，請即以此弁簡端。

《［同治］增修酉陽直隸州總志》卷二十

田經畬詩

夏日晚步

書窗課兒畢，逍遥策閒步。天意憐桑榆，景物一齊赴。風清水咽泉，草浄沙明路。落日澹炊烟，微凉生晚露。倦羽半投林，蟬聲猶在樹。遠岫牛羊下，樵歌相答互。行行樂事新，去去還小住。送人更明月，詩思滿歸屨。

枯竹

古蔭齋外有竹數十竿忽枯萎，詩以悼之。

俗塵窗外淨，爲有此君列。不受積雪摧，不辭罡風掣。亭亭直幹抽，箇箇虚心結。十載鎮相於，一朝成永訣。鸞凰去不回，凡鳥棲不悦。刼豈應紅羊，化胡同碧血。天心殊狡獪，此意誰推測。畢竟小人羣，宜留君子節。引領望春筍，重彌造化缺。

憎蚤

人身一天地，春夏庶物積。外則蚊蠛蠓，内復蚤蟣蝨。蚊蠓有時至，運掌俱可殛。蟣蝨已所生，捉襟捫斯得。惟兹蚤可憎，元黄雜物色。延緣出塵土，矯變勝鬼蜮。竊發亂朝昏，咀嚙無黑白。步步學猱升，咄咄將人偪。有客方高談，嬲弄語爲塞。有書方朗誦，爬搔聲亦歇。擾我腹便便，牀第嫌偪仄。驚我夢蘧蘧，輾轉頻反側。痛癢每相關，起居妨飲食。懊惱不汝容，衣被日中置。准擬捕鈎黨，殲除靡遺孑。庸知横陳初，醜類已潛逸。齒牙誰糜爛，耳目但眩惑。有如緑林豪，奪攘常四出。緝軍行且至，鳥獸紛逃匿。又如肘腋蠹，妨賢能病國。彈劾計方成，謀泄機已失。盛勢日披猖，旁觀争歎息。或疑治法疎，大索因難克。或謂羽翼成，英雄困智力。達者獨莞然，諸公且勿亟。自古宵小流，肆志能幾刻。試看雪霜至，蠕動皆顛踣。么麼復何存，奚必徒悵惻。一笑姑聽之，安枕北窗北。

甘霖謡 爲遊戎田公作。 ·織

炎官張繖太陽驕，風伯潛踪霹靂逃。溪泉涸盡枯土膏，原田槁殺芃芃苗。老農老圃心煩焦，仰瞻雲漢聲嗷嗷。山僧巫尪競相邀，隨時禱祝空喧呶。臨淄將軍賢且豪，憫兹憔悴頭頻搔。官守言責非所遭，禦災捍患理則聊。毅然越俎代治庖，爲民請命夫誰嘲。一軍齋遬絶旨肴，敬共明神至誠昭。親詣靈泉試佩刀，距州二十里龍池鋪南有喊水泉最靈應，公親禱于此，凡數次。水犀湧出龍五條。時仿董江都求雨法，爲壇于教場以祈。法壇烈日高復高，衣冠了烏詎憚勞。禮神之璧五鼓操，告天之香三更燒。如此殷勤一月交，殷勤一月如崇朝。百神降鑒心忉忉，緑章代爲奏天曹。天帝急將羣仙招，阿香砰訇雷鼓敲。雲師雹母紛翔翺，都隨屏翳來西郊。直抉銀河瀉波濤，九天亂把珍珠拋。小者破塊大翻瓢，三日甘霖庶彙叨。羣黎忭舞樂陶陶，額頌將軍齊首翹。將軍謙退重將牢，事偶然耳奚足褒。從兹井榦停桔槔，黍稌欣欣待豐饒。我聞傳説古俊髦，爲霖之圖高宗描。商英入相道君朝，甘霖之名史策標。彼皆三公陰陽調，爕理職任分難撓。將軍專閫轄兵弢，竟憂民憂視不恌。諒輔請雨積薪茭，景山甘澍隨車飄。福星一路災沴消，古今相望如同袍。觚生愧乏如椽毫，大書惠政光雲霄。一歌浪擬續風騷，輶軒待採太平謡。

閒寫

一痕青草發〔一〕，三寸落花深。把筆尋詩味，開窗聽鳥音。雲烟紛過眼，世事不關心。兀兀殘編裡，悠悠歲月侵〔二〕。

【校記】

〔一〕『痕』，《詩鈔》作『莖』。

〔二〕『悠悠』，《詩鈔》作『憑他』。

晚夏齋中

長日坐書齋，攤書午夢回。人愁千古去，天愛九秋來〔一〕。風月原無價，神仙定有才。寸心是非判，餘子漫相猜。

自笑客無能，徵求力不勝。捉刀驅魏武，諛墓嬲徐陵。夢裡觀書少，年來樂事增。一堂童冠外，詩酒益良朋。

【校記】

〔一〕『愛』，《詩鈔》作『送』。

三十生日自壽

佛生過二日，余降及斯時。景物清和在，身名歲月馳。壯懷書卷擁，老意鬢毛知。自壽無他物，長吟五字詩。

三十年爲世，五千卷署門。乾坤容我懶，今古與誰論。花萼樓前茂，斑衣膝下温。天倫長叙處，樂事足家園。

題周夢漁《璜溪詩草》

未老律偏細，頻年曲自調。千秋歸掌握，一顧轉魂銷。語鍊神彌王，才醑氣不囂。等閒矜作者，此味竟寥寥。

慎旃風自勵，來諗雅頻歌。薄俗知音少，詩人孝子多。新機生杼柚，至性足温和。近日吟懷減，應緣廢《蓼莪》。

秋日雜吟

秋意竟如何，閒來子細摹〔一〕。新涼歸竹簟，老氣上松蘿〔二〕。雁陣驚寒早，蛩吟傍晚多〔三〕。時看枯樹下〔四〕，霜葉貼飛蛾〔五〕。

爲愛秋光好〔六〕，郊原策策行〔七〕。風疎雙燕語，雲破一峯晴。病葉寒蟬抱，殘荷晚露擎。鼕鼕忽盈耳〔八〕，前面打禾聲〔九〕。

一陣梧桐雨〔十〕，催凉上小樓〔十一〕。蟲聲多徹夜〔十二〕，人意淡於秋〔十三〕。風度嫌衣薄，雲行學水流。年豐農父喜〔十四〕，是處有歌謳〔十五〕。

是鶚皆思薦，非雄不解嘲。吟秋詩學錦，賞雨屋編茅。蕭艾逢新侶，風雲約舊交。蟾宮香信近，桂蕊已含苞。

【校記】

〔一〕『摹』，《詩鈔》作『哦』。

〔二〕『氣』，《詩鈔》作『翠』。

〔三〕『吟』，《詩鈔》作『聲』。

〔四〕『樹』，《詩鈔》作『竹』。

〔五〕『貼』，《詩鈔》作『颭』。

〔六〕『爲愛秋光好』，《詩鈔》作『蕭瑟成秋景』。

〔七〕『策策』，《詩鈔》作『策杖』。

〔八〕『鼕鼕忽盈耳』，《詩鈔》作『豐年聽人語』。

〔九〕『前面』，《詩鈔》作『不斷』。

〔十〕『一陣梧桐雨』，《詩鈔》作『淡月梧桐外』。

〔十一〕『催』，《詩鈔》作『分』。
〔十二〕『多徹夜』，《詩鈔》作『繁似雨』。
〔十三〕『淡』，《詩鈔》作『冷』。
〔十四〕『年豐農父喜』，《詩鈔》作『閑聽農圃話』。
〔十五〕『是處有歌謳』，《詩鈔》作『天趣入歌謳』。

題履雲上人詩集

西水詩僧少，天荒破自君。前身餘慧業，結習託斯文。鉢向儒門受，上人學詩于冉崧維明經。香從佛座薰。故應吟社裡，一席與羣分〔一〕。壺川先生選《二酉英華》集，上人與焉。

翹首名山久，今朝手一編。推敲持寸鐵，咳唾幻青蓮。字敢思齊己，金思鑄浪仙。何當飛錫下，抗手對彌天。

【校記】

〔一〕『羣』，《詩鈔》作『平』。

蔡吉堂進士之官江南，詩以送之，兼呈其内兄楊春臺茂才八首録六

江左牽絲急，征帆趁緑波。壯行臣志遠，特達主恩多。百里諸侯職，三銓進士科。東南民

力盡，撫字意如何。

詩書成母教，卅載足經綸。鶴檄承歡捧，烏情就養伸。雲隨千里足，風普萬家春。檢點平反事，高堂慰老人。

仕宦尋常事，欣君及壯時。自饒龍馬力，奚羨鳳凰池。政俗三吴異，風流六代推。鶯花歸管領，整理勿言疲。

十首詩留别，情深語自真。出山愁弟妹，大節重君親。暮夜金能却，春田雉可馴。莧茄風味在，家法好相因。

憶荷傾襟日，追陪食饁年。青氈猶我守，黄綬愧君遷。荀爽思爲御，班生望若仙。文章兼事業，勝地定流傳。

莫悵天涯别，同行足勝儔。吹篪偕仲海，借箸得楊修。詩酒資豪興，湖山入壯遊。隨園曾癖好，遺蹟任搜求。

送别州司馬袁金門先生

蘆花秋未及，司馬遽言歸。民意懷兼畏，官方愛克威。訟庭清案牘，别駕有光輝。祇恐公還後，青天事又非。

一州如斗大，偏綰半通銅。家學傳青史，銜官繼白公。閣中憑卧理，扇底有仁風。他日談遺跡，應愁荷杖翁。

纔望黄龍氣，歸驂忽又乘。留韡情自古，卧轍計難仍。民淚青衫溼，公恩白屋稱。懸知臨替日，舊事重楊棱。

鰥生依治宇，看看近期年。面未瞻廬阜，聲方化魯絃。推袁情倍切，借寇願難全。惟奏巴人曲，長將德政傳。

輓馮京菴先生

噩耗天涯至，同人盡失聲。高才妨壽考，壯志殉科名。碧血悲千古，青蠅弔此生。惟餘文行在，付與蓋棺評。

爲恐空囊澁，年年賤賣文。少淹黔楚月，老踏蜀川雲。亡馬邱非福，争標屢策勳。首邱歸竟未，撒手悵離羣。

天意殊難問，人倫幸有餘。道傳名下士，門大里中居。弟克成兄誄，兒能讀父書。知公回首處，一笑掉雲車。

袁夢墨寄示近作，奉題五律二首

薄暮新詩至，光芒燭一軒。頻年思御李，此事慣推袁。山水供幽討，金絲息衆喧。寸心相契處，落日夢吟魂。

兩載勞過我，千秋信屬君。求工窮不諱，成癖老猶勤。伏櫪心千里，行窩屋一分。何當重把晤，尊酒話殷殷。

一齋師命校《卧雲小草》，題後

自愧功荒落，公偏命校讎。小胥鈔或誤，大筆老逾遒。今古歸洪冶，江山助壯遊。傳人持此足，何事覓封侯。

我里山川秀，誰人翰墨光。百年原地僻，一老破天荒。里中前此無刻集者。褒鄂圖生氣，旃檀傳死香。集中多忠烈、節孝之作。大江里名流萬古，此集共流長。

柳絮

幾日遨頭陌上巡，天光渺渺緑楊津。孤烟淡月迷三徑，細雨微風過一春。閒上蛛絲充隱士，輕黏蝶粉撲香塵。勸君莫更門前立，如此風流已惱人。

前度纖眉始發梯，如何轉眼便迷離。繁華一任歌穠矣，清翠憑他賦籜兮。纔逐征帆隨淺水，旋翻酒旆下長堤。飄零一種誰相似，到處飛鴻爪指泥。

疑是瀛洲玉雨霏，微和扇底任斜揮。飄餘不惜蠻腰瘦，到處頻添雁齒肥。鐵笛聲殘春思亂，玉關人去夢魂飛。多情聽爾隨流水，免向風塵縮别衣。

惹人悵望最無窮，時逐游絲裊半空。踪迹易迷三里霧，飄零無奈幾番風。長安道上隨遊子，短笛腔中送牧童。記否條條情盡處，一溪烟撲夕陽紅。

前身原是飽經霜，又趁春風點畫堂。水面無心邀鴨坐，花前得意並蜂狂。誰憐金縷垂垂老，自逐鞭絲去去忙。箇裡生涯原有定，占人鳳沼也無妨。

伏波祠和黄曉山韻

峩峩廟貌照江邊，矍鑠英雄尚儼然。三輔功勳雙闕馬，千秋香火五溪船。門前薏苡生春雨，水際烏鳶度晚烟。鑄就金身人共拜，勝他閣上畫圖傳。

于忠肅

一腔熱血淚頻傾，社稷安危入性情。天子蒙塵羣束手，書生靖難獨能兵。艱難半世同諸葛，羅織千秋怨石亨。奕置舊君成底事，功臣戮後更無名。

菜花 一齋師館課題

匝地芳菲映日新，慣迷青眼到詩人。劉郎紫陌開來好，張翰黄金散處匀。肯向繁華争俗艷，但留膏澤被齊民。春來多少閒花草，惟有此花不負春。

桃花 仝上

春風無處不仙源，遠近紅霞映日暄。紫陌慣留高士駕，紅顔合傍美人村。有何意思惟含笑，占盡風流總不言。山館年年饒化雨，英材依舊在公門。

生日曉山以詩爲祝，次韻述懷

身世無端托講筵，不成富貴不神仙。粗營館舍招新雨，閒對溪山坐晚烟。學究生涯催白髮，英雄末路愧青年。年來風月平章處，秋菊春蘭與夏蓮。

自爾登門雪立程，五年相對舊師生。清寒不礙詩書氣，儒雅能成市井名。入室芝蘭隨雨秀，成蹊桃李待春榮。稱觥多感揮吟管，絶勝鸞璈與鳳笙。

偶成三首

匝月天公無定情，晴餘還雨雨還晴。衣緣冷暖分增減，雲似賓朋有送迎。書卷當窗花自落，詩思擱筆草頻生。夕陽乍没挑燈坐，坐到三更月正明。

時到清明客亦清，觀山玩水盡閒情。溪邊細石連沙淨，窗外濃陰隔紙明。鼓吹部頭蛙閣閣，鍼砭俗耳鳴嚶嚶。農人料理分秧事，烟裡叱牛處處聲。

物理從頭眼底經，暫時相賞豁心靈。殘花已傍芳春去，好鳥多從首夏聽。松栢纔栽濤便響，芝蘭相對室尤馨。山光解媚幽人意，萬緑排雲上小櫺。

夏凉

雨人好雨趁三庚，釀得天光稱物情。熱被郎官辭去遠，風教令史報來清。寒生竹徑客留話，静聽槐陰蟬自鳴。入夜豆棚相對處，月華如水露珠生。

晚眺

竭來攜伴度山岡，萬緑叢中眺晚涼。一角天光留散綺，千峯樹影掛殘陽。人因話景行常緩，鳥爲尋巢去更忙。僂指草堂歸路近，滿窗燈火襍星光。

喜晤白玉峯，即席有贈

鯉庭花燭謁安昌，一見香山喜欲狂。桃李新陰春滿座，芝蘭舊雨夜聯牀。聽來諧語燈俱笑，吟到新詩酒共香。絲竹筵前知己聚，暢懷莫惜醉千觴。

秋夜二首録一

晚來漸覺客衣單，擁鼻微吟夜欲闌。拂樹風聲將雨誤，當窗月影被燈瞞。殘書讀罷遺忘易，好夢醒時記憶難。惟有平生多少事，時時倚枕思無端。

九日登高三首録二

踏石衝雲入翠微，憑高一望興遄飛。滿山葉落知秋老，萬里風沉到雁稀。有客吟詩開笑口，無人送酒盼斜暉。獨將野菊頻頻採，贏得清香兩袖歸。
年年重九在他鄉，也復登臨得得忙。落帽都傳今日事，攜壺誰似古人狂。蟲聲滿地添秋興，
楓葉半林醉夕陽。看徧眼前無限景，憑誰取次付奚囊。

冬日山館閒遣

九九圖開歲欲闌，蕭齋連日雨漫漫。人居冬嶺松同瘦，室有春風座不寒。映雪方嫌書卷少，
折梅欲寄友朋難。水光如練山如睡，却得偷閒檻外看。

寄鶴林

送抱推襟記昔時，鄭元盧植本同師。升堂勝我三年早，遊泮輸君一届遲。針芥科名猶細事，
苔岑臭味要深期。閒來翹首雲天外，日暮江東有所思。
桃李欣聞徧講堂，春風更比去年香。竹林共仰先生坐，梓里誰非子弟行。文教淵源工湛染，
師門薪火有輝光。故人一語塵清聽，莫爲絲青擱卷黃。

紅蘭

劉俊心以州試倩余代館，館有紅蘭，余至時，花初開，移置案頭，淡香沁人，感而有作。

絳帷化雨妙滋培，蘭蕙枝同桃李栽。春風座暖人初去，幽室香濃客正來。謝覽情芳霞共嚼，屈平配好綺同裁。因思試院生春手，應有嘉言契艷才。

緑葉參差三兩枝，珊瑚架畔故垂垂。謝庭子弟饒朱紫，楚畹佳人愛粉脂。得寵可能徵瑞夢，比紅願與唱騷詞。鼠姑富貴鳳仙麗，同此幽芳却是誰。

曉日朦朧照砌除，數枝掩映水窻虚。未聞香氣神先醉，若論芳情畫不如。脂粉也添幽客興，丹鉛恰與善人居。痴懷欲訂同心友，衹恐雲霞不稱渠。

曾荷春風染妙姿，國香敢自有差池。餐霞久擬仙人伴，和露新描艷體詩。秀色怕隨餘綺散，芳懷願得夕陽遲。繁華閱盡丹心在，紉佩人歸好共期。

一局

一局輸贏變又新，居然黑白混紅塵。海鷗上下原馴我，國狗癲狂慣噬人。懺悔未能除夙障，畔途空自讓終身。何當鼓枻仙源去，去作無懷部裏民。

和壺川先生《九老詩》元韻

一代靈光重帝京，幾回徵使造廬迎。斯文有幸留前輩，經學相傳仗後生。源水久從洙泗合，宿名誰共斗山争。著書種種皆千古，莫謂端居恥聖明。老儒

畫上凌烟便錦旋，南山射獵又經年。風霜已冷三河節，功績猶傳萬竈烟。老去英雄終矍鑠，勝聞兒輩也流連。酒酣悵觸沙場事，拔劍高談興欲顛。老將

一家雞犬盡神仙，老眼相看喜欲顛。甲子可能書絳歲，衣冠猶是避秦年。貽孫稼穡風雖古，待客杯盤味自鮮。贏得鄉鄰春社日，獨將先酌醉花前。老農

一竿便足了生涯，閱盡滄桑眼未花。處處江湖舟作屋，年年風雨水爲家。閒將破網補新月，

醉抱殘蓑眠晚霞。荻火兒孫歡樂處，浮漚富貴莫論他。老漁

頻年歌嘯谷中來，屢被雲留也自回。兩耳聽殘山水曲，一肩擔盡棟梁材。但求薪火流傳遠，不管桑榆歲月催。若遇昔時看奕處，柯痕應識舊蒼苔。老樵

烟霞泉石盡膏肓，獨把行踪實藥囊。四海蒼生資造命，千秋良相本同方。乾坤易納壺中月，鍼石難消鬢上霜。更笑飢寒醫不得，子孫艱苦也親嘗。老醫

曾從河洛契精微，市雨年年溼客衣。千古興亡推往事，一生得失話元機。揲殘蓍草神猶王，識盡英雄老未歸。幾度垂簾回首憶，無求終是樂天稀。老卜

玉顏休更妬寒鴉，自古歡場日易斜。一室殘奩餘粉黛，半生知己付琵琶。情來尚憶雲中夢，春去誰看雨後花。惟有商人解憐色，飄零仍許賦宜家。老妓

正法多年得派支，紅爐雪點上霜眉。山前種竹龍孫長，門外看雲錫杖持。瓶鉢生涯餘舊業，性情結習剩詩思。閒來尚愛參禪侶，常喚沙彌護笋籬。老僧

薛濤井

女校書名重昔年，朅來江畔訪嬋娟。林間鸚鵡言猶巧，門外枇杷色尚鮮。一代才華傾幕府，千秋聲價重花箋。如何艷骨成蘭麝，尚有吟魂結世緣。事見《剪燈秋話》。

寄吴晴江四首録一

吴下江山紙上春，一枝斑管萬花新。放翁客劍文成集，工部居川句入神。但是神仙多汗漫，斷無名士不風塵。他年遊倦南還日，壓載吟編定等身。晴江江西人。

彭輯五席上喜晤周夢漁

記否當年古戰場，中原旗鼓兩相當。登壇妙曲知公瑾，並轡狂歌問葛疆。舊事已隨雲過眼，新交重與座聯香。醋醪味在酸鹹外，不是詩人不解嘗。

紅鱗前月雨中來，三寸瑶函次第開。滄海水迷千里望，嶧陽桐是五音材。渾含古事留深味，化盡恒蹊見别裁。癢愛麻姑搔處好，一編盥誦日千回。

邇來讀禮更傳薪，一座春風自在身。門市澄心如白水，神仙拾藥向紅塵。奪標盧筆驚司馬，授業王褒是鮮民。知泣《蓼莪》吟久廢，可能破例和巴人。

感事偶書

覆雨翻雲幻太空，三家村裏一冬烘。元忠豈必來天上，顔子誰知在國中。赤幟當關張壁壘，青盲對面失英雄。從今袖却生春手，笑向桃花看化工。

春日苦雨

低天壓屋樹横空，漠漠廉纖日日同。野水池塘殘雪後，杏花村落溼雲中。纔回寒氣二三月，誤盡春光廿四風。早麥嫩蕎淹欲死，望庚頻廑老農衷。

琴書潤氣撲青氊，階砌苔痕漬緑錢。鳩婦唤沉三徑月，子規悽斷一溪烟。已知破屋無乾土，誰信傾盆有漏天。擬把緑章奏青帝，乞留渥澤沛芳田。

絮雪梨雲澆更稀，揭來容易踏香泥。夜窻燭盡難留客，茅屋龍蔡欲换衣。拾翠樵愁山徑滑，放船人怯水波肥。就中獨讓龍門鯉，得意風雷破浪飛。

即事〔一〕

人事天時取次分，每憑欄處總情殷〔二〕。苔岑臭味添新雨，桃李春光隔暮雲〔三〕。好鳥有聲鳴得意，落花無語悵離羣。幾回對景獨惆悵〔四〕，芳草天涯又夕曛〔五〕。

無事閒行客眼明〔六〕，物華好向静中評〔七〕。春歸花不因風落，寒滯苔偏冒雨生〔八〕。玉燕裁雲雙剪快，金鶯坐樹一簧清。天公最是多情緒〔九〕，囑咐明朝更放晴。

【校記】

〔一〕《詩鈔》題作《春日即事》。

〔二〕『每』，《詩鈔》作『但』。

〔三〕『春光』，《詩鈔》作『春風』。

〔四〕『獨』，《詩鈔》作『增』。

〔五〕『芳草天涯』，《詩鈔》作『芳草連天』。

〔六〕『客』，《詩鈔》作『忽』。

〔七〕『好向』，《詩鈔》作『正好』。

〔八〕『寒滯苔偏冒雨生』，《詩鈔》作『寒重苔偏背雨生』。

〔九〕『最是多情緒』，《詩鈔》作『或竟知人意』。

桃寄柳生和戴仙查先生韻

柳枝風貌寫難真，添得桃根意更親。紅粉原多飄泊恨，青樓慣繫綺羅身。含情眼底從無語，照影溪頭各有神。可是折腰陶靖節，邀來洞口結芳鄰。

一溪烟水畫真真，一樣風流最可親。春色争迎前度客，秋波欲認去年身。嫁來翠袖姿尤媚，舞着紅裙妙入神。自是三生成彩伴，漫將松蔦擬同鄰。

染黛施朱面目真，相生相尅倍情親。劉郎慣入銷魂地，展氏偏懷絶色身。結子猶堪徵絮果，垂陰恰得庇花神。烟波占斷風塵少，千萬何人更買鄰。

十里芳菲辨未真，翻饒妙筆寫來親。紅粧已擅臨波貌，青眼誰憐絶代身。幻出韶華難競秀，描來粉黛自傳神。尋源我亦公門客，願向春風卜德鄰。

次韻熊升之枉過，兼寄其兄謙之

青山排闥送斯人，喜上燈花吐亦新。草草杯盤酬淡友，依依葭玉結芳鄰。多文售世欽君富，廣厦長裘愧我貧。時方募修龍池書院。聽到清琴彈夜月，高山流水悟良因。魚藻名塲尾共莘，三秋一別冷閒身。方聽夜雨違新侶，偏荷客星照故人。祖約深談天欲曙，陸雲相對座生春。風流不改儒家素，布襪青鞋與幅巾。最難涵養出英才，璞玉渾金品共猜。機杼一家傳舊學，風騷千古入新裁。傾來玉局頭争讓，畫到無鹽面亦開。蒙點拙草。滿腹精神才八斗，名山此席愧相陪。難兄雙管拂風雷，裂石穿雲往復回。野樂自憐喧瓦缶，海山偏與納涓埃。多情共癖痴中味，絶艷同香字裡梅。從此雁行皆伴侣，暮雲常盼寄書來。

和友人紅岩阻渡韻

千層飛浪駛如梭，策馬江頭喚奈何。漫學郢腔歌竟渡〔一〕，頻翻水調唱回波。蒹葭岸濶風波老，忠信心深戒懼多。海内清流行可待，肯將冒昧效馮河。

【校記】

〔一〕『竟』，疑當作『競』。

秋夜齋中

人世争能百不如，儒生習氣合逃虚。掩關厭對常談客，把酒頻思未見書。蟲助秋聲吟壁隙，月扶花影下庭除。箇中儘有清閒處，此外悠悠莫問渠。

酬冉右之枉顧見贈元韻

客邸萍逢記往時〔一〕，草堂今喜訂心知。學能録海幾成子〔二〕，才可名山况得師。謂冉石雲先生。好我漫持千古贈，交君翻悔十年遲〔三〕。儒林文苑分途久，一手雙探合共推。

惠我陽春調數章，仙梅骨格玉蘭香。推來此事甘低首，寫出哀情欲斷腸。顧曲愛傳唐院李，集中贈優伶詩甚多。解頤争重漢廷匡。幾生艷福修能到，一箇才人在洞房。

等閒廛市便勾留，也似神仙汗漫遊。座上賢豪誰北海，人間高士自南州。囂塵那識師難得，幽谷偏教友易求。草草盤餐相待處，更忘酒向室中謀。

相逢難得菊花天，倒屐花前迓仲宣。秋水蒹葭慚玉倚，里門星象慶珠聯。此時縞紵憑緗帙，異日雲山待錦箋。久識元龍豪氣在，宵中争不上牀眠。君燈下成詩五首，余所藏書翻閲殆盡，未就寢而東方白矣。

不負香傳月旦名，果然詞賦抗西清。公侯裔世多才子〔四〕，香火因緣到友生〔五〕。嗜學心憐今代少，刊訛識比古人精。座間歷指古人失誤數十事〔六〕。何當叔度長相晤〔七〕，使我能消鄙吝情。

【校記】

〔一〕『往』，《詩鈔》作『昔』。

〔二〕『學』，《詩鈔》作『文』。

〔三〕『交君翻悔』，《詩鈔》作『識君已恨』。

〔四〕『裔世多才子』，《詩鈔》作『世裔鍾才子』

〔五〕『到』，《詩鈔》作『契』。

〔六〕『數』字《詩鈔》無。

〔七〕『晤』，《詩鈔》作『見』。

中秋與同人對月作〔一〕

節到中秋秋可憐，酒邊邀月月當天〔二〕。傳來此景曾千載〔三〕，賞共諸君已七年。坐久杯添桐葉露，夜深衣拂桂花烟〔四〕。梯雲忽憶錦城客〔五〕，一曲霓裳咏衆仙。

山館秋深暑氣消〔六〕，滿天晴色夜迢迢。一千里共惟佳節〔七〕，十二回圓讓此宵。坐到三更人説餅〔八〕，詩先九日字題餻〔九〕。堂前樂事清如許〔十〕，縱不多人未寂寥〔十一〕。

【校記】

〔一〕『對』，《詩鈔》作『賞』。

〔二〕『當』，《詩鈔》作『橫』。

〔三〕『此景曾千載』，《詩鈔》作『佳語曾千古』。

〔四〕『夜深衣拂』，《詩鈔》作『涼深衣染』。

〔五〕『梯雲忽憶錦城客』，《詩鈔》作『錦城忽憶梯雲侣』。

〔六〕『深』，《詩鈔》作『清』。

〔七〕『惟』，《詩鈔》作『推』。

〔八〕『坐到三更人説餅』，《詩鈔》作『話到三更徵説餅』。

〔九〕『字』，《詩鈔》作『快』。

〔十〕『堂前樂事清如許』，《詩鈔》作『眼前尋樂情何限』。

〔十一〕『縱不多人未寂寥』，《詩鈔》作『底事升沈歎寂寥』。

感事

萑苻變局起蕭屏，鼠竊無端竟雉經。東道何人能料理，南山此案費調停。惱他駔儈滋多口，悔向龍鍾慢乞靈。季子黃金今已盡，書堂空剩一氊青。

果然失計在爲師，失計而今悔也遲。苦樂一生原有數，絃歌三徑已無資。翟公賓客來何晚，陸氏莊田賣不辭。誰道小園桃李盛，受霜偏是老梅枝。

失馬雖全故態真，認牛終愧此心仁。艱難鮑叔争憐我，木石吴兒竟負人。覆雨翻雲千古憾，盤根錯節百年身。厄屯三十歌成後，始信神仙有刧塵。

追呼火急客郎當，擬向財神祝瓣香。中飽憑人登壟斷，外觀空自負書囊。忘憂有館思枚叔，避債無臺愧赧王。得失窮通關甚事，祇憐愁苦累高堂。

秋夜偶成

一夕頭風暈幾朝，一床秋夢雨瀟瀟。霜催紅葉愁先老，露冷黃花恨未消。遊子行踪甯有寄，美人心緒已無聊。紗窻欲繡鴛鴦錦，幾度停鍼坐寂寥。

夢漁應酉試屢困童軍，去歲歸江西，於原籍獲雋，今過山館，喜賀以詩〔一〕

得意春風送客來，故人笑口一時開。千秋早已歸名士，兩字今纔占秀才〔二〕。黄卷有靈酬脈望，青雲無復困龍媒。從兹派合西江水，詩社宗風好共推。

湖海頻年誤遠征，偏於文字最多情。無時不與書同過，有志居然事竟成。蜀國詩雖流寓好，泮池水是故鄉清。古今孝局君新闢，顯罷親名顯己名。尊慈苦節，旨旌表。

【校記】

〔一〕《詩鈔》題作《周夢漁歸江西小試獲售枉過喜賦》。

〔二〕『占』，《詩鈔》作『副』。

春歸

才經風信動微和，彈指春光九十過。草滿天涯遊客少，雨餘門巷落花多。披襟欲試迎凉扇，惜景難揮反捨戈。却有子規啼不了，聲聲頻爲唱驪歌。

人間春夢尚繁華，底事東皇轉戀家。流水蓬蓬三月雨，春泥渺渺一年花。鶯穿冷翠啼朝露，蜂趁殘紅放晚衙。芳訊暗從梅下祝，來時早爲報窻紗。

美人風筝次韻四首

神仙風骨綺羅身，掌上飛騰鏡裡春。碧落應難羈絕色，紅絲恰與繫良因。霞宜作帔披還便，露可爲珠佩自頻。看者若援西子例，陌頭定有贈錢人。

不合金閨貯此身，聊隨遊冶戲晴春。飛如劍女全無礙，伴得風姨最有因。鏡照月邊容皎皎，蕭吹雲外響頻頻。有時行雨嬌無力，墮地還疑謫降人。

五銖衣薄最宜身，一線天開趁好春。霄漢頓成花世界，陽臺休擬夢緣因。牽絲傀儡行難近，走索嬌娃舞共頻。雪捏絹描俱遜汝，一生長伴步虛人。

梅花風格柳花身，步步逍遥物外春。好與雲君爲近侍，漫勞月老問前因。風狂裙想留仙切，雨驟粧愁墮馬頻。衹合攜他蟾窟去，高歌同傍羽衣人。

和冉拙菴七夕見贈之作

薰香叠誦好吟箋，想見含毫興欲顛。客邸秋光山换月，故人情夢水如烟。風流從古歸名士，清静而今屬散仙。一味詼諧言語妙，知君舌本有青蓮。

年年上館效塗鴉，一事無成鬢已華。愧我拙如齊北郭，欽君道契魯東家。譚龍口角言霏雨，倚馬文章氣吐霞。更有薄雲高義在，堪同杜老詠彭衙。

别來兩度趁佳期，不負阿儂勸駕詞。百里家山回首處，一年好夢占秋時。玉香懷滿推新侣，弟尹人時新婚。雨露情深屬舊枝。笑問風流京兆客，可曾圖畫十般眉。

話到新詩久負君，空從三徑悵停雲。嵇康嬾散情難展，無己謳吟日易曛。七字聊酬良友望，十分休讀美人聞。自憐不敵弓衣句，敢策針神刺繡勳。來詩有『纖手刺繡』之句。

履雲上人詩將付剞劂，屬余校讎，謹題七律二首

碧蓮花放草堂香，好句隨香到草堂。教主法門真廣大，禪家風味劇深嘗。苦吟定倚遊仙枕，

室並輝光。

慧業頻登選佛場。壺川、石雲兩先生及家旦初師、拙菴、夢漁俱于上人詩有所采。佇看麻沙編定後，桂塘滿

樓閣空中現，香火因緣世外酬。自愧推敲難效拙，却教糞着釋迦頭。

昔年一棹浣溪秋，杜老元燈字字留。圓澤知將慈母重，集中多諗母句。大顛愛與雅人遊。華嚴

讎校一齋師《卧雲小草》竟，再題拙句，以志嚮仰

名山不負此生來，一集琳瑯次第排。半世苦吟償舊債，千秋絶業佔新裁。傳人管具金銀象，論史胸長識學才。我是南豐門下客，瓣香薰罷倍心開。

歲月銷磨力倍加。不分堂堂千載業，已容附驥溷塗鴉。集中附拙作十餘首。

此編真合付麻沙，字字吟安老作家。幾輩噉名成畫餅，斯文傳世有精華。江山閲歷題頻補，

題畫

一本倚窻前，幾枝入雲裏。果然成老龍，見首不見尾。松

落落兩三竿，娟娟呈高潔。縱禁美人寒，能標君子節。竹

骨秀如仙人，形奇似癯叟。精神一座中，出處百花首。梅

階頭栽數盆，壁間畫一幅。墨香並花香，人來聞滿屋。蘭

魏公晝錦堂，陶令柴桑舍。何似畫圖中，晚香長不謝。菊

讀史雜感效袁簡齋五六七言體

諸將同功狗，迂儒祇酒豪。須知公善罵，不肯辱蕭曹。漢高祖

漂母分餐後，羣兒出胯時。英雄原本色，榮辱總難知。淮陰侯

才盛人皆忌，吏卑鼓始鳴。詎同劉四輩，全不近人情。禰正平

非意兼非分，頻來孰可堪。大哉情理語，公果善清談。衛叔寶

澤畔行吟諸賦，光明日月雙懸。底事漁人不解，祇得搔首問天。屈正則

程識一錢不值，灌夫聒耳何爲。當日公然罵坐，漢官可有威儀。灌夫

高閣束之便了〔一〕，空函偏又前陳。書來咄咄怪事，不顧鄧禹笑人。殷浩

聶政惡聲必反，展禽袒裼而前。争似婁公大度，有人唾面欣然。婁師德

始皇猜忌古誰如，逐客令傳無怪渠。不識竹林賢伴侣，緣何也有絶交書。山巨源

不向阿奴怨火攻，不從丞相詡恩隆〔二〕。南朝誰似伯仁量，百輩容卿在腹中。周顗

任爾文場手八叉，權門終悔讀南華。文人今古無窮恨，誰把是非問史家。温歧

雙檜九原問蟄龍，一朝詩案起重重。世間不少擇言者，底事荆榛平地逢。蘇東坡

【校記】

〔一〕『束』，原作『東』，據句意改。

〔二〕『恩』，原作『思』，據句意改。

贈劉次湖，兼以志別

清談接得孝標來，滿座春風笑口開。一味詼諧兼雅量，教人争不與追陪。
謖謖休疑元禮松，依依莫擬庾芙蓉。風流絶倒誰相似，笑癖雲間陸士龍。
元龍豪氣總飛揚，北海多才亦太剛。化盡圭稜全不露，等閒何處勝劉郎。
爲送女嬃赴鏡臺，芝蘭臭味便分開。暮雲天外飛鴻影，一日臨風望幾回。
牙籤插架粲琳瑯，荀令稍留去後香。秋老程門三尺雪，何時侍立共游楊。
風景蕭疎入望頻，三秋一日更相親。殷勤寄語多情月，替我流光照故人。

扇上八仙

偶隨白羽到紅塵，氣骨飄飄分外新。天上好風消不盡，都來贈與熱中人。
輕羅恰稱五銖裳，灑灑清風面面揚。夏日争持秋便棄，神仙人也有炎涼。

題畫八首

山添濃翠水添藍，草色連雲緑更酣。料有小樓人一枕，杏花時節夢江南。春雨

雲峰掃盡見青天，日向壺中作小年。可許便便消夏客，緑陰濃處枕書眠。夏晴

萬籟蕭蕭氣正清，商飈拂拂覺秋生。試聽淡墨濃烟裡，都是金戈鐵馬聲。秋風

芭蕉老後葉全稀，柳絮吟成是也非。雲壓寒江天似墨，斜風應撲釣人衣。冬雪

國色枝頭露易乾，富貴由來久占難。墨水三升春一尺，樓臺長得子孫看。牡丹

田田蓮葉映波生，片片蓮花照眼明。幾度愛他思一采，香雲隔斷水盈盈。蓮

千紅萬紫盡茫茫，獨占東籬一段香。不管秋光新與舊，年年風雨伴重陽。菊

寂寂空山漠漠苔，衝寒奪得好春回。分明一册廣平賦，儘與佳人寫照來。梅

春日有感，即物寫懷

移得夭桃傍畫堂，栽培着意待芬芳。誰知春雨花開處，翻向别家園裏香。桃花

曾隨風雨到堦楹，祇道萍踪定此生。驀地飛來忽飛去，笑他來去不分明。柳絮

頻年畫檻玉翎依，一旦高軒素影稀。自古良禽能擇木，勝吾家處任君飛。放鶴

一曲瑶琴鼓數年，叮嚀操縵與安絃。自憐不解移情術，任向天涯覓水仙。贈琴

夏日齋中雜詠〔一〕

晴雨循環近半年〔二〕，可人風景最堪憐。朝來不熱宵微冷〔三〕，恰似春風二月天〔四〕。

瓜蔓垂青繞徑堆〔五〕，秧苗送緑上衣來〔六〕。田園涉處都成趣〔七〕，一日斜陽到一回〔八〕。

一曲瑶琴任品題〔九〕，如年長日影難低。案堆亂卷時行雀，窻愛清談自養雞。

五畝枝横百尺强〔十〕，一株老樹兩朝芳。薰風拂拂晴初午〔十一〕，便有濃陰覆瓦凉。

半畝宫牆扃不開〔十二〕，紅塵隔斷徑生苔。芭蕉一陣瀟瀟響，知是窗前夜雨來。

桂緑梅青蘂漾紅，蘭芽竹笋菊成叢。何須種盡羣芳譜，風月無多有化工。

【校記】

〔一〕《詩鈔》題作《夏日雜詠》。

〔二〕『循環』，《詩鈔》作『周遭』。

〔三〕『朝來不熱』，《詩鈔》作『熏風未熱』。

〔四〕『春風』，《詩鈔》作『春初』。

〔五〕『垂青』，《詩鈔》作『牽藤』。

〔六〕『秧苗』，《詩鈔》作『新秧』。

〔七〕『涉處』，《詩鈔》作『日涉』。

〔八〕『一日斜陽到一回』，《詩鈔》作『看到斜陽尚未回』。

〔九〕『任』，《詩鈔》作『費』。

〔十〕『强』，《詩鈔》作『長』。

〔十一〕『薰風拂拂晴初午』，《詩鈔》作『暄風乍拂晴當午』。

〔十二〕『扃』，《詩鈔》作『閉』。

遊仙詩

阿母傳箋下碧霄，一杯露液會仙僚。布金不踐連珠諾，空赴瑶池宴一宵。

偷得華陽自在身，齊烟九點渺紅塵。如何紫府清嚴地，尚惹淮南犬吠人。

燒丹煉汞幾千年，門下兒童盡列仙。一自滄桑遭小刼，鸞飄鳳泊散諸天。

刼火飛殘意自如，雲窻月榭足相於。犬龍守户塵凡隔，獨坐瑯環讀異書。

題黄曉山冬夜讀書圖

萬叠彤雲壓滿天，三更深雪逼寒氊。有人静對紅蓮炬，一卷窻前尚未眠。

古人文史足三餘，映雪燃糠話豈虚。此意多君能學步，一燈高擁百城居。

夜色蕭森辨未真，雪篁霜卉半成鄰。尚憐一座辛勤處，少箇青藜照讀人。

冬烘老我卌年身，孤負青燈一味陳。多少世間書未讀，思量也學畫中人。

興隆山贈禪月上人

萬仞危峰曉色開，黄花香裡訪僧來。吟詩攜得生花筆，不獻空王獻辨才。
風幡不動此心真，暫借楸枰賭玉塵。香火因緣君記否，眼前多是再來人。
布得黄金上塔尖，憑將樓閣换華嚴。知他菩薩都歡喜，笑把天花一座拈。
指頭月照講經臺，行脚隨緣往復回。送客遠公還大笑，一筇同過虎溪來。

題《桃花扇》

玉樹庭花曲已闌，小樓笙管倚欄杆。一篇妙絶南朝史，莫作尋常麴部看。
當日朝廷一戲場，君臣優孟總荒唐。美人血染才人筆，幻出桃花萬古香。
萬里河山剩石頭，小朝廷事鎮堪羞。誰知廟社紛紛處，不是徵歌便報仇。

讀夢漁道情題後

北調南詞世競行，争將花月艷新聲。阿儂獨洗箏琶耳，來聽先生唱道情。
客邸秋懷湧似潮，故鄉春夢又魂銷。文章游戲都千古，不讓當年鄭板橋。
拔劍酒酣歌莫哀，銷磨心事是多才。女兒板拍花奴鼓，合與周郎按曲來。
自説家常自現身，逢場作戲總超塵。休文綺語何須懺，才子而今是道人。

彭心田援例比上，詩以送之十首録八

驛路新梅乍作花，吟鞭揮雪赴京華。功名安事毛錐子，一個貲郎自起家〔一〕。
入粟爲郎竟得名，蜀州原有馬長卿。素門平進英豪事，肯把前賢讓後生。
況溯宗支本价藩，勳名銅柱澤猶存。中朝若問君家世，爲報公侯舊子孫。君先世溪州宣慰司。

錦裘名馬影翩翩，壯志飛騰及壯年。贏得州人齊健羨，班生此去似登仙。

大江東去一帆輕，歷徧山程更水程。若見君謨須寄語，好將霖雨潤蒼生。君擬自江蘇入都，蔡吉堂時官新陽。

識荆無介客多殘，説項逢人路不難。今日王陽真在位，惠文冠好任君彈。王屏山先生時官儀曹。

本自槃槃擅大才，况從經籍妙衡裁。懸知吏治垂成後，也向循良傳上來。

老我蟫魚隊裡身，長安無分伴雕輪〔二〕。揶揄一笑同羅友，作郡年年祗送人。

【校記】

〔一〕『貲』，疑當作『貨』。

〔二〕『輪』，原作『輸』，據句意改。

田荆芳詩

望月

兒時不識愁，喜看團欒月。今值月圓時，憂來不可没。此心難自喻，忽焉已得之。少小多懂會，老大傷别離。去年辭高堂，高堂曾面諭。不願獲千金，衹恐歸來暮。内子未敢言，行李殷勤付。但有冬裘裝，而無夏葛具。送别雖無語，立意抑何深。邇來寒暑易，想見閨中心。來時梅花開，歸去秋花落。月圓又幾囘，天涯人寂寞。

鳳灘送楊陶村

攜手緑楊橋，分袂青松嶺。君去我登舟，此心殊耿耿。去歲客巴陵，情同管鮑深。相期在白首，悠悠千載心。偪窄洞庭舟，同食復同寢。有時把臂吟，有時交觥飲。今日棄我去，相思愁煞人。知君念毛裏，遊子不忘親。昨聞隕萱花，鵑淚暗啼血。我亦有高堂，頻年定省缺。關山家萬里，中心如蘊結。草木尚知時，人生重離別。今君旋梓里，送君古灘頭。相別無所贈，白雲空悠悠。惟餘鳳灘水，終古嗚咽流。

喜雨

連日當盛暑，酷熱不勝愁。揮扇無已時，力弱嘆手柔。奇想忽天開，願得廣寒遊。移家清虛府，陶然發清謳。又欲侶魚蝦，隨波而逐流。宛在水中央，忘機狎海鷗。種種皆幻想，無術消我憂。油然天作雲，羲輪倏已收。狂飇飄然來，滿樓聲颼颼。雷電重交作，使我驚心眸。長空晝忽暝，雨脚下雲頭。翻盆差可擬，跳珠未足侔。一瀉數千里，淋漓滿平疇。快哉復快哉，有若厥疾瘳。

豪飲歌五月朔日澍生畱飲作。

無酒我不嗔，有酒我更喜，陶然一醉呼不起。不醉我無與〔一〕，大醉我必狂，醉中之樂豈尋常。君不見濁醪一造快人心，能釋閒愁更助吟。古來名士無不善飲酒，七賢六逸稱到今。自悔行樂不及早，五十二年殊草草。邇來無事便開樽，才覺醉鄉滋味好。澍生卜宅近市廛，正好昏昏終日酒家眠。塵氛俗氣俱不染，逍遥豈必讓神仙。胡乃糟邱有樂土，銜杯未肯鍵蓬户。待我無殊同氣親，交道直可空今古。三日與君别，此心更不悦。十日不見君，離緒更紛紛。雷陳管鮑已千載，但願風義長不改。愛君何辭過訪頻，惟君能以醕醪澆我胸中舊磈磊。

【校記】

〔一〕『與』，疑當作『興』。

穿岍

地在蓉溪北十餘里。山麓空洞，高數百丈，綿亘里許。有水從腹中穿過，宛若長虹。冬不知寒，夏不知暑，奇境也。惜新舊縣志均失載，爲作長歌紀之。

洪荒之世水肆虐，茫茫九宇迷邱壑。天生神禹爲斯民，懷襄是處蒙疏鑿。吾鄉僻在荆梁交，峰巒奇譎多岧嶤。泥楯山樏昔未到，誰穿石骨撑虹腰。軒然巨穴高嵂崒，下有清流洞其腹。竊疑勝境非人間，縱異靈威亦唐述。不爾盤渦何轂轉，榮光休氣常瀰滿。冬寒夏暑兩莫侵，又似九華老龍館。層崖蘿薜紛班班，絶壁難教猿狖攀。水净沙明魚可數，使我對之開心顔。顔開心賞足蕭森，去住閒雲成古今。年年三月桃花浪，暢好仙源此處尋。可惜問津人已老，空悲劉阮還家早。武陵一記少追摹，埋没蓬壺隨蔓草。噫吁嚱！人傑固因地靈生，地靈仍藉人傑名。何時覓得巨刃摩天手，表兹出類拔萃之嶙峋。

洞庭晚眺

薄暮來湖上，湖天萬里空。浪翻秋水碧，波撼夕陽紅。樹色含殘照，漁謳唱晚風。釣磯閒立處，清興滿孤蓬。

宿保靖

夜泊石城西，蕭蕭餘暮景。衹聞簫鼓聲，不辨樓臺影。江静漁燈明，風清宵柝警。更深露正濃，恐有鴛鴦冷。

舟行峽中

絶壁立千尋，天光開一線。岩懸花片飛，石墜樹根戀。顯晦難爲名，陰晴倏已變。孤舟一櫂回，碧水澄如練。

旅館秋夜

不盡悲秋恨，秋聲處處俱。雨昏千樹黑，夜静一燈孤。屋老窗先破，衾寒夢亦無。更深人不寐，凉氣逼肌膚。

秋夜與黄筤生諸友遊東山寺寺右銅仁〔一〕

良宵得佳趣，乘興步林於。上界秋深處，禪關月到初。一燈光掩映，萬木影蕭疎。夜静江聲徹，隨風自捲舒。

【校記】

〔一〕『右』，疑當作『在』。按：銅仁府東山寺在府城内東側之東山。

苦雨纏綿，春宵不寐，枕上口占

九十春將半，曾無幾日晴。連宵風雨驟，入夜夢魂驚。屋漏書愁溼，樓空瓦有聲。關心花事發，倚枕動吟情。

雨後玩月有作

月出人争羡，今春見面難。乍驚花弄影，頓覺水生瀾。在沼魚初樂，巢林鵲未安。吟情天不禁，深夜倚闌干。

避暑

幽居何所愛，避暑得園林。樹密風能度，山高日易沉。有時看蝶舞，隨處聽蟬吟。即此多佳趣，陶然愜素心。

過洞庭

一片天光接水光，天光盡處水汪洋。雁銜雨去迷烟渚，帆捲雲來破夕陽。吴楚蒼茫空眼界，乾坤浩蕩入詩囊。此行得遂觀瀾志，好上君山引領望。

岳州除夕

今年今日衹今宵，客裏閒吟破寂寥。桑梓關河空目極，湖山風景易魂消。鄉心欲共孤帆遠，客感難禁一水遥。獨對寒燈無箇事，蓬窗怕聽雨瀟瀟。

登岳陽樓

百尺樓頭眼界空，憑欄高處欲凌風。兩輪日月烟波裏，萬古乾坤汐浪中。目極衡湘窺造化，頭昂霄漢問鴻濛。神仙勝蹟分明在，愧我登臨句未工。

不辨雲鄉與水鄉，茫茫巨浸接江長。胸中灝氣吞雲夢，天下奇觀到岳陽。萬頃波濤瀉霄漢，九峯烟雨繪衡湘。平生結願今粗了，百尺樓頭放眼狂。

翠螺一點貼波平，青似君山分外青。秋到湖天羣雁覺，詩成風雨老龍聽。更誰憂樂關先後，如此烟波入渺冥。共濟我思舟楫利，長空萬頃看揚舲。

跨鶴乘雲鄂渚東，朗吟又度洞庭風。神仙蹤跡三山外，日月浮沉一鏡中。遷客騷人情各異，落霞秋水句同工。岳陽樓與滕王閣，都爲文章借鉅公。

登金鴨山四首録二

箬帽芒鞋任所之，登高天氣乍晴時。九峯烟雨渾如畫，三楚風雲半入詩。芳草滿湖迷遠岸，垂楊幾樹繞春旗。波光盡處知何地，遥指家山繫我思。

豔陽時節柳絲輕，金鴨山前載酒行。一水奔騰歸大海，萬峰環繞抱孤城。曾聞烽火驚兵燹，幸見湖山樂蕩平。二百餘年今昔異，斜陽芳草不勝情。

客中清明

獨在異鄉爲異客，最難消遣是清明。酒旗易惹離懷醉，柳綫頻牽别恨生。蜀地關山瞻望切，楚天風雨夢魂驚。踏青休向城南去，怕聽花間杜宇聲。

憶諸弟

作客天涯最慘神，荆花遥憶故園春。居家衹有天倫樂，處世無如骨肉親。悵别幾回思雁翼，寄書何處託魚鱗。三千里外誰昆季，剩我江湖寂寞身。

遊君山

十二螺峯鎖碧烟，層層畫意到窗前。湖光掩映春如海，山色玲瓏境欲仙。且喜遊踪逢勝地，未知靈蹟闢何年。梵鐘響處知蕭寺，静扣松關一問禪。

纔到山前眼便新，此身早已出紅塵。幾家茅店堪沽酒，一徑幽花更引人。斑竹亂生妃子墓，蒼松長護老龍津。憑誰管領烟霞趣，鳥亦忘機樂最真。

穿雲撥霧上層巒，絶頂登臨眼界寬。吴楚青蒼分極浦，洞庭空濶壯奇觀。林深自覺留人易，徑曲翻疑覓路難。花裏逢僧談勝蹟，暗香來處有幽蘭。

詩境茫茫遍古岑，翠微深處滌塵襟。何時天地開圖畫，當日神仙愛朗吟。雲裏風帆迷遠影，波間瑶瑟汎餘音。平生頗有烟霞癖，到此登臨愜素心。

朗吟亭

孤亭百尺接層空，雲夢瀟湘在眼中。把酒獨邀仙鳥客，吟詩須趁大江風。樓頭黄鶴呼來好，江上青峰曲未終。飛過洞庭人不見，衹今猶想氣如虹。

石隄

岩廊高峙碧溪東，市井蕭條入望中。山色終年當户緑，日光亭午到門紅。界連楚蜀千峰秀，水合川黔一派通。聽説巖間餘古蹟，霏微衹見夕陽紅。

步奉雲仙登跨鼇亭原韻

濤聲驚破大江秋，雪浪翻空自在流。攜酒來尋徐孺榻，吟詩一唱仲宣樓。仙蹤好共同人賞，勝蹟何妨半日留。興盡欲歸天又暮，數聲漁笛起汀洲。

戊辰夏應試思州，同龔澍生、陳玉山遊大酉洞

鑿開混沌幾經年，到此翻疑别有天。石室藏書香冉冉，岩泉滴水響涓涓。何時避世來漁父，有客探奇繼茂先。欲乞倪迂一支筆，桃源景物畫中傳。

雞犬無聲静不譁，洞前茅屋兩三家。横空老樹拏雲直，抱石長藤帶霧斜。覽勝客來攜菊酒，

問津人去剩桃花。磨崖細讀龍蛇字，博古情深興倍賒。

溪雲處處絶塵埃，天闢奇觀一洞開。徑窄碧連雲氣入，山深紅射日光來。松濤觸樹晴疑雨，粉蝶尋香去復回。鎮日勾留好風景，勝遊直擬到蓬萊。

彷彿當年古石渠，玲瓏不讓廣寒居。崖鐫蝌蚪留奇字，地近嫏嬛貯異書。一匊靈泉機活潑，數竿斜竹影蕭疏。癡懷癖有烟霞在，何日移家此結廬。

五十初度遣懷

駐顔無術挽流光，五十年來鬢已霜。慈竹早摧恩莫報，荆花欲瘁事堪傷。網羅縛我如韝勝，婚嫁勞人似向長。無限愁懷揮不去，漫勞親故説稱觴。

浮生鹿鹿度春秋，一領青衿竟白頭。托足每懷元亮徑，感時頻上仲宣樓。補天空有雄心在，拯溺難將壯志酬。不惜此身甘偃蹇，名山終老醉鄉侯。

世途險阻似風波，楚水黔山閲歷多。目覩烽烟增感慨，身經離亂總悲歌。匡時念切曾投筆，報國情殷亦枕戈。馬革餘生今幸在，自憐霜鬢已皤皤。

自信心田未變更，曾臨大刼困而亨。弓緣鳥盡全無用，劍似龍潛久不鳴。聊復灌園如仲子，何妨藝圃學雲卿。游岩舊有家風在，管領烟霞過此生。

幽居無事，詩酒自娛，每繙吟篋，取舊作朗誦，絶少愜意之句，笑而有作

山居無事掩茅齋，草色青青緑上階。謝絶人情空俗累，放開眼界樂天懷。良朋久别恒相憶，舊作重看半不佳。醉後狂吟聊自適，未知何物是形骸。

筆墨生疎已十年，再同文字結因緣。擒渠易奪三軍帥，得句難如萬選錢。壯志昔曾懷馬革，豪情今又寄鸞箋。光陰老去須當愛，酒國詩壇樂性天。

辛未除夕

天時人事遞相推，過眼韶華挽不回。爆竹聲喧催臘去，屠蘇酒熟薦春來。衝寒雪片穿窗入，報喜燈花徹夜開。餞歲無聊拚痛飲，呼兒同盡掌中杯。

六出花飛傍晚天，恰逢除夕更流連。壯懷易感光陰逝，老境何堪歲序遷。一事無成憐此夜，五更將盡近明年。關心最怕雞聲唱，蠟炬燒殘尚未眠。

自壽

自引壺觴酌巨觥，聊憑酒力破愁城。鬢邊已覺霜華重，胸次難教礧磈平。詩筆一枝供樂事，殘書幾卷了餘生。醉鄉中有無窮趣，且學江東阮步兵。

晚景桑榆强自寬，烟蘿深處舊盤桓。泥鴻蹤跡看如昨，竹馬光陰返最難。愛惜餘年耕鄭谷，思量樂地釣嚴灘。保身不用長生訣，朝夕還須努力餐。

步廖東巖先生《七旬晉一自壽》原韻

玉堂回首故人稀，記詠霓裳跡已非。漫説歸田如豹隱，還期訪渭卜熊飛。名標藝苑邀天眷，坐擁書城與俗違。指日瓊林重赴宴，紀恩争看彩毫揮。

筆爲良耒硯爲田，嘯傲林泉別有天。東岩以翰林散館，不樂仕進，主講滎縣二十餘年。松圃烟霞真契合，草廬風雨古因緣。摩挲銅狄精神健，閱歷滄桑歲序遷。杖國遐齡猶矍鑠，南山介壽祝延年。

共道文星即壽星，蒼顔人似古松青。藝兼書畫稱三絶，學有淵源本六經。鳳沼恩波身受寵，鱣堂時雨士鐫銘。耄年好學心彌切，衛武功修德自馨。

儒林偃仰德音臧，經濟文章兩擅長。富貴無心同水澹，功名過眼比雲忙。已多鉅製傳當代，不必奇勳紀太常。手爇瓣香思頌禱，遥瞻北斗捧霞觴。

梅

雪虐風狂處，溪山忽見它。幽芳人不見，傲骨本來多。

柳

隄畔春來早，逢時便異常。風情曾占斷，休怪爾顛狂。

竹

灑落曾無偶，蕭疎更有誰。平生多勁節，受得雪風欺。

菊

經霜初綻蕊，炎熱不相宜。除却陶彭澤，知心更有誰。

別君山

每逢勝景愛登攀，得住名區更解顔。湖上諸峯都入畫，就中難別是君山。

武陵舟中

武陵溪畔路模糊，紅藕香中轉舳艫。烟雨半帆花兩岸，分明一幅卧遊圖。
夜來新漲鴨頭波，蘆葦叢中釣艇多。漁父不知何處去，滿船紅日曬烟蓑。

桃源

路認仙源未隔津，桃花無復舊時春。祇今四海爲家日，箇裡何須説避秦。
舊蹟重尋古渡頭，青山碧水已千秋。恰餘明月依然在，照見桃花逐水流。

春日雜詠十六首録五

老去光陰不再來，一年一度看花開。十分春色因花好，花好還須及早栽。栽花

挈榼提壺展孝思，先塋惟見草離離。九原靈爽憑何處，腸斷春秋掃墓時。掃墓

多年不復用毛錐，腕力生疎落紙遲。幾度拈毫翻住手，宜春怎得字相宜。試筆

記曾投筆佩軍符，力掃妖氛藉湛盧。自斬樓蘭無用處，鋒痕猶見血模糊。玩劍

幾人能博醉鄉侯，老去閒情一筆勾。惟有杜康真解事，濁醪一造便無愁。飲酒

惜花詞

姹紫嫣紅弱不禁〔二〕，藥欄調護最情深。嚮來費盡東皇力，難化風姨嫉妬心。

昨宵風雨近黄昏，落盡羣芳有淚痕。轉眼繁華春夢醒，月明何處弔香魂。

【校記】

〔一〕『嫣』，原作『媽』，據句意改。

送奉雲仙之黔從軍二首録一

楚水黔山萬里秋，詩囊劍匣任遨遊。書生憂樂關天下，畢竟多情爲國愁。

松桃楊氏詩

〔清〕楊　芳　楊承注　楊恩柯　楊恩桓　撰
丁志軍　整理

叙録

楊芳（一七七〇—一八四六），原字遇春，后因避名將楊遇春之名，改字通逵，號誠村，貴州銅仁府松桃廳人，爲唐末靖州『飛山蠻』首領楊再思三十一世孫，土家族。楊芳十歲就學鄉里，十三歲應童試，十六歲時以事忤學使，被逐。後數年間，涉獵經史雜家，其學大進。乾隆六十年（一七九五），二十六歲的楊芳協平銅仁苗亂，見賞於主帥，遂入行伍。其武略與膽識後又得四川崇州楊遇春激賞，薦爲將校。楊芳於嘉慶、道光間馳騁疆場，戡亂無數，屢立戰功，人稱『楊無敵』（王培荀《聽雨樓隨筆》），官至提督，錫封二等果勇侯，像繪紫光閣。道光二十三年（一八四三），楊芳以老病致仕，二十六年（一八四六）卒於家，謚『勤勇』。《清史稿》有傳，但對其著述的著録，則付之闕如。

松桃楊氏一門，顯達者多以行伍起家，而至楊芳始，則於武功之外，格外重視子弟的人文熏陶，以是慕文嚮化、文武兼擅者數數有之。楊芳不僅以武功著於嘉慶、道光間，而且被時人譽爲『天挺異才，兼資文武』（莫友芝《郘亭遺詩》卷四）。楊芳一生與文人墨客的關係密切，與同時期的龔自珍、魏源、劉沅、張問安、吴嵩梁、張維屏、張琦、徐松等多有交游往還。其理論著述多達十餘種，涉及軍事、性理、醫理等多個領域。此外，楊芳還工詩擅書，現存詩作多出於嘉慶中期以後，散見於自編年譜及清代各地方志中。詩歌内容以行旅征戰爲中心，但更多的是以此呈現出對忠孝節義、人生起落、富貴生死、歷史演進複雜而深刻的個人體驗，并進一步將這些體驗與易理、性理相融合，其炯識卓見，超凡出群。楊芳擅長古體詩，《大將行》《感述七十六韻》縱横捭闔，音韻鏗鏘，尤爲其中名篇。當然，楊芳在律詩方面亦有造詣，如《道經劍閣馬上得句》：『足間蹭蹬隨高下，胸次康莊自坦平。鵰翮聲摶天萬里，馬頭夢泠月三更。』《風樹悲吟》（其四）：『雲横葱領雲間望，夢入黔山夢裹嬉。除却承歡無可否，從來遠戍總乖離。』精於煉句，張力盡顯，品讀含詠，足以感發人心，流傳後世。其詩歌語言流轉曉暢，朗朗上口，或雄健跌宕，聲鏗調高，或忳惓懇篤，低迴哀感，非普通文人與桓桓武夫所能企及，實爲嘉道間詩人中之特异者。

楊承注（一八〇六—一八四五），字挹之，號鐵庵，又號行一，生於楊芳攜眷平叛陝西軍中，幼年隨楊芳征戰四方，先後從郭楷、魏源、鄧傳密、包世臣等名家游。擅書法，得包氏神韻，幾可亂真。（參見包慎伯《藝舟雙楫》）道光八年以一品蔭生應貴州鄉試不售，次年以其父楊芳生擒張格爾有功，恩賜舉人。十七年，引見以主事用，簽分刑部河南司行走。楊承注生性淡薄，日以藏書、讀書爲事，因用力過勤，加之體弱，心血虧損，遂以疾卒。楊承注詩學郭楷，而所作多不存稿，即作即焚，故流傳極少。《續修四庫全書總目提要》（以下簡稱《提要》）評其詩『平淡無奇』，且『多悲切音』。

楊恩柯（一八二六—一八六七），後又名畣，字可亭，號曉蘭，别號陶庵逸史，楊芳嫡長孫，楊承注長子。恩柯幼聰穎，十歲讀書，兼練騎射，好書法，學楷書於何紹基，學隸書於翟雲升，學鍾鼎篆刻於張炳英，皆有進益。楊承注去世後，楊恩柯繼承父志，一意讀書習字，吟詩作畫，里居三載，書畫之名大噪。咸豐元年承襲果勇侯爵，欲請咨北上，效命疆場，困於長沙，因與當道齟齬，事未果。五年，黔省大亂，松桃廳城失陷。楊恩柯聯合紳耆，出資募勇，整肅團練，一舉收復廳城，蒙恩賞戴花翎。同治元年，松桃再罹兵燹，楊恩柯挈家避難湘黔之間。十餘年轉徙流離，致其未老先衰，六年春病卒。楊恩柯好古文詞，詩愛學陶，雅好種菊，所作古文、詩詞不下數百首，惜多毁於兵火。《提要》對楊恩柯其人其詩評價甚高：『詞調傲岸，無俗聲懦響，和陶詩、《觀菊》詩、《題逃安子》皆有高謝志。恩柯里居，種菊自娱，取號「陶庵」，讀其詩，固志行相合也。』可謂卓見。

楊恩桓（一八三九—？）自號半翁，楊承注次子，楊芳嫡孫。咸豐五年，黔省亂，兄楊恩柯組織團練保松桃廳城，楊恩桓亦與其事。七年，以府經歷、縣丞不論單雙月選用，并賞加六品頂戴。楊恩桓甫成年即廢學，投筆從戎，以祖楊芳之故，爲蔭生，直至五十一歲（一八八九）時，方選爲刑部安徽司主事。由於楊恩柯英年早逝，楊恩桓承擔了撫養侄輩建煐兄弟成立的重任，并爲建煐承襲爵位、入仕等事奔走操勞。楊恩桓成年後，從其兄恩柯學作詩詞。《提要》對楊恩桓詩評價頗高，謂其『格調並佳，而好語佳聯重出疊有』，『造詣深邃，音律詞字自然陶鑄成功也』，洵爲的論。楊恩桓少嘗艱辛，從戎四方，有豐富的人生閱歷和獨特的心理體驗，其詩云：『炎凉世態身嘗試，詩酒生涯興未闌。』（《和家季楙雪夜旅舍感懷原韻》）又云：『半世功名勞磨馬，半生經歷蠹書蟲。』（《自詠意有未盡，復成六韻以廣其意》）楊恩桓的詩作能有上述獨到之處，除了天資穎悟之外，與其人生經歷的磨礪和勤苦鑽研密不可分。

楊芳及其子孫別集的編印流傳情況，歷來史傳、書目罕見記載。據楊芳從孫楊會於同治五年的歲貢硃卷中稱，楊芳有《錫羨堂詩集》刊印行世。鑒於硃卷作爲檔案的特殊性，這一記述當非虛妄，惜此集未見有藏本。至於『錫羨堂』與楊芳之關聯，據楊芳自編年譜載，楊芳六十壽時，道光帝曾爲其賜書『酬庸錫羨』匾額，楊芳或以『錫羨』爲自家書堂之名。楊芳所撰《平平續録》《壽世醫竅》等，多署『錫羨堂藏板』，可爲旁證。除此以外，二十世紀四十年代，平越人阮略曾編《楊芳全集》，由松桃縣政府印行，但該集實爲楊芳《自編年譜》與《平平録》

之合編，與其詩文別集無涉。整理者遍檢各類書目，惟《續修四庫全書總目提要》著録其孫楊恩桓輯有《楊勤勇公詩》一卷，鈔本，貴陽紫江朱氏藏。又載楊承注有《楊鐵庵詩》一卷，貴陽紫江朱氏藏鈔本。《提要》未叙及該集詳情，云『是編前有承注子恩桓所述緣起』。又載楊恩柯有《陶庵遺詩》一卷，録詩十餘首，貴陽紫江朱氏藏鈔本。又載楊恩柯有《卧雲草》一卷，貴陽紫江朱氏藏鈔本。然而，《提要》成稿於民國年間，距今已有大半個世紀，貴陽紫江朱氏藏書，早已四處流散，以上諸集的存佚狀況，更是無從知曉。

二〇二〇年，整理者至北京調研土家族文獻，偶於國家圖書館查得《楊勤勇公詩》一册，經比對，此集即《提要》所載楊芳及其子孫三代四人詩歌之合集。函套封面題『松濤楊勤勇公詩　錫羡堂抄　附楊恩桓兄弟遺艸』（『松濤』當爲『松桃』之誤），未署楊芳名。内文半頁九行，行二十字，四十四頁，工楷。卷端有『錫羡堂』藏印及『勤勇侯嫡次孫』印，楊恩桓集《自叙》末有『風化衿懷』印，首詩題下有『恩桓私印』及『半翁』印。書尾有『紫江朱氏存素堂所藏書』之印。考『存素堂』即貴陽紫江朱啟鈐之室名，而朱啟鈐於二十世紀五十年代有向北京圖書館捐書之舉，蓋此集即在捐贈之列。觀集中鈐印可知，此集爲楊恩桓所輯原本。全書首爲《楊勤勇公詩》，録存楊芳詩十四題、二十四首，後附《果勇侯夫人傳》一篇、詩一首（未署作者）。次收楊芳之子楊承注《楊鐵庵詩》，含楊承注行略（楊恩桓撰）及詩三題四首，其中《葬木偶》實爲楊芳之作，楊承注詩僅二題、三首。再次收楊恩柯《陶庵遺詩》，含楊恩柯行略（楊恩桓撰）及詩十題、二十一首。末收楊恩桓詩集《卧遊草》（《提要》誤作《卧雲草》），計有詩七十四題、七十九首，另有詞一闋。至於合編之緣由，據楊恩桓《卧遊草自叙》所述，光緒十四年，楊恩桓至京城公幹，被京中鄉達詢及父兄遺稿，因此彙録四人之詩以呈。

該集爲楊恩桓所輯之原本，極有可能爲孤本，吉光片羽，彌足珍貴。因此，此次整理即以此爲底本。該集雖不甚符合通行的詩集編輯體例，但爲了保存其原貌，整理者未改變其體例，僅於《楊勤勇公詩》後附《楊芳詩補遺》，補輯楊芳詩作九題、二十首，合原書所輯，計得詩二十三題、四十四首，另附殘句二聯、彈詞一首；於楊承注詩集前補集名（原書未著集名，而《提要》據原書著録爲《楊鐵庵詩》，雖僅得三題，亦仍其例）；於《卧遊草》後附《楊恩桓詩補遺》，補輯楊恩桓佚詩一題、一首，合原書所輯，計得詩七十五題、八十首，詞一闋。在校勘方面，整理者多采用他校保存异文，對於《感述七十六韻》這樣存在大量异文且篇章結構亦有不同的作品，校記則采用整體録存的方式，雖不合於校記的通行寫法，但更有利於讀者一目瞭然地見出差异。此外，在使用理校法時，一般不擅改原文，而是對部分存在疑義的原文提出質疑，以供讀者參考。

楊勤勇公詩

先勤勇公風樹悲吟〔一〕並序

芳，老親之少子也，父年四十三，母年三十七，生芳於乾隆三十五年之冬。父壽六十二，母壽七十八見背。芳於未成名、初成名而頻遇顛蹶之際，寸衷飲泣，至六十六歲道出高平，卧病旅店，偶讀薛文清公《次許魯齋先生思親詩》，不禁掩卷流涕，援筆而復次其韻，成俚言十首。武人不學詩，吟哀思而已。並録二先生詩於前，見前賢孝思誠篤，感發後人之意。〔二〕

讀許魯齋思親詩並序

明·薛瑄

洪熙元年冬十二月，余扶先人柩至覃懷，宣德元年春正月，啟先母窆，合祔于汾陰先塋。既卒事，因檢元音，讀至魯齋先生《七月望日思親詩》，乃悽然有感，潸然淚下，遂次其韻，得詩三首。因書先生詩於前，以見先賢誠孝之心，溢于言表，雖百載之下，讀之猶足使人興起。

復書余詩于後，以見余不仁不孝，不能竭力于始終，視前賢大節有愧云。

思卻千思與萬思，音容無復見當時。草窗夜静燈前教，蔬圃春深膝下嬉。將謂百年供色養，豈期一日便生離。泰山爲礪終磨滅，此恨綿綿未易衰。

次韻

觸目家山總是思，思親况遇早春時。日長每聽詩書訓，風暖頻隨杖屨嬉。百載韶華成荏苒，終天涕淚感睽離。自緣孤子無誠孝，不是人生有盛衰。

風光滿目動哀思，春草春花似舊時。堂斧已成終古恨，斑斕不復往時嬉。中宵秖解追前夢，隔歲猶如在遠離。卻憶高堂覽明鏡，曾將華髮嘆年衰。

彷佛音容彷佛思，衣冠出入憶當時。成人未返林烏哺，稚子曾騎竹馬嬉。椿老暮庭風槭槭，草荒春塚兩離離。固如罔極恩難報，衹恐終天孝易衰。

其一

餘生無慮亦無思，衹有思親未了時。抱恨因虧□□職〔三〕，含飴忍弄我孫嬉。萱殘甲帳悲坷坎，椿老丁年痛别離。加勉報稱遺訓在，不堪搔首鬢毛衰。

其二

想到孩提慕孝思，博歡不在晨昏時。庭幃定省從兄後，杖履追隨負姪嬉。二老頻教多取益，六經未敢暫相離。夜深偷枕衾中石，隱痛雙親力漸衰。

其三

天真一點發深思，思及高堂未老時。膝下嬌痴情戀戀，庭前色笑樂嬉嬉。每嫌粗糲難供鼎，要博榮封不忍離。自問此恩終莫報，最傷庭樹早枯衰。

其四

回首當年萬里思，萱幃久曠許多時。雲横葱領雲間望，夢入黔山夢裏嬉。除却承歡無可否，從來遠戍總乖離。啣恩歸省十三載，晨夕愁看母鬢衰。

其五

登高東顧遠馳思，泣血雙親枕背時。停箸空含鮮食淚，設裳不見笑顏嬉。為求禄養頻顛蹇，纔得名成永别離。老去夢魂愈慘切，願從地下盼身衰。

其六

每到郊園望塚思，荒遊五萬數千時。清明柳弄清風舞，長至琴停長夜嬉。積世本源原不易，遺身神炁總無離〔四〕。普天同慶昇平日，趁此登塋力未衰。

其七

垂老空空説孝思，思親那是見親時。曾厨誰問徒傷有，萊綵何緣得再嬉。馬鬣千秋終死別，虎頭百戰竟生離。靈魂夜夜夢中見，想是關心察盛衰。

其八

常常痛定更追思，愈老愈傷親老時。日暮霞蒸榆影静，月殘風細鳥聲嬉。方聞乳燕欣來復，又見雛鴉噪合離。睹物生平多抱恨，囑兒無慮我年衰。

其九

風雨牂牁引客思，家山遥想掃塋時。大兒應念老親遠，少婢還携小女嬉。平抖血巾旛曳曳，用斟心淚酒離離。非關誠孝由天性，慟切高年氣早衰。

其十

抱病高平静裏思，那能自問無虧時。人天愧怍差堪信，將士趨承頗足嬉。行止何嘗論否泰，瞻依究竟痛暌離〔五〕。但求荒塚添抔土〔六〕，整刷精神再起衰。

【校記】

〔一〕詩題原當作《風樹悲吟》，『先勤勇公』四字乃楊恩桓輯録時所加。

〔二〕此句後原脱一頁，據詩人小序，知脱頁所載即許衡《思親詩》及薛瑄次韻詩。今據薛瑄《敬軒薛先生文集》補。

〔三〕□□，二字原損毁。

〔四〕『炁』，古同『氣』。

〔五〕『睽』，原作『睽』，據句意改。

〔六〕『抔』，原作『坏』，據句意改。

勤勇公述古初稿三首〔一〕

自廢井田利失權，朱程註釋乏心傳。還淯返樸雖云可，挹彼注茲何説焉。尚儉我教恒惜福，救貧誰肯樂輸錢。民生國計無他術，惟有繁華通貨泉。

其二

霸齊管子務生涯，揣到人情蔑以加。養妓勾商原有見，救貧剥富却無差。日居抵掌談經濟，時措垂頭鈍齒牙。尚儉一端為得計，不知甦困任繁華。

其三

繁華古不是良方，貨不流通為儉傷。惜福但箴驕富宦，還淯專救歹心腸。若云樸素能充裕，那見嚴寒得發揚。治道必須如夏景，轟轟烈烈大文章。

【校記】

〔一〕『勤勇公』三字乃楊恩桓輯録時所加。

老屋箴

佛有藏骨塔，祖有華陰地。我卜百果樹，預為蓋棺計。得所近松楸，土石親手砌。横濶六尺三，順長一丈二。面舖三合泥，混淪太極式。鉗中原有突，天然兩蟬翼。遷壬山丙向，收全局瑞氣。且葬我衣冠，托木偶嘗試。鐵筆鐫手書，用以代墓誌。

葬木偶

無尸衣冠葬，我乃葬衣冠。衣冠托木偶，且殮百果巒。我原不是我，於我何相干。平生得力處，把我作旁觀。茫茫大世界，厝此一枕棺。有幸得其所，神留天地寬。

書百果樹生墓碑陰〔一〕

一襲征衣經百戰，透膚班孔血猶腥。彤弓拜爵長垂後，紫閣連鑣次繪形。三十封圻頻坎陷，九重雨露替雷霆。君恩未報身先死，不了丹心萬刼銘。

【校記】

〔一〕墓，原作『基』，據題意改。

為張亥白題畫蘭一絶〔一〕

乾坤無事少登壇，搦管心存一點丹。堪笑我將殺人手，每揮秃筆寫幽蘭。

【校記】

〔一〕詩題當爲楊恩桓輯録時所加，有誤。此詩爲楊芳自題畫蘭之作，自嘲與自得兼之，非爲張亥白（張問安）題也。張問安《亥白詩草》卷七載，詩人嘗讀楊芳此作，喜其俊邁，照録全詩，并題七律一首於其後。詩云：『錦鎧花袍百戰身，刀光横染血痕新。賊於到處真如鬼，公亦何嘗竟殺人。第五名還榮驃騎，無雙士合畫麒麟。懸知露布親揮寫，不藉征南幕下賓。』多稱頌楊芳之詞。

道經劍閣夜半馬上得句〔一〕

烽燧驚傳接帝京〔二〕，焦心日月繫軍情〔三〕。足間蹭蹬隨高下〔四〕，胸次康莊自坦平。鵬翮聲摶天萬里〔五〕，馬頭夢冷月三更〔六〕。迢迢劍閣家何在〔七〕，力挽銀河洗甲兵〔八〕。

【校記】

〔一〕詩題有誤，疑當作《夜度七盤關》。本題蓋摘自楊芳《自編年譜》，譜自述於嘉慶十四年十月由成都赴陝途中作該詩，至劍州，吕牧士麒爲刻入《劍州志》。考吕兆麒任劍州牧在嘉慶十五年，且在任期間并無修志之事，稍晚的《〔同治〕劍州志》亦未收録該詩。可見楊譜所記該詩相關事實有誤。查《〔道光〕續修寧羌州志》卷四有《夜宿七盤關》一首，《〔光緒〕寧羌州志·藝文志》《〔民國〕漢南續修郡志》卷二十九有《夜度七盤關》一首，均署名楊芳，與本詩爲同一作品。

〔二〕『驚傳』，《〔道光〕續修寧羌州志》（簡稱《續寧羌志》）《〔民國〕漢南續修郡志》（簡稱《漢南續志》）作『傳來』。

〔三〕『日月繫軍情』，《續寧羌志》《漢南續志》作『日日盼軍情』。

〔四〕『蹭蹬』，《續寧羌志》《漢南續志》作『邱壑』。

〔五〕『鵬翮聲摶天萬里』，《續寧羌志》《漢南續志》作『鴉翅寒聲秋半夜』。

〔六〕『夢冷』，《續寧羌志》《漢南續志》作『殘夢』。

〔七〕『迢迢劍閣家何在』，《續寧羌志》《漢南續志》作『雲飛棧閣旌旗捲』。
〔八〕『力挽銀河洗甲兵』，《續寧羌志》《漢南續志》作『敢以身爲萬里城』。

題岳忠武王廟〔一〕

檜何其太拙〔二〕，成就忠武烈。後世皆稱冤〔三〕，忠武獨感切〔四〕。勿怪羣凶狠，無關王氏舌。君自壞長城，臣尚有何説。殺身心不痛〔五〕，心痛敵未滅。何疾不戕身，無所謂誣蠛。脱使天假年〔六〕，灑盡一腔血。大宋未必興〔七〕，今人豈易抉。同時韓世忠，後時張世傑。天上遇文山，相攜忠泣節。何如湯陰樹，永蔭西湖穴。

【校記】

〔一〕傅炳熙、傅乃芹《宋元明清詠岳飛廣輯》、河南湯陰岳廟詩碑（簡稱『詩碑』）録存本詩，闕題。
〔二〕『檜何其太拙』，詩碑作『奸相何太拙』。
〔三〕『皆』，詩碑作『許』。
〔四〕『獨』，詩碑作『當』。
〔五〕『殺』，詩碑作『戕』。
〔六〕『脱使』，詩碑作『即使』。
〔七〕『大宋』，詩碑作『炎宋』。

題百泉

重來瞻靈泉，慨兹太行麓。鳴鶯止細柳，遊魚漾修竹。動静索奥旨，天根剥月窟。滌垢快神恩〔一〕，盪胸怡心目。西望侯兆川，神驚鬼猶哭。屈秦欽完璧，敗金壯武穆。五百餘年後，滑臺賊竄伏。湯陰集戎伍，鬚髩蒼越宿。勁旅靖逆氛，京觀鯨鯢築。念彼蠢蠢者，何事罹兹酷。積惡天降災，斧鉞膏皮肉。求治叙彝倫，心香祝九牧。

【校記】

〔一〕『神恩』，疑當作『神思』。

先勤勇公步元次山窊尊原韻〔一〕

大江水西來，迴還繞幽亭〔二〕。窊尊凹石穴，石以次山名。亂峯嵌江渚，一掬傲東瀛〔三〕。秋雨溜不竭，中睹黿鼉生。有唐昔葉中〔四〕，災黎慄洪溟。漫叟吏舂陵，不忍獨為醒。時時發醉語，嘲戲餘深情〔五〕。當年持符地，瘡痍滿荒城。至今頌遺愛，竹樹炊烟輕〔六〕。亭小難容席，白雲環檐楹。尊空留殘滴，窊淺尚古形。我來挹高風，時時攜甌瓶〔七〕。陶然共一酌，何必期淵明。

【校記】

〔一〕詩題當爲楊恩桓輯録時所加。《晚晴簃詩匯》（簡稱《詩匯》）題作《永州返棹經三浯步元次山峿尊原韻》。

〔二〕『迴還』，《詩匯》作『迴環』。

〔三〕『傲東瀛』，原作『倣東贏』，據《詩匯》改。

〔四〕『葉中』，《詩匯》作『中葉』。

〔五〕『嘲』，原作『朝』，據《詩匯》改。

〔六〕『竹』，原作『行』，據《詩匯》改。

〔七〕『時時』，《詩匯》作『時思』。

大將行〔一〕

天道盈虧生是非，積惡到頭積凶刼。水旱疫癘天自了，惟有刀兵資人力〔二〕。天若自了駭見聞，因付大將操戈戟。二人同功後起勝，衹因先起心不寔〔三〕。後起定須德性堅〔四〕，然後功成可期必。功成又為造物忌，自古大將多短折〔五〕。賊生有處滅有時〔六〕，不為大將助威烈〔七〕。一將功成萬骨枯，奈何攘以為己績〔八〕。殺人一命抵一命，萬萬生靈忍殘賊〔九〕。功成還天差自保，清夜捫心敢矜伐。赤松世外任遨遊，大樹林中獨緘默〔一〇〕。歌此敬告貔虎臣〔一一〕，蓋世英雄要韜戢。

【校記】

〔一〕張維屏《花甲閑談》（簡稱「《閑談》」）卷十附存本詩。張稱楊誠村軍門過樊城，手書《大將行》一篇見示，並邀同作。張氏所録與楊恩桓輯本异文甚多。

〔二〕「資」，《閑談》作「藉」。

〔三〕「二人」二句《閑談》無。

〔四〕「後起定須德性堅」，《閑談》作「大將定是有德者」。

〔五〕「大將」，《閑談》作「名將」。

〔六〕「處」，《閑談》作「地」。

〔七〕「不為大將助威烈」，《閑談》作「蒼昊鑒觀常赫赫」。

〔八〕「一將」二句，《閑談》在「殺人」二句下。

〔九〕「萬萬」，《閑談》作「千萬」。

〔一〇〕「功成」二句，《閑談》在「赤松」二句下。「任」，《閑談》作「共」。

〔一一〕「歌此」，《閑談》作「作詩」。

感述七十六韻〔一〕

嗟予少行役，平生無長策。鐵石効命心，百鍊不回折。少時好出奇，讀書讀戰策。傭書養老親，年十六投筆。十載困行伍，功名道路窄。乃乙卯之春，黔楚苗猖獗。奮臂入賊屯，欲掉三寸舌。犬羊性難移，格鬬冒深雪。母老倚閭望，馳歸整行列。掩其所不備，鼓勇搗虎穴。擒渠三十七，黔疆逆氛息。楚邊折全軍，楚苗事突熾。非戰之不勇，非謀之或洩。天地為生人，積惡成凶刼。楚苗擱入黔，血戰六十日。相王來解圍，主將遭反詰。冒死白其冤，受知冀長額。時翁為總管，一見深相結。有謀必贊許，緣出三生石。一經平苗疆，轉征白蓮賊。三省勞馳驅，百戰服羣力。馬上六寒暑，卒歲膺節鉞。感荷裁成恩，立名在氣節。初任鎮終南，營制本新設。袤延千百里，遍山盡伏孽。閤鎮新募軍，徒步窮搜抉。捐資散遊民，屯田足兵食。令行肅刁鬥，民喜安衽席。丙寅攝陝帥，司儲失籌畫。變亂起兩城，一夜河流赤。賊亦懷舊恩，保送我家室。飛騎轉南山，城已十失七。單騎入賊營，眾心悔叵測。羽黨散數萬，巨魁收三百。引咎甘戍邊，恩釋還鄉籍。從軍十四載，始得依母膝。母病語步艱，團圞喜朝夕。與兄皆少子，兩兩齊捧檄。棄暇復原官，奉母出東粤。未幾轉長安，勞勞車甫息。陡生風木悲，扶櫬歸窀穸。滑臺馳車書，我乃釋服闋。星馳渡大河，一戰道口復。再捷太行山，一宿鬚鬢白。旋軍攻滑臺，大破賊城堞。秉承主帥謀，蕆功方匝月。南山賊又起，馳歸旋撲滅。成事本在天，人力無可必。韋孝寬有言，際會始成勳。勳何足酬恩，況復膺世祿。甘直與楚南，三省歷提督。省墓感聖慈，復膺固原職。西陲烽火驚，策馬馳戈壁。櫜鞬謁將軍，奉令攖前敵。首克柯爾坪，賊盡膏斧戟。長驅復喀城，四戰四奏捷。偏師取和闐，陣縛噶爾勒。出卡二千里，凶鬭布魯特。轉戰五晝夜，聲威讋羣狄。帝命贊機宜，擒渠畀專責。旋師布樊籠，購綿詭勾攝。元凶投羅網，竄進圖舒克。分隊贊將軍，相約成夾擊。夜馳三百里，踏雪迅追襲。噶爾鐵蓋山，首逆奮登陟。及巔技已窮，不刎即撞跌。賴有勇敢卒，蹻登扼肘腋。竟得生擒之，聖主齊天福。除夜奏紅旗，恩隆封侯爵。命繪八戰圖，姓名附圖說。敢望傳青史，小臣偶遇合。顧念生寒素，黔中一武卒。初意博微官，平生願已足。謬邀非常典，感激繼以哭。清夜勤修省，盈盈汗浸褥。何以圖報稱，丹誠勵幽獨。

【校記】

〔一〕本詩又載於《〔同治〕增修酉陽直隸州總志》（簡稱《酉志》），題作《西陲軍中乘暇日自題小照並賦俚言一首》，不惟詩題有异，一句之内异文甚多，數韵之内，詩句亦多移易、增減。爲免校記繁瑣，反不利於呈現差异，此不逐一羅列异文，姑録全詩如下：

嗟予少行役，平生無長策。鐵石效命心，百煉不回折。小時好出奇，讀書讀戰册。傭書養老親，年十六投筆。十載囿行伍，功名道路窄。乃乙卯之春，南楚苗猖獗。奮臂入賊屯，欲掉三寸舌。犬羊性難移，格鬥冒深雪。老母倚閭望，馳歸整行列。掩其所不備，鼓勇搗虎穴。擒渠三十六，黔疆賊盡滅。楚邊將遲疑，逆氛驟地掣。後三日用兵，嗟乎全軍没。非戰之不勇，非謀之或泄。天地好生人，積惡成兇刼。楚苗攔入黔，惡戰六十日。解圍來髯翁，一見深相結。有謀必贊許，緣出三生石。兩載定苗疆，移征白蓮賊。三省勞馳驅，百戰服羣力。壯歲任封圻，成之主帥額。軍政令森嚴，立名在氣節。初任鎮終南，營制皆新設。袤延千百里，遍山盡伏孽。千六新募勇，五戰窮搜抉。政行肅刁斗，民喜安衽席。往攝固原帥，司儲失籌畫。變亂起兩城，一夜血流赤。賊亦懷舊恩，保送我家室。飛騎轉南山，城已十失七。單騎入賊陣，片言眾心貼。散黨與百千，收渠魁三百。引咎甘戍邊，恩釋還鄉籍。離家十四載，承歡依母膝。母病語步艱，團欒喜朝夕。與兄皆少子，兩兩齊捧檄。棄瑕復原官，奉母出東粵。未幾轉長安，勞勞車甫息。陡生風木悲，扶櫬歸窀穸。滑臺馳軍書，我乃適服闋。戰捷太行山，火破賊城堞。秉承主帥謀，蕆功方匝月。南山賊又起，馳歸旋撲滅。成事本在天，人力無可必。韋孝寬有言，際會始成績。績何足酬恩，又復膺世祿。甘直與楚南，三省歷提督。省墓感聖慈，旋應五原役。西陲烽火驚，策馬馳戈壁。橐鞬謁將軍，奉令攖前敵。首屠柯爾坪，賊盡膏斧戟。長驅復喀城，四戰四奏捷。偏師取和闐，陣縛噶爾勒。出卡二千里，兇鬥布魯特。轉戰五晝夜，聲威讋羣狄。君命贊機宜，擒渠畀專責。旋師布樊籠，購線詭勾攝。元兇投羅網，竄近圖舒克。分隊贊將軍，相期成夾擊。夜馳三百里，踏雪迅追襲。喀爾鐵蓋下，逆酋奮登陟。爬近山極巔，不刎即撞跌。賴有勇敢卒，蹻登扼肘腋。竟得生擒之，祝君齊天福。除夜奏紅旗，隆恩封侯爵。命繪八戰陣，姓名附圖說。敢望傳青史，小臣偶遇合。顧念生寒素，黔中一武卒。初意博微官，平生之願足。謬邀非常典，感極繼以哭。清夜勤修省，盈盈汗侵褥。何以圖報稱，丹誠勵幽獨。四十三年事，約畧載尺幅。

果勇侯夫人傳

此傳由京湖浪墨抄來，附录七律一首。

嘉道間名將首推二楊，功業威名彪炳一世，而果勇侯夫人龍氏臨機應變，卓識鴻才，則有世所不盡知者。夫人為蜀之華陽縣人，廣東佛山同知廷泰女也。果勇任甯陝鎮總兵，夫人歸焉。

初婚三日，終南教匪潛熾，侯即帥兵搜賊。明年調署固原提督，夫人方懷姙，未行。及秋，甯陝鎮兵以停餉兩月，嘖有叛言，鎮將不善駕馭，勢岌岌不可終日。或請夫人乘夜間速行，夫人曰：『叛否不可知，若行而後叛，是通賊也，不然何以先知？』卒不行。亂作，殺營官，肆焚掠，闔城擾攘，官民眷屬奔夜驚竄，反依夫人為逃死藪。方是時，未叛者拒於內曰：『夫人勿死，我輩受恩重，誓禦賊以衛夫人。即不敵而死，主將聞之，亦見我輩心也！』已叛者拒於外曰：『夫人勿驚，我輩受恩重，情急而叛，無與夫人事，誠慮外寇驚及夫人，主將聞之，無以明我輩心也！』先是，鎮署司餉朱之貴者性吝刻，眾欲殺之，夫人藏之複壁中，佯令追捕，眾意乃釋。黎明，叛眾請見夫人，奴婢及避難婦女倉皇號涕，求勿放入。夫人怒曰：『生死有數，敢涕泣者懲之！且朽牆薄壁，脱有他意，誰能禦之？請見則見，何畏之有！』命左右啓門而出，端坐堂上，叛首數十人血臂淋漓，伏地痛哭，請送夫人出城。夫人曰：『誰則戕官殺人者抵命，於汝眾人何尤？速擒首逆，絶妄念，主將或可申奏朝廷，予以生路。』眾曰：『我輩結盟，誓同生死，不能遵夫人命，謹備輿馬以俟諸婦女。』又曰：『夫人行，我輩死矣！』夫人曰：『此輩皆我故舊，須隨我出，不得傷殘。』即出婢媪衣履，與官眷結束，次第啓行而已。乃乘輿殿後。甫出署，叛眾發號傳隊以送。夫人呵曰：『止此！何時何等狂悖而猶循此虛文耶？除現在署前者，餘皆不得露面！』眾唯唯，送至淍溝，哭拜而返，適遇之貴於途，舉刃擬之〔一〕，曰：『汝今日亦入我輩手耶！』之貴曰：『我藏複壁，夫人計也，夫人忘盥盆，命我送往，汝等欲殺我，即轉賫盥盆去。』衆審視良久，曰：『且為此盆饒汝！』明日行抵石泉縣，石泉百姓方遷徙，縣令不能止，聞夫人至，公服攀轅，留守城池，越六日始就興安免身。時典郡興安者，夫人從兄爕堂也。初，果勇於固原聞變，遣屬將選兵進勦，而自帥親丁四人，冒雨及馳千二百里〔二〕，三晝夜而至盩厔，得爕堂書，知夫人已注興安〔三〕，即馳往石泉撫賊，解鄠縣圍。賊首蒲大芳，公舊部也，素得衆心，公又素得大芳心，乃單騎入賊壘，諭以順逆利害説，令投誠，仍同入甯陝鎮城，約束歸伍。而大芳心懷反側，意頗悔降，遂以願赴興安迎致夫人為請，實以試主將心也。果勇立允所請，不增一奴。或謂夫人明晢，必托辭不行。比大芳至，天大風雪，夫人冒雪抱子，泰然登程。越日道過漢陰廳，大芳與同行王奉者相鬪，夫人入廳署，訊知曲直，棍責大芳四十，械繫而行。將至鎮城，降衆代求免繫，更乞勿使主將知，夫人許之。及見果勇，詢問公私，悲喜交集，獨不言途責大芳事。居十日，各帥遣都守馳候，果勇見左右役使皆叛黨，神情炯炯，相視無一言。少頃，請間密白曰：『各帥得漢陰稟函，知夫人途責大芳，恐降衆離心，故遣某等探候。』果勇曰：『不知也。』入詢夫人，曰：『有之。』曰：『何無一言？』夫人曰：『是不必知，知而不誅則廢法，知而加誅則失信。我見不徹不敢行，既行，保其貼服，無勞探也。』果勇出語，都守歎服而去。他日，各帥戲謂果勇曰：『誠村小心，夫人敢責賊，恐元帥亦不免也！』其智畧英果類如此。方叛兵之就撫也，廷議以果勇在鎮馭兵不嚴，削職戍伊犁，自謂立功贖罪，或可免行。夫人曰：『卒伍為逆而主帥無罪，國家無此法度，所望君恩高厚，不久戍耳。』後一月，果蒙賜還〔四〕。果勇籍貴州，褫職後自犍為南歸，舟子慫恿羅鹽，謂至沿河司可獲重利。夫人曰：『居官不宜近利，况數奇罷官之時，財禄可知。』力諫而止。行抵黄瓜漕，前舟撞損，以載輕，急駛近岸，人免而船沉。夫人善畫蘭，善彈琴，讀書尤識大義，嘗曰：『方寸静潔，則理勝欲；念慮牽滯，則欲勝理。人生最忌情流為欲，則百事不得其正。』聞者尤敬服焉。天河生曰：『情流為欲，一語勝於理學家數百千言，乃得之閨閣中乎！』夫人制事之明，即以心淨，故見義之勇，即由遏欲故。偉乎！非果勇孰能匹此而無愧者乎！

【校記】

〔一〕『擬』下有脱文。

〔二〕『及』，疑當作『疾』。

〔三〕『注』，疑當作『往』。

〔四〕『還』，原作『環』，據句意改。

祝舅氏瑕堂龍公壽

樓上籌邊倚檻頻，每懷往事倍馳神。十年俯育憐同氣，八口艱難寄此身。白髮於今添尚未，朱顏猶昔記能真。冰桃摘取憑誰奉，引領遥睎驛路塵。

楊芳詩補遺

謁留侯祠

劍佩依然像設空，誰從辟穀訊丹宮。沿流露石長疑雨，盡日修篁不滿風。同輩韓蕭推俊傑，後來園綺識英雄。偏憐帝佐非常畧，一擊銷沉博浪中。

《［道光］留壩廳志·留壩足徵録》卷二

讀《西域蟲鳴草》二首

上將聲華本絶倫，吟情活潑任天真。靈源一派珠跳沫，皓月三秋露滌塵。麟趾鳳毛占氣色，璚花瑶草見精神。淋漓墨瀋濡沙海，點滴能回塞外春。

馬跡縱横萬里存，東隅西極滿乾坤。析圭誰荷彤廬貺，秉鉞兼瞻魯衛尊。冰雪一奩收玉塞，鶯花二月憶金門。異時重過祁連道，盃酒淺斟聆細論。

晉昌《戎旃遺興草》卷下

祭隨征新疆陣亡將士

天地生人，運會迭更。有生有死，百疾交並。輸忠效命，莫重於征。與死於疾，寧死於兵。賈復盤腸，夏侯啖睛。豹死留皮，人死留名。捐軀將士，國之群英。氣壯山河，靈拱神京。死有先後，共矢一誠。光昭信史，日月争明。立祠享祀，庸酬忠貞。子子孫孫，世受殊榮。人孰不死，死後猶生。神其有知，來啜斯觥。

楊芳《宫傅楊果勇侯自編年譜》卷四

岳陽樓

百川異派一湖收，長夜風清蕩月浮。四面河山環大鏡，滿天星斗倒中流〔一〕。一千餘載龍鶩渡，七十二峯雁送秋。轉瞬光陰嗟世故，縱觀宇宙悉同儔。

《〔同治〕巴陵縣志》卷二十八

【校記】

〔一〕『倒』，《〔光緒〕巴陵縣志》作『到』。

回瀾閣

高閣臨江觸太空，禪光匹練繫長虹。寸心散淡雲霄外，二水盤環造化工。浪裏頻推千個月，波中微動一樓風。蘆葦深處濃烟鎖，漫駕扁舟學釣翁。

爲愛白雲陟翠巒，層波先我上雕欄。眼前風景隨心得，夜半鐘聲協漏殘。山水有情多寓目，乾坤無事少登壇。劍光近接三臺氣，權就峯頭學煉丹。

危峯特出枕長空，天外樓臺吸斷虹。梵净源流欣宿浪，雲羅掩映贊神工。北辰争鎖雙江月，太極回瀾二酉風。五嶽歸來渾一覽，無如此地學仙翁。

《〔道光〕松桃廳志》卷三一

墓碑自挽

一襲征衣經百戰，透膚瘢孔血猶腥。彤弓拜爵長垂後，紫閣連鑣次繪形。三十封圻頻坎窞，九重雨露替雷霆。君恩未報身先死，不了丹心萬劫銘。天人事畢死如期，不死勤勞未盡時。也許先期天命召，人間不要這呆癡。我殮我父著布衣，囑兒殮我亦布襖。布衣之子已封侯，千萬不宜藏珠寶。

龍秀貴《楊芳墓》附，《銅仁地區文物志》第一輯

疆場抒懷

疆峯獨立聳藍天，平眺關河憶枉然。四境風灑傳鼓角，萬山雲迷走烽煙。邊氛未息勞宸慮，將帥無謀奏凱旋。多少不平懷裏事，登高執筆淚難捐。

須道周郎善用兵，將軍小李亦知名。千行坐勇心原壯，一戰歸來膽已驚。好勇無謀花亂陣，潛師不出柳藏營。膚功未奏飄然去，縱賊歸田恥聖明。

春風春雨又花朝，戰伐經年壯志消。大帥何曾籌上策，單于忽已遁中宵。空軍猶聞張旗鼓，城雉森嚴禁斗刁。更有孤軍能直搗，橋頭痛絶霍嫖姚。

單槍匹馬走速霄〔一〕，耿耿忠心答聖朝。小范甲兵真滿腹，武侯心事共琴焦。封章速日稱收

復，城廓無人感寂寥。最惜雄師隨四陣，莫忽生死報當朝。

儒生從未讀兵書，請戰殷計已輸。出岫無心虛發禾，臨江矚目便回車。危傷偏有因懷我，稚子何曾賈有愚。一遍草根殘白骨，馬前憑弔眾噓唏。

黄前進編《果勇侯楊芳研究》

【校記】

〔一〕『速霄』，疑當作『連宵』。

悼楊蓮之孫女七律五首

天風吹折玉枝柯，蕙萎蘭雕喚奈何〔一〕。百首詩篇機獨織，一生心血墨同磨。珠遺西陝奇兒在，信到南湘老淚多。來柬記曾親手寫，一回撿點一滂沱。

問渠何事到人間，才到人間即便還。海內有詞傳白雪，天公無福妬紅顏。承宮傳説千秋識，明月清風萬里山。我欲抬魂來楚澤〔二〕，英皇竹上淚斑斑。

渺渺人天隔路歧，是真是夢弗猜疑。無方能授長生訣，有恨翻成薄命詞。謝女才名群議解，班姬史略幾人知。宿恨未了瓊華斷，奪取修文筆一枝。

自信平生一寸丹，英雄淚本不輕彈。補天有石心常在，續史無人興轉闌。四五更頭鵑血苦，三千里外鶴聲寒。夜深細憶當年事，才子佳人作合難。

崎嶇戎馬共追隨，記是阿咸選婿時。萬縷糾紛偏扼要，代寫家書最爲括簡。六朝綺麗苦爭奇。女平生好作駢體文。生逢蕭鳳應同調，死到春蠶爲吐絲。悔我封侯投筆後，不曾教汝棄毛錐。

黄前進編《果勇侯楊芳研究》

【校記】

〔一〕『雕』，疑當作『凋』。

〔二〕『抬』，疑當作『拾』。

郊原游

每到郊原望冢思，荒游五萬數千時。清明柳弄清風舞，長至琴停長夜嬉。積世本源原不易，遺身神氣揔無離。普天同慶升平日，趁此登臨力未衰。

黄前進編《果勇侯楊芳研究》

句

鶴盤碧漢雲無迹，馬踏寒光月有聲。

楊芳《宫傅楊果勇侯自編年譜》卷三

集句

庾公風流冷似鐵，宛邱學舍小如舟。

《［民國］巴縣志》卷十

撫琴愛狄梁公《望雲思親》，有音無詞，按譜填五百四十四字〔二〕

雲山蒼蒼，江水泱泱。會深秋，祇見那，山高水長。溯本原，也彷徨，樵漁可皆盡蔬水養。佩金曳玉，轉羈他鄉，如白駒過隙，也猶忙。定省久，虧日就月將。仰蒙教育，讀破萬卷兮文章，又豈爲他人耶，作嫁衣裳。賴天恩與祖德，姓名揚，到如今，甚唐皇。出有舟車，處

〔二〕此作乃彈詞，爲後世搜輯者所未及，姑存之。

則有雕墻，那能彀鬧鬨鬨，衣錦慶高堂。祇落得，髮蒼蒼，倚門望。游固有方，但不免惟疾是憂耳，牽心掛腸。揣不盡，我親心，何等樣的想。聽蕉聲，一陣陣，夜雨叮噹。祇覺得，那日短夜更長。游子思故鄉，王事鞅掌，爲那國計民生，黼黻皇猷分，經營勞屏當。白雲白雲，飛分來往，此心此心兮，隨風翱翔。陟彼太行之上，轉顧大河之陽，有我園莊。親舍其下兮，馳思神往。既無有八龍三鳳，席温枕凉，取法黄香。慈母手中線，臨行密密縫，可憐手跡在，那能瓜菓隨時嘗。葡萄歸奉，莫不成了幻想。受箠而喜之，大賢兮難仿。詠南陔之詩兮，此心不違。河長流兮洋洋，擬春暉兮北堂。慚予之薄德，久處廊廟兮，才謝圭璋。怎能彀卸肩於俊傑，當朝有如乎杜房。雖曰移孝作忠兮何妨，粟千鍾兮爲禄養，但比那荷薪負米之古人兮，懸絶天壤。敢與那及親而仕，三釜心樂的並稱揚。横逆無端蠆尾，辛亦堪傷，闇闇污納罹羅網，陷法臺，受笞杖。飛語到家鄉，傳言更悽愴，料椿萱驚魂喪。力不能定國與安邦，莫被那，利鎖與名韁。倒不如，解組歸去，高卧東山上。效那洗耳的許由，藹然神怡心曠。一日風波十二時，時時履冰霜。抛浮雲夢境，重聆義方，明德薦馨香。惟祝二老地久天長，載馳載驅，何如牛背穩當，得朝朝洗腆稱觴，遂團圞樂壽康。啜菽水承歡，或捧輿侍養，不爲蒼生屬望。

楊承注詩

誥授奉直大夫顯考楊公節略

先君諱承注，字挹之，號鐵菴，行一，生於嘉慶丙寅年八月二十六日辰時。當是時，先王父勤勇公任寧陝鎮總兵五載，是年奏署陝西提篆，眷口仍留鎮署。因當事停扣米折，鎮兵作亂戕官，拒城叛兵等因懷先王父恩，次日將先王母送出興安府，甫匝月而府君生，故乳名餘生。幼而穎悟，賦性孝友，讀書過目成誦，八九歲有神童之目，十歲時有《過馬嵬驛懷古》詩一首。十餘歲隨先王父任，復至固原，適值先外祖山東蘇公諱兆登，嘉慶己未榜眼，視學陝甘，與先王父誼篤金蘭，時出府君詩文求正，許為翰院才，因以次女許婚。十八歲完姻。先王母治家教子極其嚴肅，笑語不苟，而先府君承歡養志，能得父母歡心。先王父因見天分頗高，所聘業師皆一代名儒，在陝則武威郭雪莊先生，在湘則邵陽魏默深先生，在直則安徽包慎伯先生。二十二歲，先王母見背，時焚香祝天，求以身代，與先慈母同時割臂肉，和藥以進而各不相謀。彌月後互見臂瘡，始知其事。殁後哀毁愈甚，營葬後廬墓三年。道光戊子科以一品蔭生回黔鄉試，不第。己丑歲，先王父条贊回疆，生擒回酋張格爾，檻送京師，蒙恩賞給舉人，准其一體會試。丁酉年應試入都，兼考蔭生，引見以主事用，簽分刑部河南司行走。在京十載，屢應春闈，而性甘淡泊，不貪利禄，日惟下帷讀書，不問家事。酷嗜古書，在京所收書籍不下數萬金，所居之室四壁皆書，日夜坐卧其中，手不釋卷，所與交遊皆當時名士。所作詩文概不存稿，過輒焚之，每云再加十年攻苦，方敢問世。惟刻有《鐵珊齋學筌》一卷，至今尚存。作書則宗包慎伯先生，制藝則宗魏默深先生，詩詞則宗郭雪莊先生。但半生辛苦，未博一第以遂親心，每以為憾。道光乙巳春，因嚮有癬疾，偶感風寒，觸發癬瘡，加以痰喘，亦因心血素虧，竟至不起。見背時年僅四旬。生有四子一女，均未成立。時先王父亦於次年見背。丁未秋，先慈母擕子女扶櫬歸里，葬於湖南永綏廳梭羅湖先王母墓側，遵遺命也。桓等雖有四人，未能稍盡子職，至今言之，不勝風樹之悲。承詢事實，謹叙次如左，附録近體詩三首，謹備採擇。男楊恩桓薰沐敬述。

葬木偶誤筆重抄〔一〕

無尸衣冠葬，我乃葬衣冠。衣冠托木偶，且飧百果巒。我原不是我，於我何相干。平生得力處，把我作旁觀。茫茫大世界，厝此一枕棺。有幸得其所，神留天地寬。

【校記】

〔一〕此詩又見楊芳詩集。循詩意及楊芳晚年活動，此詩當爲楊芳所作。《續修四庫全書總目提要》云：『《葬木偶》一首見於楊勤勇詩集中，殆誤筆重鈔也。』此『誤筆重抄』四字疑藏者所加。

過馬嵬坡懷古

朝來薄雨不成泥，駟路殘紅避馬蹄。門掩棠梨三月暮，林空杜宇五更啼。美人粉黛歸黃土，詩老飄零厭鼓鼙。未必他生釵鈿合，重臨應痛此生迷。

庚子夏五月，讀近人本事詩，有感陳跡，因成五十六字，以誌岑寂，不自知其涕之何從也

一鉤凉月漾簾旌，到死蠶絲尚有情。三尺孤墳家萬里，小桃花下畫眉聲。

其二

花落如篴柳卸棉，子規啼頗暮山煙。同心剩有杯中醁，釃恨無音徹九泉。

陶庵遺詩

陶菴逸史節畧

先胞兄名恩柯，號曉蘭，字可亭，行一，復名厽，别號陶菴逸史，係勤勇侯嫡長孫。生於道光丙戌年十月十九日辰時。當是時，先王父出征回疆，獨帥偏師攻尅柯爾坪，回剿全活從逆回民老弱男婦一千餘口，後得家書，即尅敵之日誕生，因命名恩柯。幼而聰敏，稍長，善於語言，隨機應變，獨得父母歡心。先王父尤鍾愛之。十歲讀書，兼能騎射，十六歲因病廢學，改習擊刺打彈，命中百無一失。最喜金石書法，十八九歲時隨先府君在都，學楷書於何子貞先生，學隸書於翟文泉先生，學鐘鼎篆刻於張虎頭先生，皆蒙許可。二十而先府君見背，隨先慈妣扶櫬歸葬。因屢經先慈訓，始翻然悔曰：雖家起於行伍，而父祖皆尚文學，豈可自墮家聲？悉迸絶嗜好〔一〕，日惟讀書寫字，吟詩作畫，每學一藝，廢寢忘飡。家藏古帖書畫頗多，手一册，必領會，得其神似。里居三載，書畫之名大噪。咸豐元年，粵匪倡亂，先慈妣諭之曰：吾家世受國恩，當此國家多事之秋，正兒輩效命疆場之時。即命赴省承襲侯爵，請咨北上，道經長沙，奉母命，贅於薛刺晉甫先生家。刺史為吾黔薛勤勇公第四子，患於楚南者〔二〕。完婚後將欲北上，而粵匪竄楚，省城戒嚴，自備資斧，捐造火器，協守城垣，解圍後，因與當道齟齬，不得入告，於是攜眷回籍養親。經此一番磨礪，愈知以不學無術為恥，日惟承歡膝下，率桓與兩弟下帷讀書。好作古文詞，詩愛學陶，兼喜種菊，故改號『陶菴逸史』，更名畣。潛心經史，研精書法，川東人得一聯一幅，甚為寶重。咸豐五年，黔省大亂，銅匪陷廳城，家遭擄掠。奉母避難，見賊皆烏合，遂與四鄉紳耆整齊團練，出資募勇，方匝月，尅復松桃廳城，並收養石峴衛屯兵四百名，次年隨同官軍克復石峴衛城。奏入，蒙恩賞戴花翎，桓亦得保府經歷。但毀家禦寇，家計愈窘，苗教各匪出没無常，母老弟幼，不敢遠遊，約與同鄉紳耆整頓保甲，訓練鄉勇，為保衛計。八年，先慈妣見背，喪葬盡禮，哀毀愈甚。前自長沙歸，曾染痢症，纏綿半載，至是防剿數年，練兵籌餉，悉皆身任，倍加操勞，居喪後，形容愈見枯槁。桓時亦從軍江浙，五載未歸。同治元年，包逆復叛，家間重遭焚掠，避難楚邊，風鶴屢驚，遂有遯跡山林之志。十餘年轉徙流離，可泣可駭之境，日屢變更，而精神愈見委頓，病骨日以支離，偶得静謐，則以吟詠書畫自遣，不與外事，恒以尚友古人為樂。所作古文詩詞數百首，皆毀於火。年四旬而衰病龍鐘，已具老態，故號也翁。同治六年春正月，因與鄉父老春酒酬答，偶感風寒，觸發舊疾，痰喘日甚，延至二月，賫志以殁，時年四十有二。生二子，長建煐，年僅十六；次建炳，年甫十齡。桓為之教養婚配。同治十二年，携姪煐赴省承襲侯爵，並保花翎。十三年到京引見，蒙恩賞給二等侍衛。光緒四年，奉旨以副將揀發雲南，現授雲南維西協副將。恭逢覃恩，請封其父為建威將軍，以畢其生平未盡之志云。謹叙其巔末如右。

【校記】

〔一〕『迸』，疑當作『屏』。

〔二〕『患』，疑當作『宦』。

題金陵瞻園十二韻步外舅成蘭生方伯韻

招鶴亭

振羽煙霞外，白雲住碧山。忽聞皋禽響，聲過九霄間。

牡丹臺

春色生香界，穠華取次開。此君亦壽考，相愛莫相催。

挹翠樓

坐久堪忘我，窗横十畝陰。崇巖還鎮處，蒼翠咽鳴琴。

黄葉山房

秋色浸杯酒，霜林染醉紅。掃開黄葉徑，枕石看歸鴻。

岸舟

非屋亦非舟，花陰一小樓。半塌書畫外，苔翠與溪流。

平臺

岸幘登臨地，江天一覽寬。孤峯遥獨立，銀漢曉光寒。

竹深處

訪鶴來幽客，緑雲趁竹林。知君多古意，直節更虚心。

釣艇

古人隱朝市，披裘豈似嚴。滄浪鰲可釣，小艇不妨廉。

小隱山房

茅庵清似水，籬落矮於人。小憩聊避俗，心空不染塵。

雲外天香

叢桂小山頭，天香早報秋。欲攀蟾窟影，先上最高樓。

近光軒

廣廈波光近，流觴待月邀。堯天輝舜日，笙管隔紅橋。

賜額堂

宸翰鎮晴嵐，煙雲落紙酣。名園經賜額，千載話江南。

偶吟用靖節翁種豆南山下原韻

對鞠步籬下，花瘦鬢毛稀。涉世非吾願，不仕免賦歸。顏甕無旨酒，膚粟少絮衣。寧使饑寒迫，莫教素心違。

九日觀菊

莫負菊花期〔一〕，茱萸累鬢絲。六旬驚過半，老大不勝悲。菡萏紅衣褪，黄金舊甲披。東籬須爛醉，穿插縱横枝。

【校記】

〔一〕『菊』，原作『鞠』，據題意改。

前題

吾愛黄花瘦，黄花笑我頑。臨風三嘆惜，對酒一開顔。人嬾花偏早，家貧犬亦閒。長吟兼對鞠，籬矮不遮山。

春夜病卧不寐偶感而作

亂雲流水各西東，十載烟花轉瞬空。最怕春宵啼杜宇，斷腸聲在夢魂中。

題松鷹畫幅

由他風雲暗相欺，狡獪毚⿰犭奄也笑癡。且向崇山修建翮，此心唯有老松知。

由龍潭歸山莊途次偶得

楚水吳山汗漫游，廿年贏得老温柔。文章不是窮生活，書畫真成冷應酬。貧士笙歌蛙兩部，荒園奴婢橘千頭。青山不用青錢買，曝背南榮看飯牛。

題逃安子

獨愛逃安子，陶然亦快然。黄花簪禿鬢，白眼望青天。能懶方為福，得詩喜欲顛。平生不合時，祇可老林泉。

時還齋偶題

借得蝸廬小似車，半堆書卷半容予。不耽佳句成詩易，久慣離家覺夢無。萬里追隨惟舊硯，六經開卷盡生書。數椽老屋餘焦土，捧箇船兒岸上居。

静坐

雅好耽禪悦，無言静對僧。小蟲趨炎熱，亂撲讀書燈〔一〕。

【校記】

〔一〕『讀書』，原作『書讀』，據句意改。

卧遊草自叙

桓幼而失怙，弱冠失恃，十七歲家遭兵燹，因而廢學。廿二歲墨絰從戎，轉戰於江皖間五載。同治三年，鄉里大亂，請假回籍，正值賊氛四起，家中重遭焚掠，骨肉離散，田園荒蕪，乃約鄉人聯團築堡，鏖戰三月，賊始遁去。自咸豐甲寅以後十餘年，轉徙流離，倥傯戎馬，十指如椎，雖少時從兄稍學吟詠，久已荒廢。同治六年，先兄棄世，因教兩姪讀，稍理舊業，偶有作，不敢存稿。同治癸酉，携姪烘赴省承襲侯爵，甲戌引見入都，乙亥請假歸里，黔楚燕趙，重遊幾遍，奔走風塵，殆無虚日。己卯冬，小住川東古龍潭，因友人再三索觀，聊記數十首。庚辰夏六，由蜀赴滇，途遠晝長，頗形寂寞，青燈旅館，永夜難消，乃將日間所歷名區勝境、鳥道蠶叢，以及塵途遠近、友朋贈答一一記之，聊遣旅懷。辛巳孟夏，烘姪捧檄宣威，桓時至滇，同赴任所。自抵榕城，梅雨夏霖，連旬不霽，跬步不能出署，復將去歲途中吟詠並前數年所作之能記憶者，手録成帙。偶有所思，開卷了然，風景在目，聊當古人卧遊之意。此後有作即録，以誌生平游歷之苦，非敢言詩，不過欲效知非，姑存前詞，藉以就正於方家，裨得稍獲進益云爾。爰自記其巔末如此。

戊子嘉平月，黔南楊恩桓識於京都梓舍北窗下

桓幼年廢讀，奔走四方，曷敢言詩。昨蒙詢及父兄遺稿，是以不揣固陋，附録俚言數十首，伏乞騷壇斧政。

鄉小弟楊恩桓謹呈

癸酉清明赴省途次寄弟

紅稀緑暗晚凉新，客路迢迢正暮春。幾度星霜催短鬢，半生書劍困風塵。萱堂養志期吾弟，楓陛承恩愧此身。遥憶故園同展墓，樽前應念遠游人。

道經桶井河偶遇鄉人歸里口占以寄

羣山夾峙一江流，浪静潭深古渡頭。兩岸雲烟埋石磴，半天風雨泣猿猴。紅羊刼過銷兵氣，青鳥途逢動客愁。寄語故鄉休問訊，鵬程萬里是瀛洲。

閏三月

緑滿窓前柳若絲，閏餘仍是暮春時。二番桃浪添溪漲〔一〕，兩度餳蕭唱竹枝。修禊再逢挑菜節，踏青重詠采蘭詞。清和首夏期還遠，怪底薰風解温遲。

【校記】

〔一〕『二』，疑當作『一』。

前作閏三月詩，意殊未洽，復成一律

春愁難遣歲華新，將送春歸又季春。九十韶光增卅日，一年花事閏三旬。分餘喜見蓂添甲，筭積仍看斗指辰。半是清和半三月，麥秋天氣雨初勻。

養痾閏三月作

養痾東軒下，垂簾怯晚涼。嬾翻殘卷帙，檢點舊醫方。藥配君臣性，花栽姊妹行。烹茶分蟹眼，看劍拂魚腸。世味河同淡，功名膽共嘗。此身天不棄，勳業紀旂常。

憶滇南寄熯、炳兩姪二十韻係建熯揀發雲南攜弟炳初到滇時寄。

聞道滇南勝，昆明據上游。鴈行初既濟，魚素久沉浮。鐵柱勛名遠，樓船戰伐休。越裳連厥壤，緬甸接炎洲。瘴癘迷雲霧，烽烟觸斗牛。無風三伏暑，有雨一庭秋。唾赤檳榔苦，烟青粟汁稠。玉山瑩越鎮，金礦旺蠻陬。莫飲貪泉水，常懷報國憂。萱幃當奉養，棣蕚好交修。筮仕誠須竭，謀身智要周。忠貞酬帝眷，帶礪壯皇猷。將校甘辛共，軍民紻纊綢。論交思直諒，舍館識名流。肝膽披知己，琴書慰客愁。酒防歡處醉，心向鬧中收。棨戟開荒服，門楣繼故侯。

人雖誇燕翼，汝自紹箕裘。判袂心如結，餘生志未酬。叮嚀二百字，珍重致書郵。

雨水前一日小立庭院，忽有雙燕飛來，徘徊故壘，戀戀有故人意，爰賦一律以誌喜

蒔花種竹雨如絲，乳燕穿簾力不支。嫩碧乍舒楊柳眼，新紅初染海棠枝。喃喃對語情難説，款款斜飛舞尚遲。料是豐年春意早，陽回地煖鳥先知。

人日書懷

微雨滴空階，春寒到敝齋。人閑身且健，詩就悶先排。水暖冰初坼〔一〕，雲低岫半埋。海棠萌嫩蘂，池草破枯荄。忠孝期吾輩，功名愧故儕。酬恩心愈壯，莫負舊襟懷。

【校記】

〔一〕『坼』，原作『圻』，據句意改。

和家季槲人日感懷原韻

春日山居樂，庭寒雨半收。客來添獸炭，僧到置茶甌。竹影晴光漏，松梢露氣浮〔一〕。黄鶯

争煖樹，白鷺戲孤洲。柳眼青初啟，蘭心素更幽。山從雲脚斷，水帶浪花流。閱世心如鑑，齊家德貴修。詩工吟愈苦，食少飽無求。帶礪承先澤，琴書作侶儔。唱酬忘夜永，孝友是身謀。

【校記】

〔一〕『梢』，原作『稍』，據句意改。

和家季槲雪夜旅舍感懷原韻

圍爐煮茗夜漫漫，白戰無聲氣候寒。談笑頓忘風雪冷，放懷久識地天寬。炎涼世態身嘗試，詩酒生涯興未闌。自苦男兒腸最熱，冰霜那敵寸衷丹。

和家季槲新春早行原韻

輕煙澹蕩雨溟濛，緩轡寒生拂面風。旭日出雲雲出岫，春山浮水水浮空。近溪楊柳三分碧，遠樹櫻桃一捻紅。最愛早春行不厭，祥光和靄四郊同。

前作自詠意有未盡，復成六韻，以廣其意即以半翁為别號

未老形衰號半翁，半生知止樂無窮。半山半水田園好，半讀半耕家道充。半作漁樵烟雨外，

半隨鵷鷺廟堂中。半椽屋小棲偏穩，半睡詩成句未工。半世功名勞磨馬，半身精力蠹書蟲。從知世事皆宜半，天道盈虧理暗通。

游蜀紀程

庚辰仲夏，由古龍潭起程，行六十里，宿潮水溪，次日過龍潭鎮香舖中，伙宿麻彎場，口占一律，用『西溪鷄齊啼』為韻

川東乘興赴川西，小住初程潮水溪。百里龍潭重駐馬，丁丑曾游此地。五更茅店怕聞鷄。雷鳴香舖風雲變，路轉麻彎禾黍齊。萬疊蜀山歸眼底，青巒碧嶂晚鶯啼。

初八日過杉刀河登大小白崖，崇山峻嶺，山頭石隙噴泉作瀑布，音如雷吼，飛下陡崖，寔為奇觀

兩岸奇峯曲水通，石橋八尺卧殘虹。山同雞翅三休上，路如羊腸九折中〔一〕。瀑布遠分青嶂破，石泉怒噴碧潭空。蜀中道路皆天險，歷盡崎嶇步履雄。

【校記】

〔一〕『如』，原作『入』，據句意改。

十二日過頭二三坳，萬仞崇山，盤旋曲徑，俯視羣峯，千奇百怪，下山入辣子溪，兩山夾峙，一線溪流，沿溪而出，别無路經

暑雨薰風客思賒〔一〕，羣山縫裏躡飛蛇。參差翠岫佛頭擁，羅列青峯螺髻斜。涉水仰觀天一握，梯山難辨路三叉。巉崖四壁疑無地，漫逐溪流送落花。

【校記】

〔一〕『風客』二字原作『客風』，據句意乙正。

十五日至彭水縣搭船下涪州舟中作

纔過水驛又山城，一葉船輕逐浪行。峽裏雲烟催日落，灘頭舟楫待風平。曾經作客身偏健，久慣離家蒙不驚。胡海半生鬚鬢老，敢云耕釣荅休明。

十三日至郁山鎮，居萬山中，出入登山，石級千層，無寸土平地，產白鹽甚旺，民極富庶

白石嶙峋飛虎踞，近市山石皆白。青山夭矯卧龍蟠。遠山峯岫皆青。前溪處處人烟湊，鎮市列溪上。後灶家家瑞氣攢。去鎮廿里鹽井甚多。曲折樓臺環二水，縈回石磴走千盤。鹽枚致富民安久，負販渾忘行路難。

舟中紀事

作客巴江上，無猿淚亦彈。竹枝新調苦，帆影夕陽殘。風勁扁舟急，江深六月寒。船經羊角背〔一〕，人怕鹿鞭灘。羊角七、羊角背、鹿角子、鞭灘皆急險。遠水浮天碧，環山近日丹。涪渝雖在望，何日慶安瀾。

【校記】

〔一〕『羊角背』，原誤作『羊背角』，據注文改。

二十一日由涪至渝，泝流而上，舟中書觸目

錦纜牙檣自往還，輕舟又過鬼門關。地連巫峽通三楚，江導岷山控百蠻〔一〕。客裏光陰饒歲

月，溪邊烟雨暗螺鬟。狂吟遠眺忘天險，鷗鷺相看笑我頑。

【校記】

〔一〕『岷』，原作『泯』，據句意改。

七月初五日行百里，宿楊家街，見旅舍題壁甚夥，惟和憇園主人韻數首内有佳句，余亦技癢，依韻和之，聊誌歲月

江湖廿載雜悲歡，蜀道重經暑氣殘。總角時曾游此地。馬革未終忠憤在，蠶叢歷盡路途寬。壯心豈與鬢眉老，勛業真同世事難。客夢不成燈燼暗，半窗虛白曙光寒。

十三日自永寧起程輿中晚眺

陰晴變幻一朝中，直上籃輿趁晚風。斷續烟村通驛路，零星茅店列蠶叢。曾經蜀道崎嶇慣，漸入黔疆笑語同。此去應知風景好，滿山蒼翠夕陽紅。

十四早行上狗腦殼坡〔一〕，直入雲表，回視峯巒，烟雲繚繞，口占一律

雲繞亂峯齊，山襯花馬蹄〔二〕。連邨收蜀黍，負版識黔黎。路轉山腰折，人看樹杪低。天涯

行不厭，放眼迤東西。

【校記】

〔一〕『狗腦穀坡』，原誤作『狗腦坡穀』。

〔二〕『山襯花』，疑當作『山花襯』。

十五日風雨連宵，早行贈盧鑑堂孝廉

金風料峭雨凄凄，曉霧寒烟望眼迷。咫尺難分人上下，參差不辨路高低。新泥帶露留鴻爪，空谷傳聲亂馬蹄。直到青雲鞭著穩，鵬飛何必計東西。鑑堂先欲至新疆。

飯後行十五里上雪山關，高入雲際，六月披裘

萬里東南路，雄關一線通。雲銜人面起，路入嶺頭空。石磴連霄漢，神樓接彩虹。遥看山下渡，烟雨正溟濛。

宿赤水河，山高路險，輿中遣興

秋雨急如篩，秋寒瘦客知。登山思馬健，緩步恨輿遲。齒豁偏宜粥，途閑好詠詩。昆明何日到，放眼賞滇池。

十八日宿畢節縣，連宵風雨，途中書觸目

茅店傍荒溪，陰晴迥不齊。夜寒風峭峭，曉起雨凄凄。歲儉人民苦，山窮菽黍低。兒童顔似菜，父老面皆黧。晝餅蒸紅子，調羹采緑荑。何當興廣厦，五袴被黔黎。

同日感懷寄佐清姪

逆旅秋風動客癡，霜林涼葉墮相思。田園半落兵荒後，親族重逢道路時。納溪縣晤小川叔，叙永廳晤成我湖〔一〕。兩鬢星霜隨日長，十年心事祇天知。人生遇合雖安命，聚散窮通莫問龜。

【校記】

〔一〕『湖』，疑當作『叔』。

二十日上七星關，兩山夾峙，一線溪流，山凶水陡，不通舟楫，橋上有亭名七星橋

秋水明前渡，東南第一橋。長亭排鴈齒，驛路入蜂腰。鰲戴中流柱，雷鳴夾岸潮。行人忘

遠近，對面手相招。

宣威曉起戲贈盧鑑堂

清燈旅舍夜光寒〔一〕，倚枕長吟興未闌。早熟黄粱呼客起，盧生曾否夢邯鄲。

【校記】

〔一〕『清』，疑當作『青』。

夜宿馬龍州夢醒有感

羇魂殘夢雨悠悠，疎雨寒鷄報曉籌。兒女深情勞遠思，英雄客路動離愁。鄉心欲共霜林醉，客枕驚回雁影秋。窗外雨聲催淚落，昆明何日賦登樓。

偕滕相臣、盧鑑堂、小菴侄游黑龍潭話吴王遺事

緩轡連鑣汗漫遊，夕陽歸路送鳴騶。平疇鴈過鴻踪渺，故殿臺空燕壘秋。功業久輸明閣部，勛名同敗漢諸侯。英雄枉負匡時畧，遺恨終身誤女流。

登五老山通真觀看唐梅宋柏，讀阮閣部桂未谷墨刻詩

五老峯前者道家〔一〕，池涵太極緑陰遮。山前有太極池。寒梅匝地經霜飽，古柏參天映日斜。玉魄冰肌多歲月，龍姿鶴骨傲烟霞。殘碑斷碣摩挲認，漫讀名詩聽暮笳。

【校記】

〔一〕『者道』二字疑當互乙。

黑龍潭觀魚

潭邊有石鼓，若大旱，擊之必雨，或見或隱無定所。

興雲作雨古龍潭，利濟功同化育參。出水跳魚波漾白，因風舞荇帶拖藍。忠魂永配千秋祀，膏澤常滋萬里涵。天下蒼生蘇息未，為霖何獨遍滇南。

寒食書懷

寒食東風動客悲，頻年落拓海山湄。痌瘝念切功無補，家國心勞位尚卑。穀雨茶槍煎活火，清明柳葉鬭啼眉。登臨怕見他鄉景，播祭人家載酒隨。

清明游社稷壇遇雨書事

春郊緩步草如油，一路踏青聽雨鳩。天際片雲潑墨重，催詩雨到散人稠。

前題

北郭青山放浪遊，壇中寧有地埋憂。天心也厭人心苦，驟雨狂風為洗愁。

暮春念八日小陶姪署理尋霑營參篆，由滇起程同赴宣威任所，皆余去冬入滇舊路，村舍依然，時光迥別，重駐板橋，早行即事

半畝烏帽出郊坰，路繞羊腸兩度經。當道石鱗蟠徑碧，照人柳眼向輿青。風和日麗歸心懶，鳥語花香客夢醒。遥望長坡横翠靄，遠山依舊列雲屏。

詠鶯粟花

鶯粟花森傍隴栽，深紅淺白一齊開。雖無晚稻甦民力，也作窮荒濟世材。卻病漫誇醫束手，悞人畢竟禍包胎。黔南物産無多讓，國計從知重理財。

初二日由易隆翻山，係去冬貪走捷徑，迷途夜行處，詩以誌之

倦客愁聞歸路遥，春光滿目倍魂銷。怕談雨夜尋蹊徑，又見籃輿過板橋。歧路再知遠近，村墟重到識蕭條。遥看赤野青山外，茅店仍投認細腰。

同日中途聞子規

清和時節草萋萋，一路風沙望眼迷。最喜故鄉風土近，青山影裡杜鵑啼。

重宿馬龍州旅夜口占

夕陽斜照馬龍州，逆旅何人識故侯。一枕黄粱燈燼暗，子規啼破夢中愁。

榕城自詠寄家季㮣弟

獨坐思君亦自思，盈虚消長理應知。功名到底非無分，學問深時莫廢詩。李廣不封誠有數，杜陵雖老尚憂時。此生自笑同驢磨，旋斡空勞費主持。

榕城睡起

窗外緑陰稠，槐階翠欲流。夢回驚倦蝶，雨過聽鳴鳩。夏日威宣未，薰風愠解不。却慚糜世禄，何以散民憂。

榕城連年苦旱，近來朝晴暮雨，即景詠懷

雲迴峯斷遠山遮，雨灑蕉窓暗碧紗。葉底笙簧啼倦鳥，階前鼓吹鬧鳴蛙。秧針刺水玲瓏緑，柳線迎風窈窕斜。遥想田家行樂處，烹葵煮酒話桑麻。

感遇

清狂猶記廿年初，楚尾吴頭樂有餘。十載林泉虚壯志，半生戎馬厭端居。鬢眉漸白羞臨鏡，眼目微花遠看書。回首自憐還自憤，天將困苦厄何如。

龍灘水

為榕城東山八景之一。

源流活活伏階行，幻作飛泉濟衆生。借得東風為霖雨，出山還比在山清。

瀑布泉為榕城東山八景之一。

雲母屏高結蚌胎，明珠錯落濺塵埃。遊人到此心猶熱，陣陣薰風細雨來。

活佛洞為榕城東山八景之一。

洞號活佛佛有無，焚香羅拜世人愚。半椽樓閣容膝地，那着金身丈六軀。

行吟用坡公西齋原韻

西窓日既明，曙影照繩床。卧疴朝睡足，起坐晝景長。行行消餘粒，嘯咏却非狂。徘徊竹樹下，颭颭西風涼。散步小園中，菽黍含清香。綠楊垂美陰，徙倚沃秋光。慈烏剛返哺，來去任翱翔。乳燕復將雛，上下音頡頏。觸目景物移，禾黍欲登場。静觀物得所，我生獨皇皇。

閏月七夕偶成二首

又見人家乞巧時，蟾圓一匝兩呈詞。天孫果錫喜人巧，二次金針度與誰。

其二

兩度相逢兩度哀，離多會少倍徘徊。女牛若厭臨歧苦，應怪羲和錯主裁。

對月書懷

長空氣斂海山秋，雲湧冰輪上小樓。幾處砧聲征婦怨，一庭蟲語旅人愁。蒹葭極浦悲蒙段，蘆荻荒臺誤冕旒。五處鄉心應共識，清光還似去年不。余與季弟、陶侄現居三處，加以家中兩處。

重九日風雨交加，道經黄華圃，輿中口占

風雨重陽節，題糕興倍狂。黄花撑傲骨，翠海鬭秋光。日影雲邊漏，烟嵐畫裡張。登臨高着眼，何處是吾鄉。

九日登高懷家季栫弟

帽落龍山遠，宣威州城東有名龍山。驚心憶雁行。時季弟在西隆州。蠻陬多瘴癘，粵海判炎涼。菊老人如淡，糕題句亦香。西隆州畔客，望斷水雲鄉。

憶菊

幾日西風費剪裁，籬東黄菊拒霜開。花心更比人情淡，浪蝶狂蜂莫妄猜。

登大觀樓遠眺

氣斂晴空宇宙寬，近華浦外浪漫漫。風來水面千層翠，月到天心一點丹。金馬碧鷄連遠岸，波光雲影擁雕闌〔一〕。珠簾畫棟兼荒草，眼底興衰付大觀。樓外牌坊上題『近華圃』。

【校記】

〔一〕『闌』，疑當作『欄』。

辛巳長至後二日由滇起程北上，便道歸里，留别苴城諸君子

宦隱真名士，滇垣幸識君。故交多近日，勝友餞如雲。讀畫聯新雨，獻詩咽暮曛。從今風雨夜，兩地不堪聞〔二〕。

其二

匹馬入幽燕，清風快着鞭。人歸千里外，心到五雲邊。客槖殘書壯，君恩奕世傳。遥瞻雙

闕路，答報是何年。

【校記】

〔一〕『不堪』二字原作『堪不』，據句意乙正。

花月六日小飲翠微閣

梵王宫外一溪斜，緩步尋春興轉賒。行過小橋楊柳岸，菜花深護野人家。

其二

鰲磯溪畔柳毿毿，夕照樓臺倒影涵。到眼春光無限好，杏花天氣似江南。

聽雨不寐調寄浪淘沙

春夜雨瀟瀟，韻入窓寮，天涯驚醒夢魂勞。紙帳寒生清漏永，燭影蕭條。屈指又花朝，寂寞良宵，小樓聽罷思滔滔。料得桃源江上路，柳嚲花嬌。

賦得千里耕桑歲有秋得『豐』字五言八韻。

撫字因民利，先秋驗歲豐。桑麻千里遍，耕織萬方同。穡事丁男瘁，蠶房子婦功。石田黄壤闢，柘館緑陰籠。大有邦畿慶，家人杼柚工。車繅新月白，稻獲晚雲紅。比户倉箱集，連村布帛充。課農頻税駕，圖合繪豳風。

癸未年立夏後一日病中口占

憔悴維摩瘦不支，病中易過暮春時。但求伯玉知非早，敢笑飛熊入夢遲。藥性枉諳偏束手，人情閲透半粧痴。四禪天本風災重，苦口良方賴友司。余時病重傷風，得過世兄司壽民賜方始愈。

書感座中有談時事者，感而賦此。

從古英雄夢一場，乘除有數豈能量。兵惟伐罪天良苦，火不燎原將必昌。漫倚冰山誇事業，須知孽海少津梁。將軍大樹今雖渺，留得高風邁漢唐。

病中枕上口占

夜色清於水，秋風利似刀。涼添新竹簟，冷透瘦生袍。愁緒閑難遣，禪心睡裏逃。夢中忘作客，猶自詠《離騷》。

感遇病後讀石藩周太親翁『此行不葬江魚腹，多少前生債未還』之句，感而賦此。

未了前生債，焉知來者因。頭顱嗟老大，面目幸全真。世味茶同苦，臣心酒似醋。窮通安義命，何敢歎勞薪〔一〕。

【校記】

〔一〕『勞薪』二字原作『薪勞』，據句意及本詩用韻乙正。

遊黎平府南泉山天香書院，為明督師何忠誠公讀書處，即景感懷，兼和袁杏村先生韻

黎陽勝蹟留三寺，城外屢遭兵燹，此寺獨存。夾道松杉蔭蘚苔。小草每隨人影亂，好風時作雨聲來。團圞遠樹疑擎蓋，羅列諸峯看覆杯。路入斜陽歸意倦，向人猶道日邊回。

其二

青山何幸藏名世，我輩登臨步碧苔。路作之玄斜影動，窓開虛白遠峯來。酬恩慷慨悲前哲，往事興衰漫引杯。黔水有情連楚水，靈旗應指故鄉回。

登南泉亭飲水小憩有感

結伴登臨緑玉灣，南泉亭畔碧潺潺。在山止水清如許，出岫孤雲去不遠。一路薰風尋古寺，千章夏木擁禪關〔一〕。吾儕枉抱憂時憤，步入天香自汗顏。

【校記】

〔一〕『章』，疑當作『嶂』。

謁神魚井何忠誠公祠 祠為何公故宅。

勝朝無地存禋祀，故里重新太傅祠。節烈一門餘正氣，忠誠萬古立臣基。蒸嘗永鎮神魚宅，威德常留湘水涯。拜罷瞻依思景仰，聖賢心法志匡時。俗傳公現為善化縣城隍，敕封定湘王，威靈顯赫，香火極勝。

小暑前一日至黎平府城南三十里地名佳杓，謁始祖唐誠州刺史、宋追封英惠侯之墓〔一〕

憶昔徽誠廿二州，巋然砥柱鎮中流。龍盤虎踞争千古，水繞山環據上游。勛業永垂唐刺史，英靈遥拜宋諸侯。至今馬鬣分明在，助順褒封百世留。乾隆六十年御賜『宣威助順』扁額〔二〕。

【校記】

〔一〕據《黔東南文物志》第四集，本詩又見楊再思墓前詩碑，題款俱全，詩題作《晉謁始祖英惠侯墓詩二首並序》，此爲其二，其一見集後《補遺》。

〔二〕詩碑注文作：『乾隆六十年保衛松桃廳城，奉敕賜「宣威助順」匾，懸於廟內。』按：楊芳嘗於乾隆六十年助平松桃廳之亂。

春日感懷

楚尾吴頭憶舊游，皇都又是一年留。春來庭院晴光早，暖入池冰碎玉浮。少日壯懷思射虎，半生踪跡欲盟鷗。行年五十非知否，圖報君親志未酬。

早春書懷

小窗兀坐日遲遲，暖入寒梅凍不知。坎陷頻經餘瘦骨，酸鹹嘗試是吾師。漫言富貴思彈鋏，賴有狂吟慢捻髭。海國山川勤記取，莫教閑過聖明時〔一〕。

【校記】

〔一〕『教閑』字原作『閑教』，據句意乙正。

倚枕不寐

難遣閑愁百感傷，鏡中潘鬢怯新霜。風雲未遇空搔首，家國辛勞枉斷腸。交友須如作畫淡，敲詩無復舊時狂。花朝漸近添春意，懶撥紅爐爇炭忙。

窓外老杏未開，戲書以贈

春到人間爲底遲，杏花消息未曾知。也因要伴新桃李，好待春深發故枝。

賦得緑畦春溜引連筒得『畦』字，五言八韻。

灌溉資春溜，閑情寄緑畦。連筒支小圃，作筧引清谿。導利兼滋草，輕鬆恰潤泥。青詩裁竹巧，碧訝捲荷低。韭葉痕初剪，波蔆影乍齊。珠跳隨遠近，水到決東西。有節形同藕，無聲澤被藜。香塍泉眼活，倚杖聽澌澌。

賦得夜雨長溪痕得『痕』字，五言八韻。

春雨夜猶温，春溪水漸渾。將添三級浪，洽長半篙痕。漬柳無聲潤，侵苔故澤存。初看新溜跡，已没舊雲根。疎點樓中聽，微波石上喧。風來紋作縠，竹灑響應繁。韮葉青堪剪，萍踪緑欲翻。明朝谿澗出，濟楫作川源。

春日感遇兼呈各知己

老去逢春强自豪，興來擊節讀《離騷》。馬知伯樂鳴尤壯，桐遇中郎品愈高。萬里驅馳誰白眼，十年慚愧舊青袍。半生潦倒天涯客，曾向胥江戰怒濤。

寒食書懷兼呈各知己

燕雲旋轉又荆吴，只恐今生老道途。豪士襟懷雖未減，將門情性未能無。身經空乏腸尤熱，事到艱難膽更粗。盡典敝裘君莫笑，皇恩纔許寓京都。

辛巳暮春僑寓滇垣，風雨終宵不寐，懷家季楠弟時季弟初移居岑澗之撫大廳署内。

良宵清景一燈知，倚枕長吟入夢遲。曾記連床風雨夜，最難樽酒别離時。爐灰重撥香仍在，茶鼎猶温味尚滋。起坐小窗頻感歎，亂拈秃筆寫烏絲。

楊恩桓詩補遺

晉謁始祖英惠侯墓詩二首並序（其一）〔一〕

乙酉夏五，自省旋里，繞道黎平掃墓，主姑丈魁三朱公占元家。小暑前二日，出郡城東南三十里，至佳杓道左之長嶺崗，始祖之墓在焉。馬鬣巋然，豐碑矗立。亥山巳向，經度不紊，路旁神道碑遥遥相望。拜讀碑文，考據明確，書法、文章俱臻美善，乃知爲黎郡胡籽禾長新〔二〕、彭真崖應珠助家姑丈捐資修建〔三〕。從此光增信史，前烈闡彰〔四〕，而墓與文章並垂不朽矣。後之子孫，當如何感激圖報耶！勉成二詩，聊紀其歲月事實云爾。

長嶺崗頭瑞氣浮，宗支卅世繼封侯〔五〕。先大父官太傅果勇侯、勤勇公芳，係英惠侯三十一世孫，詳載家譜。諸峰羅列兒孫繞，二水縈回歲月周。沙外雙溪旋繞。昔日將軍遺故冢，墓前一嶺上有董將軍墓。

他山進士有崇邱。對山有丁進士墓。豐碑矗立光先德，史筆何如鐵筆優。

松桃三十三世孫恩桓敬題　大清光緒十一年六月十五日勒石

《黔東南文物志》第四集

【校記】

〔一〕此題本二首，其二見《卧遊草》本集，題作《小暑前一日至黎平府城南三十里地名佳杓，謁始祖唐誠州刺史，宋追封英惠侯之墓》。

〔二〕『籽禾』，疑當作『子何』。按：莫友芝《郘亭遺文》卷六有《胡長新字説》云：『黎平胡子長新問字於余，余字之曰「子何」。』

〔三〕『彭真崖』，《文物志》原誤作『彰真崖』，據彭傳改。按：彭真崖即彭應珠，《〔光緒〕黎平府志》有傳云：『彭應珠，字真崖。』彭又有《弔楊英惠侯墓》詩。

〔四〕『彭』，疑當作『彰』。

〔五〕『卅』，原誤作『州』，據句意及注文改。

附録　松桃楊氏詩集提要[一]

楊勤勇公詩　紫江朱氏藏鈔本

清楊芳撰。有誠村三種，已著録。芳以出身戎行，不惟洞悉性理之學，且深諳詩文。是編為其孫恩桓集，裒詩二十餘首。首為《風樹悲吟》步薛文清次許魯齋思親詩韻詩，吟哀思忳惓懇篤，可以感發後人。即其《述古三首》，炯識卓見，高人一等，又非桓桓武夫所能道者。至《感述七十六韻》，則綜括一生事功，跌宕激勵，聲鏗調高，不僅為好詩，抑且為名傳，為信史。芳平生純忠過人，衛道好學，其語録世均寶重，而詩多不傳，此編雖非全稿，而才氣縱發，殊

[一] 該提要據齊魯書社一九九六年影印本《續修四庫全書總目提要（稿本）》轉録。

可概見云。

《續修四庫全書總目提要（稿本）·集部》第三十二册

楊鐵菴詩 紫江朱氏藏鈔本

清楊承注撰。承注字挹之，號鐵菴，貴州松桃人，芳子，道光戊子以一品蔭生鄉試不第，己丑以父芳功賞給舉人，丁酉應試，引見以主事用，分刑部河南司。而春闈屢不捷，益潛心讀書。交遊多名士，其書法宗包世臣，制藝宗魏默深，詩詞則宗郭雪莊，有《鐵珊齋學筌》一卷。是編前有承注子恩桓所述緣起，似供撰詩話者采擇之用。其詩平淡無奇，惟多悲切音，勿怪年僅四十即淹逝也。又其中《葬木偶》一首，見於楊勤勇詩集中，殆誤筆重鈔也。

《續修四庫全書總目提要（稿本）·集部》第三十二册

陶菴遺詩 紫江朱氏藏鈔本

清楊恩柯撰。恩柯字可亭，號曉蘭，又名畣，別號陶菴逸史。芳孫，承注子。承注卒，恩柯襲侯，因與當道齟齬，不得入告，遂棲隱里閭，養親教弟。黔亂，捍匪有功，賞戴花翎。同治六年卒。光緒四年，以子建煐封建威將軍。是編録詩十餘首，詞調傲岸，無俗聲懦響，和陶詩、《觀菊》詩、《題逃安子》皆有高謝志。恩柯里居，種菊自娱，取號陶菴，讀其詩，則志行固相合也。

《續修四庫全書總目提要（稿本）·集部》第三十三册

卧雲草 紫江朱氏藏鈔本

清楊恩桓撰。恩桓號半翁，貴州松桃人，芳孫，承注子，恩柯弟。咸豐末丁父喪，墨絰從軍，轉戰江皖間，以軍功保府經歷。既而始從兄學吟詠，蓋晚成也。是編為恩桓光緒辛巳在榕城所輯，包括黔楚燕趙數年詩稿，凡七十九首，中有倚聲一闋，合為八十首。其詩格調並佳，而好語佳聯重出疊有，如《板橋早行即事》之『當道石鱗蟠經碧，照人柳眼向輿青』，《暮雨即景》之『秧針刺水玲瓏緑，柳線迎風窈窕斜』，出語清新，可以傳誦。又如《寒食書懷》之『身經空乏腸尤熱，事到艱難膽更粗』，又造意奇兀，非人家腕下語也。楊氏以勳武世家，兼擅詩歌，恩桓詩存世者多，且入格，蓋造詣深邃，音律詞字自然陶鑄成功也。

《續修四庫全書總目提要（稿本）·集部》第三十三册